eu não esperava você

Katie Cotugno

eu não esperava você

Tradução
Laura Pohl

Dados Internacionais de Catalogação na Publicação (CIP)
(Câmara Brasileira do Livro, SP, Brasil)

Cotugno, Katie
 Eu não esperava você / Katie Cotugno; tradução Laura Pohl.
– 1. ed. – São Paulo: Editora Melhoramentos, 2022.

 Título original: Birds of California.
 ISBN 978-65-5539-513-6

 1. Romance norte-americano I. Título.

22-125319   CDD-813

Índices para catálogo sistemático:
 1. Romances: Literatura norte-americana 813

Eliete Marques da Silva – Bibliotecária – CRB-8/9380

Copyright © 2022 by Katie Cotugno
Título original: *Birds of California*
Esta edição foi publicada mediante acordo com
Sterling Lord Literistic, Inc. e Agência Literária Riff.

Tradução: Laura Pohl
Preparação: Augusto Iriarte
Revisão: Laila Guilherme e Vivian Miwa Matsushita
Projeto gráfico, diagramação e capa: Carla Almeida Freire
Imagens de capa: Nikiparonak/Shutterstock (pássaros),
Laia Design Lab/Shutterstock (câmera)

Direitos de publicação:
© 2022 Editora Melhoramentos Ltda.
Todos os direitos reservados.

1ª edição, outubro de 2022
ISBN: 978-65-5539-513-6

Toda marca registrada citada no decorrer do livro
possui direitos reservados e protegidos pela de lei
de Direitos Autorais 9.610/98 e outros direitos.

Atendimento ao consumidor:
Caixa Postal 169 – CEP 01031-970
São Paulo – SP – Brasil
Tel.: (11) 3874-0880
www.editoramelhoramentos.com.br
sac@melhoramentos.com.br

Siga a Editora Melhoramentos nas redes sociais:
 /editoramelhoramentos

Impresso no Brasil

Sabe de uma coisa?
Eu escrevi este para mim mesma.

CAPÍTULO UM — *Fiona*

A impressora trava de novo na quinta-feira, por isso Fiona está na ponta dos pés, com os dedos retorcidos nas profundezas das entranhas mecânicas, quando o sino acima da porta da gráfica ressoa o cumprimento ecoante.

– Oi – diz ela, se endireitando e saindo da oficina, limpando uma mancha de tinta da calça do macacão antes de tomar seu lugar atrás do balcão. – Em que posso ajudar?

O homem assente.

– Vim buscar um banner.

Ele parece ser cinco anos mais novo do que ela, talvez vinte e dois ou vinte e três anos. Está vestindo uma camisa de botões de manga curta estampada com centenas de dançarinas de hula-hula minúsculas, um boné da Universidade da Carolina do Sul virado para trás e, ao redor do pulso carnudo e bronzeado, uma pulseira de cordas trançadas.

– Churrasco da Sigma Tau.

Ah.

– Décima sexta Festa Anual da Salsicha? – pergunta ela.

O camisa-havaiana sorri.

– *Bratwursts* é vencedor, a fraternidade é um terror – confirma ele, o peitoral musculoso se inflando levemente. – Somos nós.

Fiona assente, séria, tirando o tubo com o pôster de um nicho na parede atrás do balcão e desenrolando um banner gigantesco para o homem inspecionar. Tinha ficado bom – mais do que bom até, considerando que a própria Fiona apontara três erros ortográficos diferentes na versão digital que enviaram –, mas, quando ela desvia o olhar para verificar se Boné Para Trás aprovou, vê que ele a encara, os olhos semicerrados acima da armação de plástico dos óculos escuros esportivos.

E é claro:

– Espera – diz ele, apontando um dedo gordo. – Você não é a...

– Chefe!

Richie coloca a cabeça para fora da oficina, o cabelo escuro esvoaçando. Ainda ocupado com a impressora, ele balança freneticamente o manual para ela.

– Foi mal. Pode me ajudar aqui?

– Claro.

Fiona lança a ele um olhar de gratidão. É um acordo subentendido: ele a resgata de conversas como a que estava prestes a ocorrer com o Playboy, e ela não o atormenta por aparecer chapadaço em quatro dos cinco dias por semana em que ele trabalha.

– Desculpe – ela diz ao Festa da Salsicha, enrolando o banner colorido e o guardando dentro do tubo de papelão. – Meu colega vai assumir.

O cara a ignora.

– É você, sim – diz ele, ainda apontando e exibindo o sorriso satisfeito de um participante do *Show do Milhão* que acabou de ganhar respondendo no chute. – Riley Bird, né?

E ali está. Fiona suspira. Já inventou muitas respostas criativas para essa pergunta nos últimos cinco anos, mas ultimamente está cansada demais para dizer qualquer coisa que não seja a verdade.

— A-hã. Costumava ser.
— Sabia. — O cara abre um sorriso e tira o celular do bolso. Fiona estremece.

— Ah, você pode não... — ela começa a dizer, mas ele já está tirando a foto, os dedões voando pelo teclado para, presumivelmente, enviá-la a todos os colegas da Bratwursts Sigma Tau, com uma legenda que Fiona poderia apostar não ser nada parecida com "veja esta cidadã comum cuidando da própria vida em seu local de trabalho".

— Nem acredito que você trabalha aqui — diz ele. — Meu colega de quarto tinha um pôster seu na parede até o ano passado. Aquele com o lagarto — acrescenta para esclarecer, como se pudesse ser qualquer outro pôster além daquele com o lagarto.

É incrível a quantidade de pessoas que ainda comentam isso com ela; é a segunda coisa mais comum que ouve depois de "vi no Twitter que você morreu".

A esta altura, Richie já havia aparecido para fazer a cobrança; ele pega o cartão de crédito, entrega o banner e se despede do rapaz. Fiona se prepara para começar mais um round contra a impressora Heidelberg — seu pai é o único que sabe consertá-la, mas, como ele basicamente parou de aparecer no trabalho, ela e Richie estão dando conta do negócio com cuspe e fita-crepe —, mas, antes de ir embora, o cara estica a mão e agarra o pulso dela do outro lado do balcão.

— Olha — diz ele, completamente alheio ao sobressalto que o contato provocou nela, cujo corpo se retesa como o de um gato que derrubou uma telha. — A Festa da Salsicha é bem legal, se você estiver à toa este fim de semana. Meu colega amaria te conhecer. — Ele dá uma piscadinha. — Apesar de que talvez eu nem fale nada pra ele. Talvez fique com você só pra mim.

Fiona consegue evitar rir na cara dele, mas por pouco.

— Isso é... uma oferta e tanto — diz, desvencilhando o braço da mão úmida e suada dele —, mas já tenho planos.

Sigma Tau lança um olhar profundamente cético, gesticulando para a loja vazia.

– O trabalho está te consumindo, por acaso? – pergunta ele, com um sorriso convencido.

Fiona endireita a coluna. Hoje em dia, se esforça para manter o temperamento sob controle, mas sente a raiva percorrendo o peito e os ombros, Bruce Banner arrebentando um ou dois botões da camisa. Seus pais abriram aquele negócio antes mesmo de ela nascer.

– Terapia eletroconvulsiva – sussurra ela, triste. – Tratamento de choque.

Uma vantagem de ter sido exaustivamente filmada fazendo todo tipo de merda é que, por um instante, sua fama deixa o rapaz incerto sobre se ela está falando sério ou não. Até que ele sacode a cabeça.

– Quer saber? – diz ele. – Esquece.

– Se tem uma coisa que vou fazer – garante Fiona –, é esquecer.

A boca do Festa da Salsicha retorce de um jeito malvado.

– Vaca louca – murmura, e então enfia o tubo debaixo do braço e sai marchando da loja, o sino acima da porta tilintando alegre mais uma vez.

– Desculpe – diz Richie assim que o outro se vai.

Fiona dá de ombros.

– Está tudo bem.

Não está tudo bem, não de verdade, mas não é culpa do Richie. Eles passam por uma iteração dessa peça de um ato pelo menos uma vez a cada três dias, com entregadores, funcionários de assistência técnica e futuras noivas que estão escolhendo a fonte do convite de casamento. Uma vez, se passou quase um mês inteiro sem que ninguém a reconhecesse; já outra, quando o blog de fofocas de Darcy Sinclair fez um post – "Adivinhem qual passarinho notoriamente selvagem voltou para o ninho da família com as penas entre as pernas?" –, foi preciso fechar a loja por uma semana inteira até as pessoas se entediarem e pararem de ficar espiando pela vitrine. Fiona é da opinião de que eles deveriam imprimir uma placa como aquelas que ficam expostas em fábricas para monitorar quanto tempo faz desde a última vez que alguém perdeu um braço na prensa: NINGUÉM PERGUNTA A FIONA SOBRE O PÔSTER DO LAGARTO HÁ ___ DIAS.

Não é como se ela não entendesse o motivo da curiosidade das pessoas. Fora a atriz mirim queridinha da UBC Family, estrela – por quatro temporadas incrivelmente lucrativas – do drama cômico *Pássaros da Califórnia*, sucesso de crítica e carro-chefe da emissora, no qual atuara como a valente filha de um ornitólogo viúvo que morava em um santuário de vida selvagem. O título da série era um trocadilho com o nome da família, Bird, e a profissão do pai. E depois, de acordo com a opinião pública, ela pirou por completo.

Finalmente, ela e Richie conseguiram fazer com que a impressora funcionasse e imprimisse a newsletter dos ex-alunos de uma escola particular chique, além dos panfletos sobre gengivite de um consultório odontológico local. Fiona passa a próxima hora sentada à mesa com a ferramenta de dobragem, amarrando com elástico as pilhas arrumadas de brochuras e as empacotando em uma caixa. Quando era pequena, sempre pensava que morreria de tédio se precisasse trabalhar ali, mas agora sente que gosta de verdade da repetição anestésica do trabalho, a tateabilidade entorpecente do papel nas mãos. Às vezes é bom poder esquecer.

No almoço, vai até a esquina para comprar uma tigela de burrito, que come em pé na oficina enquanto passa o tempo preguiçosamente usando as contas anônimas de mídias sociais que criou com o único intuito de ver velhos casarões na Nova Inglaterra e cachorrinhos resgatados vivendo vidas felizes. Raramente se dá ao trabalho de olhar o e-mail – nunca, nunca mesmo, há nada que exija atenção imediata –, mas hoje, além do spam e da ocasional foto não solicitada de pinto, há uma mensagem que chama sua atenção.

Remetente: LaSalle, Caroline
Assunto: Notícias

Fiona arqueja, incapaz de reprimir o impulso. Faz sete anos que Caroline não é mais sua agente. Ela não teve *nenhum* agente nos últimos sete anos, mas, ainda assim, ver o nome de Caroline a faz engolir uma sensação instintiva de medo, a humilhação de ter decepcionado profundamente alguém, mesmo que, hoje, até onde saiba, ela não tenha feito nada de errado. Uma vergonha fantasma.

Oi, Fiona,

Nossa, quanto tempo! Espero que este e-mail te encontre bem e com saúde. Talvez você tenha visto – ou talvez não! – que eu deixei a LGP e abri minha própria agência ano passado. Não sei quanto você se mantém atualizada com as notícias do meio. De qualquer forma, tenho uma oportunidade sobre a qual adoraria falar com você. Podemos fazer uma reunião esta semana?

Fiona estremece como se alguém tivesse lhe dado um tapa. "Podemos fazer uma reunião?" é o que Caroline costumava dizer quando Fiona fazia alguma merda vergonhosa de forma pública. "Podemos fazer uma reunião porque você mostrou o dedo do meio para um fotógrafo? Podemos fazer uma reunião porque você, aos dezenove anos, estava visivelmente bêbada em um programa matinal muito amado? Podemos fazer uma reunião para que eu te diga que sua série foi cancelada, sua carreira acabou, você arruinou sua vida inteira e custou o emprego de sabe Deus quantas pessoas que davam duro, tudo porque não consegue se controlar?"

"Não", Fiona pensa, enfiando o celular no bolso sem se dar ao trabalho de ler as duas outras mensagens de Caroline que se seguiam e jogando o resto do burrito no lixo. Não, ela não pode fazer uma reunião.

— Está tudo bem? – pergunta Richie.

Ele a examina cautelosamente do balcão, dobrando um resto de lixo reciclável em um complexo origami de raposa. Richie tem um zoológico de animais tridimensionais de papel no quadro de avisos da oficina, ao lado dos pôsteres obrigatórios de segurança no trabalho e do folheto do show de sua banda de ska num barzinho no centro da cidade.

– Estou ótima – diz Fiona enquanto o observa dobrar o papel com os dedos ágeis. Já pensou em pedir a ele para ensiná-la, mas Richie é praticamente o único cara no universo que nunca presumiu que poderia transar com ela, então Fiona não quer dar ideias.
– Nunca estive melhor.
– OK – diz Richie, seguindo para o balcão ao ouvir o telefone tocar.
No caminho, ele lhe entrega a minúscula escultura de papel.

Quando Fiona chega em casa, o pai está sentado em uma cadeira dobrável no jardim, o que é um avanço – ontem ele estava sentado em frente à TV na sala escura, as cortinas fechadas contra o sol de Sherman Oaks e um odor levemente sujo permeando o ar.
– Oi – diz Fiona, alegre. – Peguei umas coisas para o jantar.
Como ele não responde, ela pergunta:
– Pai?
– Quê? – O pai pisca e em seguida volta a si, sorrindo, alheio. – Perfeito. Obrigado, querida.
Ela espera que o pai se levante, porém ele não o faz, e, depois de um instante, Fiona entra em casa e deixa as sacolas de compras no balcão da cozinha. Então abre a porta de correr para o quintal, atravessa a grama seca e pinicante e entra na casa de Estelle, a vizinha.
– Oi – ela chama. – Alguém em casa?
– Aqui! – responde Claudia, sua irmã.
Fiona as encontra vendo TV na sala de Estelle, com máscaras de hidratação coreanas idênticas; copos altos de refrigerante suam

nos porta-copos de malaquita na mesinha lateral. Brando, o pit bull preguiçoso de Estelle, ronca alegre entre elas no sofá.

– Oi, docinho – cumprimenta Estelle.

Ao menos é o que Fiona deduz que ela disse. Com a máscara, fica difícil decifrar. Estelle é vizinha delas desde que Fiona consegue se lembrar. Não é do tipo que cozinha, mas deixou marmitas congeladas na porta das duas durante um mês depois que a mãe delas foi embora.

– Como foi a escola? – pergunta Fiona a Claudia, empoleirando-se no braço quadrado do sofá do século passado.

Fiona, que parou de frequentar as aulas quando tinha catorze anos, ama ouvir os detalhes do dia da irmã. Quanto mais mundanos, melhor: as opções de comida no refeitório, quem tomou bronca por falar alto na biblioteca, qual dos professores é o mais bem-vestido. Uma parte disso vem do fato de que Fiona ama Claudia imensamente, porém, mais do que isso, é um fascínio misterioso pela escola, que às vezes parece um desastre do qual ela se livrou por um triz e outras parece uma viagem de férias glamorosa que perdeu porque estava doente. Talvez as duas coisas.

Claudia tira a máscara facial, revelando as mesmas maçãs do rosto altas de Fiona e sardas espalhadas pelo nariz de dezessete anos.

– Estupidificante, como sempre. – Ela não tira os olhos da televisão, onde uma enfermeira peituda com um uniforme descabidamente decotado está empurrando um médico de cabelos bagunçados para dentro de uma sala de exame vazia enquanto uma comovente versão acústica de um hit dos anos oitenta toca ao fundo. – Apesar de um aluno da minha aula de Química ter sido suspenso por incendiar um biscoito recheado.

Fiona pisca, surpresa tanto com a história quanto com a televisão.

– Espera – diz ela depois de um momento, registrando pela primeira vez os ombros largos do Doutor Sexy, a curva familiar da boca. Imediatamente, e de uma forma idiota, ela sente as bochechas esquentarem. – Isso aí é…

— "Um gênio na sala de cirurgias" — entoa Estelle, ecoando o slogan dos outdoors dramaticamente iluminados espalhados por Los Angeles. — "Um iludido por amor".

— Ah, meu Deus. — Fiona ri, mas só para evitar outro tipo de reação. Ousa olhar mais uma vez para a TV. — Essa série é uma abominação — continua, apesar de nunca ter se permitido assistir.

O conceito de *Cirurgião de corações*, pelo que ela deduziu, é que o personagem principal — um médico bonito e carismático com uma reputação internacional — não consegue guardar o pinto dentro da calça.

— Não seja maldosa! — repreende Claudia, dando uma ombrada no joelho de Fiona. — É bom. Quer dizer, é um bom ruim, mas é bom mesmo assim.

— Ah, tá — diz Fiona, se inclinando para beber um gole do refrigerante de Claudia. — É *isso* que deveriam colocar nos outdoors.

— Não é exatamente uma obra-prima — reconhece Estelle —, mas... — Ela aponta para o médico, que tirou a própria camisa e está expondo um tanquinho que poderia ser usado para tirar manchas de grama da roupa suja. — Dá para ver que a estética é bastante agradável, à sua maneira.

— Fiona namorou ele — relata Claudia, esticando a mão para acariciar a barriga rosada e lisa de Brando.

Isso atrai a atenção de Estelle.

— Ah, é?

— Mentira — corrige Fiona.

Sam Fox — o cirurgião de corações que dá nome à série — interpretava o interessante irmão mais velho de Fiona em *Pássaros da Califórnia*; depois estrelou alguns dramalhões na Netflix baseados em livros juvenis e apareceu como o objeto romântico que dura três episódios em praticamente todas as dramédias de todos os canais antes de conseguir o papel que finalmente o alçaria ao status de protagonista, segundo a revista *People*. Não que Fiona leia a *People*. Ou a página do IMDb de Sam. Porque ela não faz isso.

— Eu definitivamente não namorei com ele.

Claudia não parece convencida.

— Mas vocês se beijaram.

— Só uma vez — lembra Fiona. — E não acho que isso conta se acontece entre ser expulsa do Wendy's por mostrar as partes íntimas para o gerente e cair do palco do MTV Movie Awards.

Estelle reflete.

— Você devia ter usado sapatos diferentes naquela noite.

— Ah, com certeza — concorda Fiona, séria. — Os sapatos foram o problema.

— Bom, minha querida, acho que é justo dizer que eles não colaboraram.

Estelle tira a máscara, os braceletes grossos tilintando nos pulsos delicados. Ela trabalhou como figurinista na MGM nos anos setenta e oitenta, e ainda se veste como naquela época, com lenços, estampas e conjuntinhos de marca em tons de pedras preciosas, alegres e chamativos. Dois dos três quartos da casa dela estão cheios de araras abarrotadas de vestidos antigos imaculadamente preservados, que ela prometeu que serão de Claudia depois que ela morrer — mas nem um segundo antes.

— Se não namorou, devia ter namorado — completou. — Ele é gostoso.

— É simétrico — responde Fiona. — E acabou de fazer depilação a cera.

Estelle a encara com uma expressão que sugere não estar plenamente convencida.

— Tem coisas piores — diz.

Fiona olha para os próprios All Stars surrados e a jaqueta jeans larga que roubou do pai, e supõe que não há muito que dizer em resposta. Na TV, Sam e a enfermeira peituda ainda estão se pegando, as costas musculosas e bronzeadas, as mãos grandes emoldurando o rosto da mulher. Fiona ignora a coisa estranha e involuntária que seu estômago faz quando ela vislumbra a língua dele, se levanta e cutuca gentilmente a irmã.

— Dever de casa em meia hora. — É tudo o que diz.

* * *

Após o jantar, Fiona lava a louça e limpa o balcão, depois examina a pilha de correspondência. Recebeu um cartão-postal de Thandie, que está filmando em Paris: só quatro linhas sobre um violinista que ela ouviu nas ruas de Montmartre e as pombas que fazem ninho no ferro fundido da varanda do apartamento. Só Thandie para fazer os vermes da cidade parecerem glamorosos. Thandie é o mais próximo que Fiona tem de uma melhor amiga, apesar de, nos últimos anos, elas se comunicarem quase exclusivamente por carta. Thandie provavelmente diria que é porque gosta da qualidade antiquada de uma nota escrita à mão, mas Fiona sabe o real motivo: Thandie acha mais fácil lidar com Fiona assim do que por telefone ou mensagem.

Ela guarda o cartão-postal no bolso da calça e segue pelo corredor até o quarto, escolhendo o canal de *true crime* para lhe fazer companhia. *Casadas e armadas* só vai passar dali a uma hora, então ela escuta *Pequenas cidades em pânico* sem prestar atenção enquanto troca de roupa e coloca um short e uma regata, prendendo os cabelos cacheados em um coque no topo da cabeça. Sente-se deslocada e inquieta nessa noite, como se a própria pele e a roupa e a vida fossem pequenos demais para ela.

Ela passa o creme anti-idade que ganhou de presente de Estelle em seu aniversário de vinte e oito anos e depois encara a janela por um tempo. Por fim, pega o celular da mesa de cabeceira – a tela repleta de rachaduras da vez que o derrubou do terraço, há uns meses, enquanto filmava Claudia fazendo uma imitação de Benedict Cumberbatch recitando "Desperado", da Rihanna – e abre uma nova aba do navegador da internet.

"S-a-m", digita ela na barra de pesquisa. "F-"

E então o telefone começa a vibrar em sua mão.

Fiona o derruba no colchão, corando ferozmente. Sente como se tivesse acabado de ser pega fazendo algo esquisito e levemente pervertido, como se masturbar na igreja ou fazer xixi em uma garrafa vazia de chá gelado no semáforo fechado.

Está tão sobressaltada que demora uns instantes para ver o nome na tela.

Merda.

Tem toda a intenção de deixar a ligação cair na caixa postal, mas seu dedo escorrega, ou seu cérebro sofre um curto-circuito, ou talvez ela só seja tão louca e autodestrutiva quanto todo mundo pensa, porque, de alguma forma, aperta o botão para atender e leva o celular ao ouvido.

– Caroline – diz, e então se arrepende. – Quando estava na clínica, o terapeuta costumava lhe dizer para contar até dez de trás para a frente antes de tomar uma decisão brusca. Seu autocontrole não é... ótimo. – Oi.

– Fiona! – diz calorosamente Caroline. – Que bom ouvir a sua voz!

Fiona não consegue evitar um sorriso. Memória muscular.

– A sua também – responde, e por um instante é verdade.

Quando era adolescente, costumava endeusar Caroline – que era alta e loira e tinha uma beleza tranquila, o tipo de pessoa que parecia não ter imperfeições nem dias ruins. Fiona costumava pensar que era ela quem deveria aparecer na televisão.

– Desculpa te ligar assim do nada, e tão tarde – diz Caroline, apesar de a ligação não ser de fato do nada e as duas saberem disso. – Eu entrei em contato por e-mail, mas daí me ocorreu que talvez o endereço não fosse mais aquele, ou... – Ela espera um instante, presumivelmente para Fiona se explicar, e então prossegue: – Enfim. Recebi uma ligação de Bob Arkin semana passada. Acho que ele não sabia como entrar em contato com você a não ser através de mim.

– Ele poderia ter pedido um banner do Festival da Salsicha – sugere Fiona, num reflexo.

Quase consegue ouvir Caroline franzindo o cenho.

– O quê?

– Nada. – Está enrolando, apenas isso. – O que ele queria?

– Bem, o Bob e o Jamie Hartley estão interessados em fazer um *reboot* de *Pássaros da Califórnia*.

Um terremoto atinge a casa e derruba os livros da estante e as fotos penduradas na parede – ao menos é a sensação de Fiona, que, ao olhar em volta, aturdida, fica chocada por perceber que tudo está exatamente no mesmo lugar.

– É sério? – É só o que lhe ocorre perguntar.

Caroline ri, apesar de parecer não achar nada particularmente hilário.

– Fiona, você acha mesmo que eu estaria ligando se não fosse sério?

Bom. Fiona não tem como contra-argumentar. Bob é o chefe da emissora; Jamie é quem interpretava seu pai e também o criador e produtor executivo do programa. A série era essencialmente uma carta de amor à sua infância como filho do cuidador de um zoológico em uma ilha na costa da Colúmbia Britânica. Pelo que Fiona sabia, ele estava produzindo um enorme projeto de fantasia para a HBO.

– *Por quê?*

– Eu… – Caroline soa tão aturdida quanto Fiona. – Nostalgia? Dinheiro? – sugere. – Eles acham que é uma boa ideia, não sei. Fiquei com a impressão de que o Jamie está numa posição que permite a ele fazer o que bem entender.

– Não é disso que estou falando – diz Fiona.

Caroline suspira.

– Está bem. Antes de continuarmos, posso fazer uma sugestão? Como uma velha amiga?

A casa estremece de novo, Fiona sente. Mesmo na pior fase – no ano seguinte ao cancelamento da série, quando seu rosto inchado estampava o site de Darcy Sinclair todos os dias –, a única vez que chorou foi quando Caroline a dispensou como cliente. "Por favor", Fiona implorou, "eu posso melhorar." Isso foi antes de Caroline parar de atender suas ligações.

– Nós não somos amigas – diz Fiona, a lembrança insuportável. Por um instante, não sabe se está falando isso para Caroline ou para si mesma.

Caroline hesita antes de responder. Fiona consegue imaginá-la contando até dez do outro lado do telefone, a boca pintada de vermelho levemente franzida.

– Está bem – diz finalmente. – Tudo bem. Como sua ex-agente, então. Não sei qual é a sua situação hoje em dia. Talvez você esteja feliz com a ideia de ficar longe dessa vida para sempre. Respeito isso, depois de tudo que você passou. Mas, se você tem alguma intenção de atuar de novo, de ter uma carreira nas telas, aconselho pensar bem antes de dizer não para essa oferta. Esse tipo de segunda chance não acontece sempre, especialmente...

Ela para.

– Especialmente para pessoas como eu – completa Fiona. – Entendi. Obrigada pela dica.

Caroline suspira de novo.

– Fiona...

– Pode dizer ao Bob Arkin que não estou interessada. E fale pro Jamie Hartley ir se foder.

Fiona desliga antes de Caroline responder. Larga o celular na cama e dispara pela casa, que ainda estremece com o terremoto, atravessando a sala de estar, onde o pai encara em transe Guy Fieri, e a cozinha, onde Claudia está lavando os sutiãs na pia.

– Nossa – diz Claudia, colocando a cabeça para fora do corredor. – Aonde você vai?

– Sair – responde Fiona de forma seca, e imediatamente se sente uma merda, mas já é tarde para fazer algo a respeito, porque as pernas já a levam para a calçada, os dedos já pegam as chaves do carro, o lábio inferior já estremece de uma forma perigosa.

Ela aperta a mandíbula e manobra para fora da garagem, abrindo todas as janelas para deixar o ar quente e seco entrar.

Dirige pelo que parece uma hora – as palmeiras são silhuetas escuras contra as últimas luzes azuladas do dia, o neon se borra nas laterais. Não para até a estrada acabar. Deixa o carro ligado no estacionamento da praia e segue para a água, a porta do motorista escancarada atrás de si. É só quando sente a pesada massa de areia entre os dedos dos pés que percebe que não colocou os sapatos.

Fiona entra na água até o joelho, arfando com o choque: a água fria e infinita a seu redor, o céu preto se estendendo acima dela. Fica tão imóvel quanto é capaz, pelo máximo de tempo possível. Depois entra no carro e volta para casa.

CAPÍTULO DOIS   Sam

Sam acorda no sofá de Erin com uma ressaca, a cabeça doendo e a boca parecendo a parte interna de um saco de pancadas da academia.

E também com o pinto de fora.

– Por que eu estou pelado? – pergunta, alarmado, olhando para baixo e depois para Erin, empoleirada na bancada da cozinha, vestida com um jeans e um blazer elegante, uma xícara de café na mão de pele marrom-clara. Ele levanta tão rapidamente que tudo gira.

– Espera, a gente não... né?

– Ah, sim – concorda Erin, séria. Está olhando os e-mails no laptop, e não se dá ao trabalho de olhar para ele. – Sam, a sensualidade masculina que exala da sua calça de couro apertada finalmente foi demais para mim, depois de todos esses anos.

– Como você é engraçada – resmunga Sam, cuidadosamente pousando os pés no chão. Ele pega o cobertor no encosto do sofá e o enrola em torno da cintura como uma toga. A sala gira a seus pés antes de se estabilizar novamente. – E a calça não é de *couro*. É de brim revestido. São coisas diferentes.

Erin dá de ombros.

— Seja lá o que for, você estava com ela quando fui pra cama. Não sei o que aconteceu depois. — Ela fecha o laptop com um clique metódico. — Aliás, você me deve um cobertor novo. Essa coisa aí vai direto pro lixo.

— Que bobagem. Por essa lógica, você também precisaria trocar o sofá.

— Quer me comprar um também? — retruca Erin. — Agradeça por eu não ter jogado a sua bunda pelada na rua logo cedo. Passei a vida evitando dar de cara com homens como vieram ao mundo, não é agora que vou começar a tolerar isso no santuário da minha própria casa.

— Você sabe que fico com calor durante a noite — murmura Sam, esfregando o cabelo com as duas mãos.

Ele se lembra vagamente de acordar ansioso e suado lá pelas três ou quatro da manhã e arrancar as roupas com irritação antes de se jogar novamente em um sono inquieto e levemente bêbado.

— Posso tomar café?

— Faz o seu — diz Erin alegremente, levantando e colocando a própria xícara na máquina de lavar louça. — E tranque a porta quando sair. Tenho uma entrevista em Pasadena.

Erin é escritora freelancer para diversas publicações da área de cultura e entretenimento de Los Angeles, e o fato de ter dinheiro para morar sozinha em um apartamento com uma lava-louça é prova de quão bom é seu trabalho.

Sam franze o cenho.

— Não dá pra adiar? — pergunta, e uma estranha corrente de pânico o percorre ao perceber que vai ficar sozinho. — Vamos tomar café.

Erin para na porta, estreitando os olhos escuros. Eles moraram juntos por três anos quando ela ainda era blogueira e Sam se desdobrava para conseguir papéis de figurante. Ela é a coisa mais próxima que ele tem de uma família em LA.

— Você está bem? — ela pergunta.

— Estou — garante ele, mas fala rápido demais para transmitir qualquer convicção. — Quer dizer, estou com a maior ressaca, mas, fora isso, tudo certo.

— Se você diz. — Ela se vira para a porta. — Nesse caso, te vejo depois.

— Espera! — deixa escapar Sam, quase perdendo a toga de cobertor conforme se põe de pé. — O que aconteceu com aquela menina hipster de óculos com quem você conversou ontem?

— OK, sério. — Erin solta um suspiro. — O que está acontecendo com você?

— Por que tem que ter alguma coisa acontecendo comigo? Não posso apenas perguntar sobre a sua vida amorosa? — indaga Sam, ofendido. — Eu sou sensível.

Erin bufa.

— Não sei se é *assim* que eu te descreveria.

Sam puxa o cobertor e anda até a máquina de café. Está com uma sensação ruim e inquietante, e sonda com cautela as origens dela, como se procurasse um dente podre com a língua. Ultimamente, as noites tinham começado a se confundir umas com as outras, mas, pelo que lembrava, a última tinha sido boa: várias pessoas reunidas no terraço do restaurante mexicano em West Hollywood, comendo ostras, guacamole, ceviche de lagosta, tudo regado a tequila. Uma loira bonitinha de uma série da rede CW não parava de dizer quanto ele era engraçado, apesar de Sam ter bastante certeza de que não estava dizendo nada hilário. Mais drinques depois, e a bartender voltando com seu cartão de crédito e avisando:

— Não passou.

A-ha. É estranhamente satisfatório desvendar o mistério, muito embora isso o faça se sentir especificamente — e não mais genericamente — mal. A lembrança de repente se torna clara, como se Sam não tivesse bebido nada.

— Ooops — ele tinha dito, sorrindo para a bartender apesar do horror e da vergonha que retorciam sua espinha. — Você pode tentar de novo?

– Tentei três vezes.

– Mais uma? – perguntou, inclinando a cabeça para o lado daquela forma que geralmente o faz conseguir o que quer.

E ele conseguiu o que queria dessa vez também, mas, um instante depois, ela voltou e deslizou o cartão pelo balcão brilhante, sacudindo a cabeça.

– Sinto muito – disse baixinho, o que Sam apreciou. – Não deu.

No fim ele precisou passar o cartão de débito, o que funcionou, felizmente, mas, quando abriu o aplicativo do banco, viu que não só tinha estourado o limite do cartão de crédito, como também que aquela última rodada de coquetéis – ele tinha pagado para todo mundo, estava se sentindo generoso – o deixara com exatamente 314,83 dólares na conta.

Está tudo bem, diz a si mesmo, encarando inutilmente a cafeteira. Vai receber de novo daqui a uma semana, apesar de que, após pagar o aluguel e a parcela do carro e mandar uma parte para Adam e a mãe...

– Vai correr ou algo do tipo – aconselha Erin, tirando-o do transe.

Sam engole a ansiedade, devolvendo-a para o peito, lugar ao qual ela pertence.

– Ou pelo menos toma um banho. – Ela ergue a sobrancelha, abrindo a porta. – Na sua própria casa, que tal?

– A pressão da água aqui é melhor – protesta Sam em voz baixa.

Erin mostra o dedo do meio.

Quando ela vai embora, Sam senta com o café no sofá, tira o celular do jeans descartado e pisca para a tela quando vê que recebeu 412 mensagens. Um terror tal qual água jorrando do solo irrompe nele, a ponto de senti-lo chapinhando em seus pés: não recebeu 412 mensagens nem depois da estreia do piloto de *Cirurgião de corações*, no ano anterior. Prontamente, pensa que talvez tenha usado por acidente o Twitter para dizer algo ofensivo sobre pessoas, ou feito um vídeo de sexo sem saber. Passa as primeiras mensagens, o terror gélido subindo por seus calcanhares e joelhos.

Cara, mandou sua personal às 4h45 da manhã. **Dureza.**

Russ, seu agente, mandou uma mensagem às cinco, o horário em que costuma fazer ligações enquanto pedala na bicicleta ergométrica. **Não entre em pânico. Me ligue. Vamos almoçar hoje.**

Até mesmo a mãe, em Milwaukee, umas horas antes: **Tentei te ligar, mas você não atendeu! Lembre-se de que amamos você independente de qualquer coisa.**

O terror já chegou ao pescoço, e continua subindo. Sam respira fundo como se estivesse se preparando para um mergulho, e então abre o navegador e digita o próprio nome na barra de pesquisa. A primeira notícia é do *Hollywood Reporter*. A manchete diz SÉRIES CANCELADAS: *CORRENTEZA* E *RELÂMPAGO JONES*, DA ABN.

"Bem, até aí tudo bem", pensa Sam, os olhos passando pelo artigo. Ele não está em *Correnteza* nem em *Relâmpago Jones*. Continua lendo.

"Também foram canceladas: *Os improváveis*, *Baía da meia-lua* e *Cirurgião de corações*."

Cirurgião de corações.

Ah, caralho.

Sam pula do sofá e olha desesperado para a organizada sala de estar de Erin. Depois lhe ocorre que ainda está inteiramente pelado. Não sabe o que é pior: a série ter sido cancelada ou ser apenas a terceira na lista de "também canceladas". Ele pensa na conta bancária vazia. Pensa na hipoteca da casa da mãe. Pensa no Tesla que está do lado de fora do apartamento de Erin neste exato momento – ela que o dirigiu na volta para Silver Lake, Sam se recorda repentinamente, pois ele estava bêbado demais – e sente vontade de vomitar.

Obviamente, sabia que aquilo poderia acontecer. Só não pensava que aconteceria com *ele*.

Sam deposita o café na mesa lateral e olha para o relógio no celular: 9h48. É quase meio-dia em casa, raciocina. Já é depois do almoço na Costa Leste.

– Foda-se – murmura, então abre o congelador de Erin e tira de lá uma garrafa de vodca.

* * *

Ele liga para Russ e é atendido pela assistente, uma loira oxigenada chamada Sherri, que fala para Sam encontrar com Russ na hora do almoço no Soho House.

– Como você está, garoto? – ela pergunta.

Sam não entende por que é o fato de Sherri, dentre todas as pessoas, sendo legal com ele que o faz desejar se estirar no meio da Sunset Boulevard e esperar ser atropelado por um ônibus turístico.

Ainda assim vai para casa, bate punheta no banho, mexe um pouco no cabelo e ajeita as sobrancelhas com vaselina. Veste a camisa favorita, de linho branco com botões, que faz com que seu bronzeado pareça bastante natural, e tudo isso mais o coquetel que tomou de café da manhã o fazem se sentir um pouco mais estável emocionalmente quando entrega as chaves do carro para o manobrista. Ele ama o Soho House: o glamour e o romance, as cadeiras da recepção, as lanternas e o aroma leve de cloro da piscina. Mais do que em baladas ou em um set de filmagens, é aqui que LA mais parece LA, é aqui que ele sente que o que está fazendo é o que sempre disse que faria.

Bem. Que *estava* fazendo.

Agora ele está desempregado, ao que parece.

Russ está sentado na mesa de sempre, no canto do terraço, um seltzer com limão na mesa. Mesmo depois de tantos anos vivendo ali, Sam ainda imagina todos os agentes como o Ari Gold de *Entourage*, mas na verdade Russ, com uma barba grisalha, cabelo relativamente longo e um peitoral extremamente musculoso, parece bem mais com o Rei Tritão de *A Pequena Sereia*. Quando ele se levanta para recebê-lo no restaurante, Sam espera ver uma cauda em vez de pés.

– Oi, amigão – diz Russ, como se fosse o pai de Sam, ou como Sam imagina que um pai falaria, caso tivesse um, o que ele não tem. Russ veste uma camisa de botões extremamente justa e um par de mocassins de couro que parecem macios, um relógio Jaegar reluzindo discretamente no pulso. – Como você está?

– Estou bem – diz Sam automaticamente, tentando fingir a despreocupação experiente de um profissional maduro. É importante para ele, por algum motivo, que Russ pense que ele é esse jovem tranquilo e controlado. – Acho que só estou um pouco... confuso. Achei que os números fossem bons.

Isso não é estritamente verdade. Sam sabe que os números não eram nada bons, mas todo mundo continuava lhe dizendo que estava tudo bem e ele não questionava, porque acreditar nisso tornava sua vida mais fácil e menos estressante. Um efeito colateral estranho de ter ficado famoso na adolescência é que na maior parte do tempo as pessoas ainda o tratam como um adolescente, o que não é tão ruim quanto parece.

A garçonete aparece na mesa antes que Russ possa responder.

– Os cavalheiros estão prontos para pedir? – pergunta ela.

– Claro – diz Russ, apesar de Sam não ter olhado o menu.

Russ pede uma salada Cobb, e então Sam entra em pânico e também pede uma, apesar de não gostar de gorgonzola nem de ovo cozido, e de não se permitir comer bacon desde que Obama era presidente. A garçonete está sorrindo de uma forma que significa ou que o reconhece ou que não o reconhece mas o considera agradável aos olhos. Sam fica tão distraído sorrindo de volta que por um momento esquece que está sem emprego e que acidentalmente pediu um almoço nojento que não tem intenção nenhuma de comer.

– Você não deve levar para o lado pessoal – diz Russ assim que a garçonete se afasta. Ele olha o celular antes de colocá-lo na mesa com a tela virada para baixo. – Essas coisas acontecem, fazem parte. É preciso partir para a próxima. Já tenho uma audição encaminhada para você amanhã, talvez outra no final da semana.

– Um filme? – pergunta Sam, esperançoso.

Russ sacode a cabeça.

– Não dessa vez.

Sam tenta não parecer decepcionado. Faz eras que quer participar de um filme; fez aquele drama adolescente há uns anos sobre a garota com escoliose, mas, depois disso, foram só participações como convidado em séries sobre médicos e no papel do "cara bonzinho mas sem graça que faz com que a heroína perceba quem ela realmente ama", até finalmente conseguir *Cirurgião de corações*. Ele pensou em tentar a sorte com um agente diferente, mas é muita energia para obter sabe-se lá que resultado. Está com Russ há muito tempo.

– Enfim – diz Russ, como se soubesse para onde estão indo os pensamentos de Sam –, essa não é a única boa notícia que tenho para você. – Ele olha o celular novamente. – Existe um interesse em um *reboot* de *Pássaros da Califórnia*.

Sam pisca.

– Espera, sério?

Quase não pensa mais em *Pássaros*; o contrato que assinou naquela época não diferia muito de uma servidão eterna, de modo que não é como se recebesse milhares de cheques até hoje.

– Na emissora Family?

– Bem, sim e não. Estão lançando uma plataforma de *streaming* e querem uma série âncora. Eu já recebi algumas ligações. O Arkin parece bastante empolgado. O Hartley já escreveu alguns episódios.

– E a Fiona aceitou?

– Bem. – Russ ergue uma sobrancelha cheia. – Eis a questão. Não querem fazer a série se ela não topar.

– Nenhum seguro vai aceitá-la.

– Não vamos nos precipitar. Pelo que entendi, ela está relutante, o que é sábio da parte dela. A garota é um desastre.

Sam estremece ao ouvir isso. Gostava de Fiona quando trabalhavam juntos. Era dona de um senso de humor afiado, e sempre sabia as falas. E, tudo bem, até tinha passado por uns problemas perto do fim – repentinamente, ele pensa na última vez que se viram, um gosto selvagem no fundo da boca da garota –, mas só começou a realmente perder a cabeça depois que ele já tinha saído da série, portanto Sam não tinha nada com isso.

Ele lembra que ela lia livros no trailer, e que tinha uma risada excelente.

Hoje em dia? Sam não faz ideia. Chuta que a certa altura ela cansou de andar descalça por Malibu e de cuspir fogo nos repórteres, porque fazia tempo que não via nada sobre ela nos blogs. Tinha lido um rumor sobre ela estar morta, embora achasse que ligariam para ele caso fosse verdade.

– Enfim, me sugeriram que talvez você pudesse ligar para ela e falar desse assunto – diz Russ, acenando para alguém atrás de Sam. – Se ela souber que você aceitou, a coisa vai parecer mais legítima...

– Espera.

Sam fica confuso. Ele trabalha em LA há tempo suficiente para saber que a essa altura deveria entender como essas coisas acontecem, mas acha que essa porta se fechou e é tarde demais para perguntar – que, se admitir que nem sempre sabe o que está acontecendo na própria carreira, vai se expor como a fraude que pensa que é.

– *Não* é legítima?

– Não é isso! Claro que é legítima – apressa-se em dizer Russ. – Você acha que eu te faria a oferta se não fosse? Só acho que ela precisa ser convencida. Isso é tudo. E o Hartley pensa que você é o cara perfeito para esse trabalho.

– O Jamie falou isso?

Sam sorri. Ele ama o Jamie. E, embora Fiona nunca tenha lhe parecido do tipo que poderia ser *convencida* a fazer algo, não significa que não valha a pena tentar falar com ela. O projeto todo parece bem divertido.

E, além disso, Sam precisa muito de um emprego.

– Beleza – diz ele, sorrindo em agradecimento quando a garçonete chega com as saladas nojentas. – Claro. Estou dentro.

– É claro que sim – diz Russ, olhando para o telefone mais uma vez antes de pegar o guardanapo. – Coma seu almoço.

CAPÍTULO TRÊS *Fiona*

Fiona tem um ensaio à noite; então, depois de terminar o trabalho na gráfica, ela aumenta o ar-condicionado no carro fervente e segue para o centro em ritmo de tartaruga no trânsito da hora do rush, enquanto Kate Bush canta no rádio. Deposita um punhado de moedas no parquímetro antes de entrar, percorrendo a escada e passando pelo longo corredor com cheiro de mijo até chegar ao teatro, onde Georgie e Larry já estão sentados no palco, discutindo sobre um meme que Larry viu no Facebook.

– Frances! – chama Georgie, acenando a carnuda mão com unhas feitas na direção de Fiona. – Precisamos da sua sabedoria.

– Por que você vai pedir pra ela? – pergunta Larry, de mau humor. Ele veste uma camisa xadrez larga e jeans de cintura alta, o cabelo grisalho está espetado em todas as direções, como uma rúcula começando a crescer. – As pessoas da idade dela não votam.

– Eu voto – diz Fiona, sendo parcialmente honesta. – Aquecimento em cinco.

Ela pousa a mochila na segunda fileira e retira dela o roteiro maltratado, colocando os pés no assento da frente, relendo a cena na qual vão trabalhar enquanto Larry e Georgie continuam se bicando e o resto do elenco chega aos poucos. O Teatro Angel City costumava ser um cinema pornô nos anos oitenta, até que foi comprado por uma construtora como parte de um projeto de renovação urbana que nunca se concretizou. Agora é uma caixa preta com uma coxia do tamanho de um closet e um banheiro compartilhado com a organização não governamental que aluga o escritório no andar de cima. O teatro tem capacidade para trinta e oito pessoas. Pelo que Fiona sabe, os ingressos nunca esgotaram.

Ela pega um lápis da mochila e escreve algumas notas de última hora nas margens. Nunca teve a intenção de voltar a atuar, óbvio – não que isso contasse, porque não contava –, porém, no último inverno, enquanto deixava as caixas com as coisas da mãe no brechó do outro lado da rua, avistou a placa escrita à mão na porta do edifício:

ATORES DE ANGEL CITY. AUDIÇÕES HOJE!

Até hoje, Fiona não sabe o motivo de ter entrado. Certamente foi coisa da mesma parte dela que pensou ser uma boa ideia deixar um cara da equipe do Justin Bieber tatuá-la de improviso no banheiro do bar do Sunset Tower – a parte inconsequente que age sem considerar as repercussões. Ela rabiscou um nome inventado na folha de candidatos e a seguir declamou o monólogo que sempre usava nas audições: o discurso de Helena em *Sonho de uma noite de verão*, "o amor não vê com os olhos". Quando criança, costumava ser recebida com muitas risadas – provavelmente pela aleatoriedade daquilo, como se ela fosse um cachorro que soubesse latir o alfabeto.

Diane não deu sequer uma risadinha.

– Obrigada – disse quando Fiona terminou, tirando uma das seis canetas do coque vermelho vivo e escrevendo algo em um bloquinho, sem levantar os olhos. – Eu aviso qualquer coisa.

Fiona voltou para casa e imediatamente esqueceu daquilo até que, três dias depois, Diane ligou para ela no celular e ofereceu a Frances Fairbanks o papel de Elaine em *Este mundo é um hospício*.

Aquilo tinha acontecido dezoito meses antes. Desde então, Fiona havia atuado no papel de Catherine em *A prova*, de Mollie Ralston em *A ratoeira* e da Jurada nº 3 em uma produção de gênero misto de *Doze homens e uma sentença*. Cada vez que as luzes se apagam, Fiona acha que será pela última vez, que alguém na última fileira dará um pulo e apontará para ela como se ela tivesse saído de *As bruxas de Salem*, mas até agora não foi desmascarada.

Provavelmente porque sempre tem apenas meia dúzia de pessoas na plateia.

– Estão prontos pra começar? – pergunta ela, levantando-se e prendendo o cabelo.

Dois meses antes, Diane e sua esposa haviam adotado duas gêmeas que tinham acabado de sair da UTI neonatal, e foi assim que Fiona acabou na função de diretora substituta da peça da temporada, uma releitura moderna de *Casa de bonecas* – não porque soubesse qualquer coisa sobre direção, mas porque estava sentada na primeira fileira do teatro, comendo um sanduíche de salmão defumado, quando Diane recebeu uma ligação da assistente social.

– Você assume? – perguntou Diane, empurrando o roteiro cheio de anotações na mão de Fiona para em seguida dirigir em alta velocidade até a Target a fim de comprar cadeirinhas e fraldas.

Ainda tem uma mancha de requeijão com cebolinha na primeira página. Fiona nunca havia dirigido uma peça na vida – ela foi para casa e comprou no site da Book Soup um livro chamado *Como dirigir teatro* –, mas, para sua surpresa, descobriu que gosta muito daquilo: imaginar cada cena na mente antes do ensaio, falar com os atores sobre seus personagens e desejos. Faz com que ela se sinta no controle de algo, mesmo que seja uma produção de baixo orçamento de uma peça de Ibsen já encenada milhares de vezes. Faz com que ela se sinta muito calma.

— Está bem — diz ela assim que sobe ao palco, olhando para o resto do elenco: Larry, Georgie, Hector, DeShaun e Pamela, que tem furões de estimação e sempre se veste de preto dos pés à cabeça. Fiona sabe que é uma questão de tempo até descobrirem quem ela é e assim precise desistir definitivamente. Está tentando aproveitar enquanto dura. — Vamos começar.

Quando volta para casa, faz uma torrada e vai ao terraço com uma caneta e um livro de cartões-postais antigos de LA, acomodando-se na mesa de metal bamba. Os pisca-piscas antigos pendurados na pérgola salpicam de luz o jardim. Fiona permanece em silêncio por muito tempo, escutando o zumbido do ar-condicionado de Estelle e o uivo distante de um coiote. Finalmente, cerra os dentes e se debruça sobre o papel.

"Querida Thandie", começa ela, então imediatamente rasga o cartão-postal ao meio e pega outro. É para ela escrever um recado rápido de três linhas, e não pedir uma carta de recomendação para o mestrado.

"Oi, amiga!", começa, sentindo-se corar assim que coloca as palavras no papel. Argh, cacete, não. É sempre assim quando tenta escrever para Thandie: um milhão de começos em falso, uma resma de papel desperdiçada, a névoa das próprias mentiras alegres impedindo-a de ver com clareza. Ela lembra que se falavam tanto que cada conversa parecia parte de uma única, longa e contínua. Ela lembra que se falavam tanto que nem precisavam falar muito.

Bonjour, mon petit fromage,

Paris parece um sonho. Gosto de imaginar você assim como eu imagino literalmente todos os franceses: usando uma boina e com uma baguete embaixo do braço, até mesmo (principalmente?) enquanto dormem ou tomam banho.
Está tudo certo por aqui! Tudo tranquilo, o que é sempre o objetivo. Estou pensando em entrar no clube do livro da Estelle, que só lê livros de sadomasoquismo, muito embora seja do meu conhecimento que há um trote rigoroso, e não estou certa de que quero me colocar à mercê de uma dúzia de septuagenárias taradas que curtem chicotes e mordaças.

"Estou com muitas, muitas saudades", escreve antes de conseguir se impedir, depois rabisca o cartão inteiro e recomeça.

O dia seguinte amanhece nublado e escuro. O pai está tendo uma manhã difícil, então Fiona o deixa sentado de roupão à mesa da cozinha e dirige sozinha por vinte minutos para abrir a gráfica. Festa da Salsicha tinha razão quando disse que os negócios não estavam exatamente prosperando – a verdade é que, ano após ano, eles mal conseguem o suficiente para se manter funcionando –, mas os pais compraram o edifício arruinado em Eagle Rocks nos anos noventa e observaram o bairro se gentrificar como um jardim aflorando de maneira vagamente preocupante. Agora, só naquela quadra, há três estúdios de ciclismo indoor.

Fiona acende as luzes e liga as impressoras, sentindo o cheiro familiar do toner e do ar expulso pelas ventoinhas enquanto espera o computador iniciar. Receberam alguns pedidos on-line que precisam ser despachados hoje, além de um jogo de convites de casamento cheio de firulas. Precisa esperar Richie chegar para começar os convites — mesmo depois de vinte anos observando o pai fazer aquilo, ela sempre se enrola com a máquina de tipografia —, então liga o rádio e começa a desempacotar um carregamento da fábrica de papel, colocando resmas de cartão nas estantes da oficina, agrupadas por cor e gramatura. Está terminando quando o sino acima da porta toca.

— Só um segundo! — Fiona diz, abrindo a última caixa com um deslizar preciso do canivete.

Quando ela se endireita e vai ao balcão, Sam Fox está parado do outro lado, um boné dos Dodgers enterrado na cabeça.

Por um instante, Fiona fica paralisada. Aí se vira e marcha de volta para a oficina, encarando inexpressivamente a impressora enquanto pensa seriamente em sair pela porta dos fundos e dirigir até o México. Só que tem a Claudia, por isso ela cerra os dentes e vai novamente até Sam, parado no mesmo lugar com as mãos nos bolsos, a cabeça inclinada para o lado, confuso. Dá para abrir uma lata de milho na mandíbula dele.

— Oi — diz ela, como se estivesse se dirigindo a qualquer cliente, e não a… o que quer que Sam seja para ela depois de tanto tempo. Nada, diz firmemente a si mesma. Ele não é nada. — Posso ajudar?

— Puta merda — diz ele baixinho, os olhos verdes tão grandes quanto duas luas bobas. — É *mesmo* você.

Fiona franze o cenho.

— Quê?

Ele dá de ombros, os músculos se mexendo dentro da camiseta branca que parece cara.

— Eu… pensei que fosse uma lenda urbana ou algo do tipo. Quero dizer, quando contaram que você trabalhava aqui.

— *Quê?*

Puta merda, ela não consegue acreditar no que está acontecendo. Era de esperar que já fosse imune a humilhações profundas e lancinantes, como se já estivesse calejada de sentir vergonha. Claramente estava errada.

– Quem foi o idiota que contou?
– Eu... ninguém. – Sam sacode a cabeça, envergonhado. – Oi.
Fiona respira fundo.
– Oi.
Por um instante, os dois apenas se encaram por cima do balcão. Ela não o vê há oito anos, desde a festa para celebrar a última temporada dele em *Pássaros*. Na verdade, foi a última temporada de *Pássaros* como um todo, mas ninguém sabia disso na ocasião; demoraria alguns meses ainda até a emissora finalmente perder a paciência e dar um basta na operação inteira.
– Você precisa tirar cópia de alguma coisa? – pergunta ela.
– Eu... não. – Sam parece confuso. – Quê?
Nossa senhora.
– Por que você está aqui?
– Estava te procurando – responde Sam, e por um segundo o coração de Fiona para de bater. – Queria falar com você sobre o *reboot*.
Ah.
– Ah.
Fiona tenta manter a compostura. Óbvio que ele está ali por isso. Como ela não percebeu assim que o viu? Sua aparição a desestabilizou de alguma forma, transformando-a na cabeça de vento que costumava ser aos dezessete anos.
– Bem, você poderia ter se poupado da viagem – anuncia, esforçando-se para manter a voz estável –, porque não há o que conversar. Já disse a eles que não vou fazer.
– É, eu fiquei sabendo. – Sam assente. – Como você está? – pergunta após o silêncio se prolongar por um segundo desconfortável. – Desculpa, eu devia ter começado por essa pergunta.
– Estou bem.
– É? – Ele tira o boné e passa uma mão pelo cabelo espesso e bagunçado. – Que bom. Sei que você teve uma vida agitada por um tempo.
Fiona solta uma risada.

– *Agitada?*

E ela fica repentinamente furiosa: com o pai, por estar completamente incapaz de cuidar da própria empresa; com Richie, por estar atrasado de novo para o trabalho; com o próprio coração traidor, que está batendo acelerado demais dentro do peito, chocando-se contra as costelas como um animal querendo sair de uma jaula; com Jamie, sempre; e, acima de tudo, com Sam. Sente a raiva escoar num vermelho e laranja ardentes. Cores boas para um banner.

– Foi isso que você ouviu sobre mim?

– Desculpa – repete de imediato Sam, as palmas das mãos à frente, o receio estampado em seu rosto bonito, como se estivesse com medo de que ela fosse pular o balcão e cortar sua garganta. Fiona foi presa por agressão em duas ocasiões diferentes, afinal. – Eu não quis dizer que...

– Ei, chefe.

É Richie, que está chegando para o trabalho vestindo uma bermuda cargo e uma camiseta do Bob Marley e com um copão de raspadinha azul na mão. Ele uma vez contou a Fiona que bebe duas por dia, uma de manhã e uma antes de ir para a cama, para relaxar.

– Está tudo bem?

Fiona assente.

– Sim, Richie. – Seus olhos continuam fixos em Sam, do outro lado do balcão. – Tudo tranquilo.

Richie hesita, os olhos indo de um para o outro, e por fim assente e entra na oficina.

– É seu guarda-costas? – pergunta Sam assim que o rapaz desaparece.

– Eu guardo minhas próprias costas, obrigada. – Fiona fraqueja, exausta de repente. Sempre imaginou que esse encontro aconteceria de outra forma. – Olha, se você não vai tirar cópia de nada, então só está enrolando, e nós temos uma regra contra isso.

Sam olha para a placa com dizeres firmes na porta e depois a encara novamente.

– Vocês têm um problema com gente que enrola?

Ela ergue a sobrancelha.
– É o que parece.
– OOOOOOK. – Ele procura algo no bolso traseiro do jeans até finalmente sacar um recibo amassado da farmácia. – Me dá uma cópia disso, então?
Fiona não pega o recibo.
– O nosso mínimo é dez cópias.
Sam revira os olhos.
– Tá – concorda ele. – Dez cópias.
Ela pega o recibo da mão dele e dá uma espiada no papel antes de alisá-lo contra a coxa e colocá-lo com as letras para baixo no vidro da copiadora. O recibo é daquela manhã; Sam tinha comprado camisinhas, uma barra energética de uma marca hippie e uma água vitaminada sabor cura-ressaca, confirmando para Fiona que ele era exatamente o tipo de pessoa que ela sempre presumiu que fosse. Os dois ficam em silêncio enquanto a máquina trabalha. Quando Fiona ergue o olhar, vê que ele a encara, curioso.
– Você parece diferente – observa Sam.
Fiona dá de ombros ao lado da xérox, se perguntando se é um diferente bom ou um diferente ruim, e dizendo a si mesma que não importa.
– Você está igual.
É uma mentira descarada, obviamente. Sam sempre foi bonitinho, com cabelos escuros e um sorriso tímido torto – ela se lembra de observá-lo pelo espelho do trailer de maquiagem no início do seriado, os olhos dele fechados, os longos cílios fazendo sombras minúsculas nas bochechas –, mas naquela época ele mal havia saído da adolescência, com costelas magricelas e espinhas que as meninas da maquiagem cobriam com uma camada grossa de base todas as manhãs. Agora ele é um homem adulto, de peitoral largo e braços bronzeados e a barba de um dia que Fiona reconhece das fotos sonolentas das manhãs de sábado que ele às vezes posta nos stories do Instagram.
Não que ela olhe o Instagram dele.

Bem, ela certamente não o *segue* no Instagram, isso com certeza não.

– Por que você não quer fazer? – pergunta Sam conforme as folhas copiadas se empilham organizadamente na bandeja da máquina. – Quer dizer, a série.

– Por que você *quer*?

– Perguntei primeiro.

Fiona suspira de forma audível, virando-se para encará-lo. Sabe que Pam, sua antiga terapeuta, advertiria que não é sua obrigação satisfazer a curiosidade de qualquer zé-mané sobre sua vida pessoal ou saúde mental; ainda assim, ela se pega listando os motivos nos dedos.

– Eu não atuo mais – informa ela. – Não tenho mais *interesse* em atuar. E, não é por nada, mas a Darcy Sinclair finalmente parou de ficar esperando do lado de fora da minha casa para tirar uma foto minha cagando na calçada como um animal selvagem ou o que quer que ela achasse que eu fosse fazer depois.

É mais do que ela gostaria de dizer – para qualquer um, mas especialmente para Sam Fox, com seu quadril estreito, seu cartão da associação de atores e seus dentes com lentes de contato –, mas, para sua surpresa, parece fazer efeito.

– Deve ter sido uma droga – diz ele baixinho. – Essa história do site da Darcy, digo.

Fiona se vira para a copiadora, demorando mais do que o necessário para tirar o original do vidro.

– Não foi nada de mais. Mas estou fora.

– Ei, eu entendo. Só achei que podia ser divertido, só isso.

Fiona sente o cérebro sofrer um *bug*.

– Acho que seria exatamente o oposto, na verdade.

– Ah, qual é! – protesta ele. – A gente se divertia muito, vai? Você, eu, a Thandie e… como era mesmo o nome dele, do menino ruivo que fazia nosso primo?

– Jura? – Ela revira os olhos. – O nome dele é Max, e nós trabalhamos com ele durante cinco anos. Meu Deus, você é mesmo tão babaca quanto parece.

Por um segundo, Sam parece magoado, o que é surpreendente – Fiona nunca pensou nele como uma pessoa de verdade, capaz de ter seus sentimentos feridos –, mas então ele pisca e a mágoa desaparece.

– Mais do que pareço, provavelmente – admite, um sorriso torto do tipo "olha como sou charmoso". – Mas estou falando sério. Acho que você devia reconsiderar.

– Vou pensar no assunto. Aqui – diz Fiona, entregando a pilha de cópias por cima do balcão.

Estão um pouco borradas, ela nota agora que olha direito. Se o pai estivesse aqui, mandaria refazer.

Sam não se importa.

– Pode ficar – diz ele, acenando com uma mão e pegando a carteira com a outra. – Quanto eu te devo?

Fiona passa o cartão de débito dele na máquina antiquíssima. É estranho ver o nome completo impresso no plástico, um inusitado lembrete de que ele sempre esteve por aí, comprando coisas. Existindo. Quando ela devolve o cartão, os dedos de ambos se encostam brevemente. Fiona sente um choque percorrer o braço.

– Bem – diz Sam por fim, guardando a carteira no bolso do jeans e ajustando o boné estúpido na cabeça. – Eu precisava tentar. Vou deixar você trabalhar.

– Sim – concorda Fiona, embora sua atenção obviamente não estivesse sendo solicitada por mais ninguém. Ainda assim, ela não quer encorajá-lo. Ou pelo menos acha que não quer. – É melhor eu… fazer isso mesmo.

Sam sorri mais uma vez, tranquilo e generoso como um rei recém-coroado.

– Foi bom te ver, Fi.

Ele vai embora antes que Fiona possa se decidir se também foi bom vê-lo ou não.

CAPÍTULO QUATRO — **Sam**

"Então tá", Sam pensa conforme se distancia do meio-fio em frente à gráfica. Definitivamente não vai acontecer. E tudo bem. Ele nem queria mesmo. Quem quer ser coadjuvante em um *reboot* de uma série que fez há anos? Ele está tentando avançar na carreira, não voltar para trás.

Passa o resto da tarde se preparando para a audição e tentando não pensar em Fiona. Mexeu com sua cabeça vê-la depois de tantos anos. O que não quer dizer que ela não parecia bem; estava incrível, na verdade, com os olhos escuros, as maçãs do rosto proeminentes e os membros longos e bronzeados. Ela ganhou peso de uma forma que o faz pensar nas garotas de Wisconsin – as curvas dramáticas do corpo, o formato redondo da bunda no jeans.

Nada disso importa, diz a si mesmo, voltando para o roteiro. A audição é para o piloto de uma série de comédia com episódios de meia hora sobre um casal que precisa se mudar para a casa dos pais do cara depois que a start-up dele vai à falência. É cafona pra caramba e contém ao menos duas piadas que deixam Sam definitivamente desconfortável, mas é o papel principal, então ele se prepara com a mesma atenção que dedicou às centenas de audições que fez desde que se mudou para LA, há quinze anos. Lembra do primeiro dia no set de *Pássaros da Califórnia*, das palpitações no coração quando via os nomes nas portas dos trailers: SAM FOX. JAMIE HARTLEY. FIONA ST. JAMES. Caralho, precisava parar de pensar em Fiona.

Repassa os diálogos novamente e alisa a camisa a ferro. Mexe no cabelo por um tempo. Uma minúscula parte de Sam teme que esteja ficando ralo, apesar de ele só ter trinta e um anos.

– Oi – diz quando se sente satisfeito, então abre seu sorriso mais carismático para o espelho e torce para que o diretor do elenco goste mais dele do que das outras pessoas. – Eu sou Sam Fox.

A audição transcorre bem, na opinião de Sam. Mesmo depois de tantos anos, não consegue saber exatamente o que estão pensando atrás da mesa dobrável. Sam está esperançoso, ao menos. Depois que acaba, do carro, manda mensagem para Erin perguntando se ela quer encontrá-lo no restaurante de sempre para beber.

Não posso, ela responde. Vou jantar com a hipster de óculos.

Sam responde com uma série de emojis escrotos que significam "tomara que você transe", tentando ignorar a estranha pontada de solidão que o atinge. Oras, se ele quisesse companhia, havia ao menos uma dúzia de outras pessoas para quem poderia mandar mensagem. O problema de muitos dos amigos dele aqui, no entanto, é que vão querer falar de trabalho – quem conseguiu o quê, ou o que ele vai fazer, agora que a série foi cancelada –, e Sam não quer conversar sobre isso hoje.

Ele pensa em Fiona outra vez, o que lhe parece um caminho perigoso a seguir, depois assiste a um pouco de pornografia e desmaia no sofá da sala de casa. Quando acorda, o telefone está vibrando na almofada ao lado de seu rosto, na tela está uma foto do irmão, Adam, com um chapéu em formato de queijo. O site pornô ainda está aberto no computador, com um pop-up de propaganda de um joguinho animado perturbador piscando alucinadamente.

– Te acordei? – pergunta Adam quando Sam atende. – Parece que te acordei.

– Quê? – Sam pisca, encarando os peitos do desenho pulando. Ele fecha o laptop e o desliza para baixo do sofá. – Não – responde.

Adam não parece convencido.

– Não são umas sete da noite aí?

– Eu não estava dormindo.

– Entendi – diz Adam. – Sinto muito pela sua série, cara.

– Não é grande coisa – responde Sam no automático.

Em parte, ser o irmão que saiu da casa dos pais significa que é seu dever não reclamar da vida ali, fingir que tudo é festa da indústria e premières de filmes e colocar as mãos nas impressões na Calçada da Fama do lado de fora do Grauman's Chinese Theater. Ele não conta para a mãe e o irmão sobre os diretores que nunca o chamam, ou o Dia de Ação de Graças que passou sozinho comendo delivery de comida indiana porque o orgulho não lhe permitiu comparecer à casa de Russ. Ele definitivamente não conta sobre as dívidas do cartão de crédito.

– Está tranquilo de dinheiro? – pergunta Adam.

– Eu... quê?

Sam precisa de um segundo para entender que a pergunta se deve ao fato de a série ter sido cancelada, e não porque de alguma forma o irmão leu sua mente ou viu seu extrato bancário.

– Sim, claro. – Ele pigarreia, esfregando a mão no rosto dormente do cochilo. – Como foi hoje?

– Tranquilo – relata Adam. – Mas a Benson acabou de sair para trabalhar na Crimes Cibernéticos porque as coisas estão ficando complicadas demais entre ela e o Stabler.

– Putz, que merda.

A mãe e o irmão estão maratonando todas as setenta e nove temporadas de *Lei & ordem: Unidade de Vítimas Especiais* enquanto as enfermeiras pingam veneno nas veias dela para reduzir o tumor e poder fazer a cirurgia. Sam perde o fôlego sempre que pensa no assunto, portanto tenta não fazê-lo, apesar de acordar suando nos lençóis no meio da noite mais vezes do que gostaria de admitir, prometendo que vai ser um filho melhor a partir do dia seguinte.

– Você acha que ela vai voltar?

– Sabe – diz Adam –, de alguma forma, acho que vai.

Sam se levanta do sofá e enche um copo com água da torneira para tirar da boca o gosto da cerveja e do cochilo.

– Falando em voltar – diz ele –, contei que vão tentar fazer um *reboot* de *Pássaros*?

– A-hã, recebi sua mensagem. Já está tudo certo?

– Não exatamente. Acho que ainda estão esperando a Fiona assinar o contrato, ou sei lá o quê.

– Cara! – diz Adam, e Sam consegue perceber que o irmão está sorrindo. – Fiona St. James. Não pensava nela desde que ela fez aquelas fotos com o crocodilo.

Sam toma toda a água num gole.

– Acho que era um lagarto.

– Você com certeza sabe melhor do que eu, cara.

Sam franze o cenho.

– Como assim?

– Estou falando que é você que a conhece. E vocês tiveram aquele lance, né?

– Hum, não – diz Sam imediatamente.

Ele não tem ideia do que faz Adam pensar isso. Merda, será que as outras pessoas pensam isso? Será que ele tem a reputação de ser um dos milhões de subcelebridades que Fiona St. James traçou na trilha da fama que ela fez nos tabloides?

– Nós definitivamente não tivemos nada.

Adam parece inteiramente despreocupado.

– Aquele pôster era ótimo – comenta. – Meu amigo Kyle tinha um pregado na parede nos tempos da escola, e a gente fazia turnos pra...

– Chega. – Sam estremece. – Já entendi.

Ele comprou a revista na banca na época – todo mundo comprou, ainda que as fotos, até onde ele sabe, sejam a primeira coisa que aparece quando se digita o nome de Fiona no Google –, mas agora isso o faz se sentir vagamente envergonhado, de uma forma que não quer examinar muito de perto. Afinal de contas, não é culpa de Sam que ela tenha ficado doida e posado quase nua com um bando de répteis.

– Enfim, provavelmente não vai acontecer – diz ele, esfregando a nuca. Sente como se estivesse de ressaca, embora não tenha bebido muito antes de cair no sono. – O *reboot*, no caso.

Ele não sabe por que está contando isso para Adam – não são assim tão próximos –, exceto que, por alguma razão, quer falar um pouco mais sobre Fiona.

– Eu fui vê-la, falei sobre o assunto. Ela não quis saber.

– Hum. Bom, você provavelmente se livrou de uma, né?

– A-há – concorda Sam, sem, no entanto, sentir exatamente que concorda. Na verdade, sente como se houvesse chegado perto de conseguir um papel que queria mas deu com a cara na porta. – Provavelmente.

Ele desliga logo depois e pega outra cerveja da geladeira. Abre o aplicativo do YouTube no celular, digita o nome de Fiona na barra de pesquisa e é imediatamente presenteado com uma lista de vergonhas públicas tão longa e eclética que faz o menu do Cheesecake Factory parecer moderado.

FIONA ST. JAMES ASSEDIA FOTÓGRAFOS EM HOTEL
EM SANTA MONICA

VÍDEO DE SEGURANÇA: FIONA ST. JAMES
ROUBANDO UMA LOJA

FIONA ST. JAMES BÊBADA NO PROGRAMA DA ELLEN
(ENTREVISTA COMPLETA)

Sam hesita por um momento, o dedo pairando sobre a tela.

VÍDEO SEM CENSURA:
FIONA ST. JAMES SEM CALCINHA EM CARRO EM MOVIMENTO!!!

Então ele joga o celular no sofá, onde o aparelho fica até vibrar com uma mensagem de Russ, um pouco mais tarde. Parece que os caras dos recém-casados vão seguir em outra direção. Vamos conseguir da próxima!

Antes que Sam possa responder, chega uma nova mensagem: Conseguiu alguma coisa com a Riley Bird?

Sam esfrega a nuca, em dúvida. Lembra das mãos dela em seu cabelo na festa do elenco, tanto tempo atrás. Lembra da forma como a mecha neon no cabelo dela brilhava sob a luz do set. Ele quase nunca pensa naquela época, mas agora tudo parece voltar em cores brilhantes e ardentes: o calor do set de filmagem e as rosquinhas massudas difíceis de mastigar na mesa de bufê, quão sincera e profundamente empolgado ele estava por aparecer na TV. Lembra de trabalhar numa cena com Fiona durante a segunda ou terceira temporada de *Pássaros* – a personagem dela havia ligado para ele pedindo para buscá-la numa festa, e os dois estavam sentados no capô de um carro falando de forma não direta sobre a pressão dos amigos. A coisa toda era meio brega, tanto em retrospecto quanto na época, mas ele se lembra de ficar surpreso com a seriedade da atuação dela, de como ela trabalhou duro para acertar o tom da cena. Normalmente, quando Sam encontrava o tom certo das falas, ele o repetia em todas as tomadas; já Fiona atuava de maneira diferente em cada uma – colocando ênfase em outras palavras, testando coisas novas com o rosto e o corpo.

– Corta! – falou por fim a diretora, tirando os fones de ouvido.

Eles estavam com uma diretora nova naquela semana, uma mulher que usava Doc Martens e tinha feito alguns filmes *indie* na Costa Leste. Conforme os dias se passaram, Sam notou que Jamie não gostava muito dela. A mulher estava sendo bastante exigente até então, porém Jamie também era exigente, portanto Sam não achava

que aquele era o problema. Ainda assim, enquanto se dirigiam para o saguão mais cedo naquele dia, Jamie murmurara no ouvido de Sam:
— A Susan está enchendo o seu saco tanto quanto o meu?

E, embora Sam considerasse Susan tranquila, ele rira, porque gostava da sensação de ser confidente de Jamie, mesmo que o segredo fosse vagamente impróprio.

Susan atravessou o set de filmagem, onde ele e Fiona continuavam sentados sobre o capô do carro, esperando para saber se a gravação havia terminado.

— Bom trabalho, pessoal — disse ela antes de se virar para Fiona: — *Você* é incrível!

Ele esperou sentir inveja — *sentiu* inveja, na verdade, sentiu-se irritado e desprezado —, mas, quando olhou para Fiona, que tinha a cabeça baixa de vergonha, ficou impressionado com ela, como se houvesse ali algo que ele pudesse absorver, aprender. Perguntou-se o que ela faria quando aquilo acabasse. O que quer que fosse, pensou que provavelmente gostaria de assistir.

Sam olha para o celular, para a mensagem de Russ ainda à espera de uma resposta. **Não consegui ainda**, digita rapidamente e aperta o botão "enviar" antes que possa desistir. **Vou tentar de novo amanhã.**

É fácil, estranha e alarmantemente fácil, descobrir onde ela mora. Sam até fica um pouco preocupado por ela, na verdade. De manhã, ele simplesmente ligou para a antiga agência dela e flertou com a assistente por um tempo, e logo estava digitando um endereço na barra de pesquisa do celular. O GPS apitou, prestativo.

Ainda assim, quando para em frente à casa, por um segundo pensa que talvez tenha se enganado, que o lugar é algum tipo de disfarce: a casa é de tijolos, modesta e térrea, com um jardim insignificante e um ornamento redondo roxo e espelhado apoiado em um pedestal ao lado da grande janela frontal. Na época em que conviviam, Sam sempre imaginou Fiona voltando para uma mansão em um condomínio fechado em Brentwood, com uma fonte no jardim, mil babás e chefs de cozinha e instrutores correndo de um lado para o outro. O carro na garagem tem seis ou sete anos, pelo menos.

Ele solta o cinto que prende o buquê de ave-do-paraíso ao assento do passageiro, equilibrando-o no quadril enquanto segue pela calçada. Toca a campainha, mas ninguém atende. Tenta de novo, mas a casa está com as luzes apagadas. Sam está prestes a desistir quando um cachorro começa a latir; meio segundo depois, um pit bull com o tronco largo o bastante para jogar na defesa dos LA Rams e uma cabeça do tamanho de um repolho avança correndo pela lateral da casa.

Sam quase derruba a planta.

— Puta que pariu — murmura ele, preparando-se para o impacto.

É claro que Fiona St. James teria um cão de guarda assustador. Se ele acha que está com problemas agora, imagina quando for tentar um papel em um filme com o rosto desfigurado e os dedos despedaçados. Vai precisar aprender todas as músicas da porra do *Fantasma da ópera*.

— Brando! — uma voz feminina grita da casa ao lado. — Brando, não!

E, de repente, lá está ela, saindo do quintal vestindo um shortinho, o cabelo preso em um coque. O cachorro se joga no chão imediatamente, virando de barriga para cima e esfregando alegremente as costas na grama amarronzada.

— É você — diz Sam, erguendo a mão livre para acenar.

Fiona se detém e o encara com os lábios levemente abertos. No segundo que demora para ela transformar a expressão numa careta, ele percebe que não está *inteiramente* infeliz de vê-lo ali.

Predominantemente infeliz, sim.

Mas não inteiramente.

E Sam?

Sam acha que dá para trabalhar com isso.

— Precisamos parar de nos encontrar assim — diz ela depois de um instante.

Usa uma regata branca sobre um sutiã esportivo preto e está descalça no concreto. Sam precisa de muito, muito autocontrole para manter o foco no rosto dela.

– Eu ia ligar – diz ele. – Mas achei que você não ia atender.

– Que inteligente da sua parte – diz ela. Então, olhando para além do ombro de Sam, faz uma cara horrorizada: – Aquele é seu carro?

Sam se vira e segue o olhar de Fiona até o Tesla brilhante, recém-lavado, estacionado na rua.

– ... Sim?

Fiona abre a boca para responder, porém parece tomar uma decisão consciente de não o fazer, acenando para a planta nos braços de Sam.

– O que é isso?

– Ah! – diz ele, esticando a planta na direção dela. – É uma ave-do-paraíso. Minha mãe ia me matar se soubesse que cheguei de mãos abanando na casa de alguém. É uma Saudação de Wisconsin. Quer dizer, é assim que minha mãe chama. A gente é de Milwaukee. Para ser justo, talvez signifique uma coisa completamente diferente na internet.

Ele está se enrolando. Porra, está *nervoso*. Por que está nervoso? Não estava nervoso ontem. Fiona pisca, e uma expressão que ele não reconhece atravessa o rosto dela.

– Você me trouxe uma planta? – pergunta ela baixinho.

– Trouxe.

– Fiona, querida? – alguém chama do quintal. – Quem é?

Fiona se endireita.

– Ninguém!

– Bem no peito – diz Sam.

No mesmo instante, uma mulher de setenta e poucos anos coxeia até o jardim, com papel higiênico enrolado entre os dedos dos pés de unhas recém-pintadas. Uma adolescente de pijama de seda está logo atrás dela.

– Parece que você está falando com... Ah!

A mulher mais velha para na grama e abruptamente se apruma ao vê-lo, jogando os ombros para trás e o quadril para a frente.

– Ora, olá. – Ela se vira para Fiona. – Quem é seu amigo?

Fiona solta um suspiro dramático.

— É o Sam. Ele não vai ficar.

— Eu trouxe uma planta pra ela — afirma Sam. Ele sorri para a menina, que de repente percebe ser a irmã de Fiona, e então tenta tirar o nome dela das profundezas de sua memória, em um lampejo de genialidade, modéstia à parte. — Claudia, certo?

Fiona se vira para ele.

— Como você sabe? Você não se lembrava do Max, mas se lembra da minha irmã? Você é um depravado, por acaso?

— Fiona! — ralha a mulher, oferecendo uma mão de unhas feitas, como que sugerindo a Sam que a beije. — Estelle Halliday.

— Sam Fox — diz Sam, pressionando a boca contra os nós dos dedos dela.

— Ah, nós sabemos — diz Estelle, e Fiona geme numa exasperação audível. — Nós somos grandes fãs da sua série.

— Que foi cancelada — relata Fiona sem rodeios.

Os olhos de Estelle se arregalam.

— Fiona!

— Foi, não foi? — Ela se vira para Sam. — É por isso que você foi até a gráfica ontem. E é por isso que está aqui.

— Ele foi na gráfica? — pergunta Claudia, os olhos arregalados.

Fiona puxa de maneira desajeitada o cabelo, desmanchando o imenso coque, joga a cabeça para a frente e massageia o couro cabeludo por um instante antes de se endireitar tão rapidamente que Sam quase fica zonzo só de ver.

— Estão querendo fazer um *reboot* de *Pássaros* — anuncia ela.

Claudia e Estelle se sobressaltam, as expressões como caricaturas gêmeas com sessenta anos de diferença.

— É mesmo? — pergunta Estelle baixinho.

— Por que você não falou nada? — quer saber Claudia.

— Porque eu não vou fazer. Já avisei ele. — Ela se vira para Sam. — Estou mentindo? — pergunta numa voz rouca e exigente. — Não é por isso que você apareceu na minha casa?

Sam a observa por um minuto, contra a própria vontade. O cabelo dela, encaracolado e dourado-escuro, é como uma juba de leão ao redor do rosto – é o cabelo de uma estrela de cinema, ele pensa. Os olhos dela brilham como brasa.

– Vim te convidar para almoçar. – Ele se ouve dizendo.

Fiona o encara. Ele vê as veias pulsando na pele vulnerável e macia do pescoço dela.

– Não posso – diz Fiona ao mesmo tempo que Estelle afirma:

– Ela adoraria.

Fiona a fuzila com o olhar.

– Tenho coisas pra fazer – protesta ela. – Eu estava de saída.

– Que coisas? – pergunta Estelle.

– Comprar figurino – responde Fiona de imediato, parecendo aliviada por ter uma resposta. – Para a peça.

– Bem, parece algo que vocês podem fazer juntos. – Estelle se vira para Sam: – Ela está dirigindo uma peça. E atuando! As pessoas não sabem, mas ela é muito talentosa.

– Estelle – diz Fiona. – Meu Jesus.

– Bem, você é!

– É mesmo – concorda Sam. – E eu adoraria te acompanhar.

– Não precisa – diz Fiona, erguendo uma mão. – Eu me viro.

– Com certeza seria útil ter alguém com você – pondera Estelle. – Para carregar coisas pesadas...

– Eu amo carregar coisas pesadas – diz Sam, erguendo a planta para enfatizar. – Na verdade, estou pensando em arrumar um emprego como carregador de malas no Hotel Beverly Hills. – Ele ergue a sobrancelha. – Agora que minha série foi cancelada e tal.

A boca de Fiona faz algo que pode ou não ser a insinuação de um sorriso, e é assim que Sam sabe que a convenceu.

– Está bem – anuncia ela, entregando a planta para a irmã e limpando a palma das mãos na parte de trás do short jeans. – Vamos.

CAPÍTULO CINCO *Fiona*

– OK – diz Fiona meia hora depois, revirando os olhos para Sam conforme vira de ponta-cabeça um abajur feio para verificar a etiqueta com o preço na base. – Pode parar com isso, por favor?
– Parar com o quê? – pergunta Sam.
Estão os dois na seção de utensílios domésticos e móveis de um brechó na periferia de Hollywood, rodeados por pertences descartados de outras pessoas.
– De ficar se pavoneando – diz Fiona, devolvendo o abajur à estante e se agachando para examinar uma mesa de canto que parece bamba. – Nem todo mundo está tentando ser parado para dar um autógrafo.
Sam franze a testa.
– Não estou *me pavoneando* – protesta, parecendo ofendido. – Eu ando assim!
– Não é só o jeito como você anda – responde ela, endireitando o corpo. – É toda a sua...
Ela gesticula vagamente para ele, que veste um jeans escuro, botas que parecem caras e quentes demais para LA, uma camisa de

linho com as mangas enroladas até os cotovelos. Um par de óculos escuros que provavelmente custa o mesmo que o carro dela fica dependurado de forma ostensiva na gola aberta.

— Esquece.

— E outra — diz Sam, conforme a segue pelo corredor até a seção de quadros e outras decoração para parede, onde várias plaquinhas nas quais se lê VIVER AMAR SORRIR estão arrumadas como dominós amaldiçoados em uma oscilante estante de metal —, qualquer um que diz que não quer ser parado para dar autógrafos está mentindo. Ninguém faz o que a gente faz a não ser que queira ser parado para dar autógrafos.

— O que *você* faz — corrige Fiona.

Sam apenas balança a cabeça.

— Bela tentativa — diz, colocando um enfeite de parede de macramê por cima do ombro como se fosse um xale. — Exceto que você *aparentemente* ainda está atuando em segredo.

Fiona não tem uma resposta para isso, mas, por sorte, Sam não parece esperar por uma. Ele coloca o adorno de volta onde o encontrou e segue para a seção de papelaria, constituída na maior parte de caixas vazias de envelopes e fichários de três aros descartados, com as etiquetas riscadas.

— Por que todas essas lojas têm o mesmo cheiro? — pergunta ele em voz alta para ninguém em particular.

— Fedor humano e sonhos arruinados. — Fiona olha de soslaio para ele. — Você já *esteve* em muitos brechós na vida?

— Pra falar a verdade, sim. — Sam dá de ombros, sem nenhuma hesitação. — Antes de conseguir meus primeiros trabalhos, pelo menos.

Isso a surpreende. Fiona sempre pensou que Sam vinha de alguma dinastia rica do Meio-Oeste, que seu pai trabalhava com aço ou petróleo ou algo do tipo, e que tinha ingressos para todos os jogos dos Green Bay Packers.

— Quando foi isso? — pergunta ela.

– Eu tinha uns dez anos. Ou nove, talvez? Era o modelo perfeito para uniformes na volta às aulas.

– Você ainda tem essa aparência.

– Obrigado.

– Por que você acha que foi um elogio?

– Você disse num tom elogioso.

– Disse?

– Disse – responde confiante e, antes que Fiona possa retrucar, deixa escapar um som que é algo entre uma risada e um latido: – Puta merda! Olha só isso! – grita incrédulo.

– O quê? – pergunta Fiona, apavorada.

É sempre uma roleta-russa comprar em brechó. Uma vez, ela encontrou uma ninhada de filhotes de rato dentro do bolso de um cardigã de crochê que havia comprado para vestir em *Este mundo é um hospício*.

Só que, quando Sam se vira, está sorrindo.

– Nada não – cantarola ele, segurando um...

Puta que pariu. Um estojo de *Pássaros da Califórnia* de plástico rosa-choque com um zíper amarelo e um desenho horrendo do rosto de Fiona com um papagaio verde-limão empoleirado em seu ombro.

– Só estou tentando imaginar o que eu vou guardar nessa preciosidade, só isso.

Fiona bufa.

– Me dá isso.

Ela tenta agarrar o estojo, mas Sam o segura bem acima da cabeça, trocando-o de uma mão para outra como se eles fossem duas crianças brincando de bobinho na hora do recreio. Ele é bem mais alto do que Fiona se lembrava, e de perto cheira a perfume e desodorante, e também um pouco de suor.

– Quer dizer, a resposta é maconha e seda, óbvio – diz ele, pensativo, ainda segurando o estojo no ar como a bandeira de um país onde viveram em outro tempo. – Muito sem graça, não acha? A gente pode fazer melhor do que isso, tenho certeza.

– Ah, como você é engraçado.

— E só custa 99 centavos! — informa ele com alegria. — Praticamente de graça!

Fiona sacode a cabeça e sai empurrando o carrinho na direção da seção de roupa feminina. É melhor deixá-lo curtir essa vitória. Melhor do que permitir que saiba que ela se importa, que a ideia de existirem itens de colecionador de *Pássaros da Califórnia* por aí no mundo — lotando brechós e lixões, acumulando mofo nos porões das casas de infância das pessoas e contribuindo para acelerar o aquecimento global — a faz querer arrancar a própria pele como se fosse papel de parede.

— Tem itens de *Cirurgião de corações*? — pergunta ela. — Cateteres com o logo, essas coisas?

— Penicos, talvez — diz Sam, trotando ao lado dela. — Eu assinei um contrato de licenciamento. Se tiver, eu devia arranjar um jeito de conseguir. Itens de colecionador.

Fiona concorda em silêncio.

— Você está chateado com isso? — pergunta ela, porque não consegue evitar, colocando no carrinho uma saia reta e uma blusa de babados. — Com a série, quero dizer.

Sam dá de ombros.

— Claro. — Ele tira de uma cesta um boné de caminhoneiro com o emblema dos San Francisco 49ers e o experimenta em frente a um espelho próximo. — Eu gostava das pessoas com quem trabalhava. Além disso, é difícil não se sentir responsável, né? Ninguém quer ser o culpado pela demissão de uma equipe inteira. — Então ele a olha e imediatamente empalidece. — Quer dizer...

Fiona sorri — não que não se sinta ferida. Mas ela sabe que é verdade. Jamie disse isso para ela quando, depois de tantas obscenidades cometidas em público, a emissora resolveu arrancar *Pássaros* da programação.

— Você tem ideia do que acabou de fazer? — cobrou ele, as bochechas vermelhas sob a barba por fazer. Havia uma gota de saliva no canto de sua boca. — De quantas vidas de pessoas que trabalham duro acabou de destruir?

Na época, ela estava com vinte anos.

– Você vai pegar piolho – diz Fiona, esticando a mão e arrancando o boné da cabeça de Sam. Ia devolver o boné ao lugar, mas reconsidera e o joga no carrinho. Vai lavá-lo na máquina para desinfetar. Claudia vai gostar. – Vamos embora.

– Enfim – diz Sam, seguindo-a até o caixa. – Estou tentando pensar nisso como uma oportunidade. Sabe, de fazer o tipo de coisa que sempre quis fazer.

– Shakespeare? – pergunta Fiona secamente.

– Pornografia – brinca ele, e então se vira e dá um largo sorriso para a operadora do caixa, que o encara de olhos arregalados. – Quero comprar este maravilhoso estojo, por favor.

Fiona abaixa a cabeça para esconder o sorriso.

– Está com fome? – pergunta Sam conforme Fiona empurra o carrinho pelo estacionamento, a roda quebrada rangendo contra o asfalto irregular como se estivesse sendo assassinada.

No fim, Fiona encontrou quase tudo de que precisava: uma maleta para Larry, vestimentas natalinas combinantes para as crianças, alguns quadros tenebrosos para o cenário da sala de estar. Sua mãe havia lhe ensinado a comprar nos brechós dos bairros de rico – provavelmente, a coisa mais útil que ensinara a Fiona.

– Vamos almoçar – continua ele.

Fiona hesita. Por um lado, sim, está com fome, mas, por outro, não quer que ele pense… nada.

– Onde? – cede ela.

Sam dá de ombros.

– No Pink's?

Fiona bufa.

– Pra quê? Pra gente ficar esperando por uma hora no sol escaldante e as pessoas tirarem fotos de nós dois juntos e presumirem que eu aceitei fazer a série, até que eu só consiga pensar: "Poxa vida, agora é melhor fazer mesmo"?

Sam a olha como se ela fosse louca.

– Sugeri mais por causa do cachorro-quente de lá mesmo. Mas concordo que teria sido bem astucioso da minha parte – responde com calma.

Fiona o observa por um longo momento, desconfiada. Tentada, e tentando não ceder. Os olhos dele são muito, muito verdes.

– Eu conheço um lugar – diz ela por fim.

Fiona o leva a um restaurante grego antiquado no Pico Boulevard, com cabines de couro artificial marrom gastas e jukeboxes parafusadas na parede que se gabam de tocar clássicos contemporâneos como "I Will Always Love You". Atrás do balcão há um bar completo, com um milhão de taças de coquetel diferentes penduradas de cabeça para baixo.

– Sempre me pergunto quem é que vai a lugares tipo esse pra ficar bêbado – diz Sam, estreitando os olhos para as garrafas empoeiradas de licor de menta e sambuca. – Tipo: ovos mexidos e um Rusty Nail, por favor.

Fiona encolhe os ombros.

– Parece um café da manhã bem balanceado para mim.

A garçonete aparece naquele instante, usando tênis confortáveis e um crachá escrito KAREN, o cabelo grisalho preso em um coque atrás da cabeça.

– Oi, Karen – diz Sam, sorrindo, e então começa a flertar com ela até a mulher corar como uma adolescente, escondendo a boca pálida atrás do bloco de pedidos.

Fiona revira os olhos e pede sanduíche de rosbife com queijo e batatas fritas. Sam pede salmão grelhado com legumes.

– Espera aí – diz Fiona para ele, erguendo uma mão. – Com licença. O que aconteceu com "eu amo cachorro-quente"?

– Você está brincando? – Ele sorri. – Eu não como um cachorro-quente faz, tipo, seis anos.

Ele bate de leve um tornozelo contra o dela sob a mesa e dá uma piscadela.

– Mas foi um bom plano, né? A coisa do Pink's.

– Meu Deus do céu. – Fiona balança a cabeça, esperando parecer mais irritada do que de fato está. – Eu vou embora.

– Você não vai embora. Karen – diz Sam, completamente despreocupado –, um cachorro-quente também, por favor, completo.

Karen sorri, gentil.

– Claro que sim, querido.

– Posso te perguntar uma coisa? – diz Fiona assim que a garçonete se afasta, e se recosta na cabine com os braços cruzados. – Por que você presume que todas as mulheres te acham charmoso?

– Experiência, na maior parte – responde ele, dando de ombros. – Eu posso *te* perguntar uma coisa?

– Prefiro que não pergunte.

Sam a ignora.

– Você atendeu a ligação, né?

Fiona pega um dos picles do prato na mesa, morde e imediatamente percebe o erro que cometeu – tem gosto de alho enlatado e água parada, tristonho e rançoso.

– Quê? – ela pergunta assim que termina de engolir.

– Quando sua agente ligou pra falar da série, você atendeu a ligação. Então deve ter uma parte minúscula sua que quer voltar a ter uma carreira.

– Eu tenho uma carreira – lembra Fiona.

– Numa gráfica? – Sam não parece convencido.

Ah, isso a deixa irritada.

– É a empresa do meu pai! – retruca ela, o temperamento faiscando como pedra contra aço. – Que ele construiu sozinho, e que pagou pela casa na qual eu cresci e pelo aparelho da minha irmã e pelas minhas estúpidas aulas de atuação. Não é uma franquia igual a milhares de outras.

Sam pisca.

— Não, eu... Desculpa — diz baixinho. — Não foi o que... Você entendeu.

Fiona sente os ombros afrouxarem.

— Tudo bem — diz, um pouco envergonhada, desejando, e não pela primeira vez, ser o tipo de pessoa que não se irrita tão facilmente com minúcias.

Pam, se estivesse aqui, aconselharia Fiona a respirar fundo. Em vez disso, ela termina de comer o picle borrachudo e insosso, então estica a mão para pegar outro, só para ter algo para fazer.

— Você vai mesmo comer isso? — pergunta Sam.

— Sim — diz ela de imediato, mastigando o mais ruidosamente que consegue.

— Porque eles devem estar aí há horas. Só avisando.

— Que bom. — Ela pega um terceiro. — Assim pega mais gosto.

Sam toma um gole do chá gelado sem açúcar, a expressão em seu rosto dizendo algo como "faça como quiser, sua psicopata".

— E a Thandie? — pergunta ele.

Fiona não engasga, mas quase.

— Thandie? — consegue repetir, os olhos umedecendo levemente. Ela pigarreia. — Thandie... provavelmente não comeria os picles.

Sam faz uma careta.

— Vocês eram amigas, não eram?

— Nós somos amigas — Fiona responde automaticamente, apesar de não ver Thandie há cinco anos.

A última vez que se viram pessoalmente, Fiona a convenceu a ir a uma festa que o segundo membro mais bonitinho de uma boy band popular estava dando em sua suíte no Chateau Marmont. No dia seguinte, havia fotos da cara detonada de Fiona em todos os lugares, porém Thandie tinha dado um jeito de escapar das câmeras.

— Sei que atuar não significa muita coisa pra você, ou sei lá — falou baixinho Thandie, cutucando um fio do suéter enquanto as duas bebiam *latte* gelado no sofá do apartamento dela, na manhã seguinte. — Mas pra mim é uma coisa séria. E não é por nada, Fiona, mas o mundo costuma perdoar bem menos os comportamentos errôneos das pessoas que têm a minha aparência.

Seis meses depois, Fiona, sentada em um sofá na sala de espera da clínica, viu pela TV Thandie receber um Oscar de Melhor Atriz Coadjuvante. Fiona nunca disse isso para ninguém, mas ainda é o momento de sua vida do qual tem mais orgulho, e se, para conseguir o que queria, Thandie precisou se afastar dela, Fiona sabe que não pode colocar a culpa em ninguém além de si mesma.

– Bem – diz Sam, fitando-a. – O que ela diz?

Fiona bufa.

– Thandie não vai fazer um *reboot* de *Pássaros da Califórnia* nem em um milhão de anos – garante, monótona.

– Por que não?

– Porque ela é uma atriz séria!

– Eu sou um ator sério – responde ele, e Fiona joga a cabeça para trás e solta uma gargalhada.

A boca carnuda e bonita de Sam se abre.

– Vai se foder!

Embora ele também esteja rindo, Fiona tem a impressão de que parece ao menos um pouco magoado.

– Sou mesmo!

– Não me faça rir – diz ela sem pensar, e no mesmo instante sente-se corar. – Quer dizer...

Porém Sam sacode a cabeça.

– Não precisa ser condescendente – diz, apontando para si mesmo. – Qual é, Fi, você quer que eu esconda toda essa luz debaixo de um abajur? Ou você é boa demais para a TV?

– Eu não sou boa demais para a TV – responde ela, e está sendo sincera. – Também não sou boa demais para atuar. Eu gosto de atuar. Só não gostava de... todo o resto que vem junto.

– Dinheiro? Fama? As pessoas se desdobrando para atender os seus desejos?

Fiona solta uma risada.

— Ah, é essa a sua experiência?

— Às vezes — solta ele. — Quando estávamos fazendo *Pássaros*, foi tudo uma tortura pra você?

Fiona hesita. Ela se lembra de correr pelo terreno da emissora com Thandie, as duas comendo biscoitos com gotas de chocolate do bufê, fazendo abre-e-fechas de conteúdo indecente com as páginas dos roteiros. Lembra da sensação de conseguir a cena em um só take e saber que tinha ficado engraçada. Lembra de Sam no beco do lado de fora da festa de despedida naquela noite, a boca quente e curiosa pressionada contra a dela e, finalmente, balança a cabeça e admite:

— Não. Nem tudo.

Karen aparece com os pedidos, e, depois de dizer à garçonete que a adora e que ela é demais, Sam se vira para Fiona.

— Então — diz, espremendo limão sobre o salmão sem tempero. — Sobre o que é *Casa de bonecas*?

— Não é da sua conta — diz Fiona de forma afável e dá uma mordida no sanduíche.

— Ah, você quer que eu adivinhe? Por que não disse antes? — Sam sorri. — É sobre bonecas que ganham vida durante a noite.

— Acertou de primeira.

Apesar disso, Sam continua:

— É sobre robôs eróticos. É sobre menininhas fazendo magia da pesada. É sobre se encolher para fugir do capitalismo, como naquele filme do Matt Damon.

Fiona suspira.

— É sobre uma mulher que passa por um monte de coisas e de repente percebe que não pode controlar a própria vida ou reputação. E decide tomar uma atitude.

— Seria meu próximo palpite. Ela se mata no fim?

Fiona o encara por um momento.

— Você é doente, cacete?

— Não estou dizendo que eu *quero* que ela se mate — diz ele, apressado. — Só me parece que várias dessas histórias acabam com as mulheres entrando no mar com pedras no bolso ou colocando a cabeça no forno ou algo assim.

– Bom, você não está errado – admite ela –, mas não é isso. Ela larga o marido e as crianças, e a peça acaba com o som da porta batendo atrás dela.

Sam assente.

– Isso é bem da hora.

Fiona sorri. Não consegue evitar.

– Considerando que foi escrita em 1879? É, é bem da hora mesmo.

– Qual é o seu papel?

Fiona pega uma batata frita, evitando o olhar dele.

– Nora – diz ela, sentindo-se estranhamente tímida.

– Quem é Nora?

– A governanta.

Seu olhar captura o de Karen quando a garçonete passa com uma cafeteira na mão.

– Com licença – diz com a voz doce. – Você pode trazer mais picles?

O sol começa a se pôr quando Sam deixa Fiona em casa; as palmeiras não passam de silhuetas escuras contra o céu pintado em tons de rosa, azul e laranja. O ar cheira a jasmim-estrela e fumaça. Às vezes Fiona gostaria de não amar tanto a Califórnia, pois assim poderia fazer as malas e recomeçar a vida em Nova York ou em Chicago, mas aí ela se depara com noites como a de hoje e sabe que será enterrada neste deserto cor de sorvete, perambulará por cânions e assombrará os morros até que o mundo acabe.

– Última parada, vaqueira – diz Sam quando param no meio-fio, olhando de soslaio. – Isso foi... – Sua voz some. – Você entendeu.

– Não tão *extraordinariamente* horroroso quanto achei que seria – admite Fiona.

Sam abre um sorriso.

– Apenas horroroso de uma forma genérica.

– Isso.

Fiona faz uma careta. Sam responde com outra, e sustenta o olhar dela, ajeitando-se no assento de couro. Fiona nota os respingos de âmbar nos olhos dele. Ela não sabe se é sua imaginação ou se ele de fato se inclina em sua direção, os olhos baixando brevemente até sua boca, e, antes que consiga evitar, visualiza a cena: as mãos de Sam, a língua, os dentes retos e brancos, o raspar da barba por fazer contra seu queixo. Se arrepende de ter comido quatro picles no restaurante. Ela não beija ninguém há muito tempo.

Meu Deus do céu, no que ela está *pensando*?

Fiona se endireita bruscamente, como se alguém tivesse cutucado suas costas com um lápis. De imediato, Sam também ajeita a postura.

– Enfim, escuta – diz ele, esfregando uma mão na nuca –, você devia pensar melhor no *reboot*.

Fiona sente o corpo todo afrouxar involuntariamente, como uma boia desinflando, e se convence de que isso é bom, pois deixa claro o que ele queria esse tempo todo.

– Eu… definitivamente não vou fazer isso – promete ela jovialmente. – Se cuida, Sam.

– Eu… Tá – diz ele, e olha por mais um momento para ela, que não entende por que se sente decepcionada. – Você também.

Fiona demora um instante para recuperar a compostura depois que ele se vai, fica parada na porta de casa enquanto as lanternas traseiras do carro ridículo de Sam desaparecem na esquina. Ocorre a ela que estar na companhia de Sam é como estar em um palco – não como se estivesse atuando, mas como se estivesse perdida em algo alheio à sua vida normal. Como se fosse outra pessoa por um tempo. Não era a pior sensação do mundo.

Dentro de casa, o pai está sentado no mesmo lugar em que ela o deixou de manhã, a luz da TV piscando em seu rosto.

– Oi, pai – diz ela, dando batidinhas gentis no batente da porta como se aquele fosse o quarto dele, e bem poderia ser.

Por um momento, Fiona relembra como o pai costumava ser quando ela era criança, plantando manjericão em vasos grandes no pátio e fazendo ovos mexidos especiais para o café da manhã do sábado, depois que ela voltava do treino de natação.

– Como foi seu dia?

Ele ergue o olhar – surpreso, embora Fiona não saiba se porque não tinha percebido que ela voltou ou que ela saiu.

– Bom, querida.

– Que tal tomar banho antes de jantar?

O pai nega com a cabeça, os olhos novamente vidrados na tela.

– Não estou com fome, amor.

Fiona morde a língua com tanta força que sente o gosto metálico. Às vezes fica tão brava com a mãe por ter ido embora que quase não consegue respirar. Fiona merece isso; pelo menos essa noção ela tem. Só que Claudia não merece.

– Não foi o que eu disse, pai. – Ela força um sorriso. – Vamos, uma chuveirada rápida.

Depois de um tempo, o pai suspira e vai na direção do banheiro. Fiona resiste ao impulso de ficar do lado de fora da porta fechada até escutar o barulho do chuveiro e segue para o quintal, onde Claudia lê um livro de fantasia de quatro mil páginas enquanto esfrega um pé descalço nas costas de Brando. Claudia encontrou Brando mancando na rua quando ela estava com doze anos; o cão tinha picadas de pulga, estava magro, e havia uma cicatriz gigante ao lado do pescoço a qual sugeria um passado questionável, e, assim que a viu, parou, rolou de barriga para cima e implorou para receber carinho. O pai de Fiona é alérgico a cachorros, mas Estelle não, e desde então Brando mora com ela – apesar de Fiona periodicamente encontrar Brando dormindo enrolado como uma rosquinha no pé da cama da irmã quando vai acordá-la para a escola.

– Ah, oi – diz Claudia, marcando com o dedo indicador o ponto que estava lendo e olhando para Fiona através de um estiloso par de óculos sem lente. – Como foi seu encontro?

Fiona se aproxima por trás de Claudia e tira o cabelo da irmã do pescoço, satisfazendo-se com o chumaço grosso e sedoso.

– Não foi um encontro – responde, o que é verdade, ainda que uma parte minúscula sua sinta-se agradavelmente deslumbrada agora, como se ele a tivesse beijado, afinal.

Ele só quer que ela faça a série, lembra-se Fiona. Tudo se resumiu a isso.

Claudia não parece convencida.

– Vocês foram comer?

– Sim – admite Fiona, relutante.

– Então foi um encontro.

– Ah, tá. – Fiona puxa de leve o cabelo de Claudia, fazendo-a inclinar a cabeça para trás e encará-la de cabeça para baixo. – É assim que funciona na escola?

Claudia ri.

– Há, não. Definitivamente não.

– Só pra gente velha como eu?

– E Estelle. Para ela também, provavelmente.

– Não acho – diz Fiona, soltando o cabelo da irmã. – Estelle tem perfil em todos os aplicativos.

– Pronta pra dar – concorda Claudia, que segue Fiona para dentro de casa.

Para o jantar, Fiona prepara *quesadillas* de frango e brócolis com manteiga e sal no micro-ondas, colocando um guardanapo dobrado embaixo do talher ao lado do prato de Claudia. Sempre faz Claudia jantar sentada à mesa, mesmo quando é a única que vai comer.

– Não somos animais – diz quando Claudia reclama.

No caminho até a geladeira para verificar se ainda tem creme azedo, vê seu reflexo na porta espelhada do micro-ondas, e então franze a testa e ergue a mão até a orelha.

– Cacete – murmura.

Ela abaixa e ajoelha no chão, passando a mão pelo piso e juntando nada além de migalhas.

– A gente precisa passar o aspirador – observa.

– O que você está fazendo? – pergunta Claudia, com um olhar de confusão.

– Perdi um brinco. – Fiona faz uma careta. – O da mamãe. A pérola.

De imediato, Claudia abandona a cadeira e se abaixa ao lado de Fiona, o cabelo formando uma cortina ao redor do rosto.

– Quando foi que você o viu pela última vez? – pergunta, olhando embaixo da mesa.

Fiona balança a cabeça.

– Acho que de manhã... Não sei.

Ela refaz os passos até a varanda, depois vai até a sala de estar e o jardim da frente, mas não adianta nada. Provavelmente está no bolso de algum blazer com cheiro de cigarro no brechó de East Hollywood, ou no lixo do restaurante acompanhado de sobras de batatas fritas e fatias de casca de laranja.

– Está tudo bem – diz ela por fim, sentando sobre os calcanhares, apesar de não sentir que está tudo bem. – A gente não vai encontrar.

– Provavelmente não – concorda Claudia, e algo na forma como ela aceita a inevitabilidade da decepção faz com que Fiona sinta-se como uma formiguinha.

– Vamos – diz ela, colocando-se de pé sem nenhuma elegância e estendendo uma mão. O pai ainda está no quarto dele. – Vamos comprar donuts.

Claudia sorri.

Elas pegam o carro de Fiona e seguem para o Krispy Kreme 24 horas em Crenshaw, as luzes de neon brilhando contra o vidro. Começaram esse hábito no dia em que a mãe foi embora – Fiona acordou a irmã às duas ou três da manhã e a colocou no banco de trás do carro para o trajeto até o outro lado da cidade, as duas cantando Stevie Nicks ou Pat Benatar no rádio. O Krispy Kreme tem um drive-thru, mas Claudia sempre amou assistir pela vitrine ao lado da loja aos donuts sendo enrolados pelas máquinas, e Fiona amava o tanto que a irmã amava aquilo a ponto de correr o risco de ser fotografada pelos capangas de Darcy de vez em quando.

Nesta noite permanecem no carro, e Fiona pega a caixa da garota na janela e a estende cuidadosamente para o assento do passageiro, onde está a irmã.

— Cuidado — diz, inalando o aroma quente de fritura e açúcar, o ar noturno pesado e espesso entrando pela janela aberta. — Ainda está quente.

CAPÍTULO SEIS — Sam

Ele definitivamente não tem grana para comer fora mais do que uma vez por dia, então, quando Erin liga para perguntar se quer jantar, Sam a convida à sua casa, em West Hollywood, para comer tacos.
– Com isso você está dizendo que espera que eu faça tacos? – pergunta Erin.
Sam fica boquiaberto diante de tamanha injustiça.
– Eu faço tacos decentes! – protesta, o que é verdade, mas, quando calcula quanto os ingredientes vão custar, decide ir até o restaurante preferido dos dois e pedir meia dúzia de tacos e porções de guacamole e chips.
Pensa melhor e volta para pedir molho de queijo também, embora esteja tentando não comer queijo.
– Não precisa – diz, sacudindo a mão magnanimamente quando Erin se oferece para pagar metade. – Depois a gente acerta.
Ela o observa do sofá, onde está folheando a última edição da *Martha Stewart Living*, que chega à casa dele fielmente todos os meses, endereçada à mulher que morava ali antes.

— Você está animado — observa ela.

— É, acho que sim. — Sam não tinha parado para pensar no assunto. — Como foi com a menina de óculos hipster?

— Ah, sei lá. — Erin descarta a revista e desembrulha um taco.

— Ela é meio hipster demais. Acho que não parafraseei autoras feministas o suficiente pra causar uma boa impressão.

— Impossível — responde Sam, entregando-lhe um guardanapo.

Erin é a pessoa mais impressionante que ele conhece. Parte disso se deve a quanto ela é boa no que faz — no outono passado, noticiou a descoberta de um treinador abusador em uma escola particular em Orange County, e desde então sua carreira está a mil, com seu nome aparecendo na *The New Yorker*, na *Atlantic* e no *Los Angeles Times*, mas ela é boa mesmo na vida em geral — manda cartões de aniversário de papel, fala espanhol fluentemente e conhece as melhores promoções nos supermercados. Sam sabe muito bem qual dos dois saiu ganhando quando, anos atrás, ele respondeu ao anúncio dela em busca de um colega para dividir o apartamento, e, para falar a verdade, não entende por que ela continua sendo amiga dele. Quer ser como ela quando crescer.

— Tenho certeza de que você citou a quantidade certa de teoria feminista.

— Vamos ver — diz Erin, abrindo um potinho de plástico de molho. — O que você fez hoje?

Sam abre um sorriso. Tinha guardado a história para contar pessoalmente, preparado para pintar Fiona como uma doida, mas, quando abre a boca, fica surpreso por constatar que, por algum motivo, não quer fazê-lo.

— Eu... Nada, na verdade — mente, espremendo uma fatia de limão no taco. — Dirigi por aí e senti pena de mim mesmo. Fiz um daqueles testes para descobrir meu nome de ator pornô, caso eu precise seguir por esse caminho.

— E?

— Ajax Dagger.

– É um bom nome – aprova Erin.
Sam lhe passa a porção extra de chips.

Ele passa a manhã seguinte na academia, alegremente sofrendo nas mãos de Olivia, sua personal. Sam ama a academia. Ama tudo ali: a sauna. O spa. O bar de sucos. O bar normal. E, claro, a mensalidade custa quase o mesmo valor que seu aluguel, mas ele precisa ter certa aparência para fazer seu trabalho, e não é como se ele pudesse aparecer em uma academia pequena de bairro e brigar com alguma universitária pela bicicleta ergométrica. Além disso, pode usar como desconto no imposto. Ou, se não pode, deveria poder. Sam não sabe ao certo.

Russ liga quando ele está no vestiário se trocando.

– Como foi com a Riley Bird? – quer saber.

Essa é uma pergunta... interessante, na verdade. Sam passa a cabeça pela gola da camiseta e pensa na forma como ela sorriu para ele do outro lado da mesa no restaurante; pensa naquele momento carregado e significativo no carro. Então pensa na maneira como ela se retraiu e saiu do assento do passageiro como se estivesse considerando uma carreira como dublê em *Missão impossível* e conclui que é bastante improvável que ela vá mudar de ideia.

– Não foi bom – admite. – Eu tentei.

– Tente mais – sugere Russ. – Você é um cara charmoso.

– Foi o que eu quis dizer. Ela não pareceu convencida.

– É melhor ser mais convincente.

– Eu... Entendido – diz Sam, um pouco confuso.

A fala de Russ não soa exatamente como uma sugestão. Sam tenta não pensar que seu agente está insistindo na ideia de *Pássaros* porque não tem nada mais promissor em vista, porque sua carreira acabou antes mesmo de ter começado direito. Não pode ser isso, certo? Russ lhe contaria se fosse o caso. Além disso, Sam tem outra audição no fim da semana. Vai ficar tudo bem.

— Vou levar a Cara e as meninas para Tulum na quinta-feira — avisa Russ quando estão prestes a desligar —, caso queira usar a piscina enquanto estivermos fora.

Esta é outra razão pela qual Sam, sendo honesto, não quer demitir Russ como agente: Russ tem uma bela casa, e é bastante generoso quanto a deixar Sam usá-la. Ele gosta de ficar flutuando nas diferentes boias.

Sam coloca o celular no bolso no instante em que o manobrista traz seu carro, a luz do sol reluzindo no capô recém-encerado. Sam abaixa as janelas, absorve a onda de bem-estar que o abraça sempre que está atrás do volante do Tesla, e tenta não pensar no envelope que recebeu de manhã da empresa que cuida do seu financiamento, com a palavra ATRASADO escrita em letras vermelhas, visível para o carteiro e para qualquer um.

Está tudo bem, diz a si mesmo mais uma vez. Só precisa relaxar.

Está prestes a ficar parado no trânsito quando, de soslaio, nota algo reluzindo no tapete do passageiro. Estica a mão e pega um pequeno brinco de pérola cinza, pouco maior do que um gergelim.

Sam franze o cenho. A única garota que esteve em seu carro ultimamente foi Erin, e ele sabe que Erin preferiria se atirar em um vulcão a usar pérolas.

O que significa que deve ser de Fiona.

E que tipo de babaca ele seria se não devolvesse o brinco?

Sam tenta primeiro a casa, em cujo quintal a irmã e a senhora vizinha estão sentadas, vestidas com turbantes idênticos, jogando algo que parece ser um tipo modificado de canastra. Uma alegre versão instrumental de "Garota de Ipanema" ressoa do celular de Claudia.

— A Fiona está no ensaio da peça — diz a vizinha, Estelle, como Sam se lembra agora. Ela parece genuinamente decepcionada por não ter notícias melhores para ele. — Ela vai ficar triste de perder a sua visita.

— Olha — diz ele —, não acho que eu definiria *dessa forma*.
Isso faz as duas sorrirem.
— Ela se divertiu ontem com você — informa Estelle, tomando um gole do coquetel vespertino.
— Estelle — alerta Claudia, mas a mulher a ignora.
— Bom, foi isso mesmo! Claro que ela não *disse* isso, mas você conhece sua irmã melhor do que ninguém. E, de qualquer forma, o Sam não vai contar pra ela que eu falei isso. Vai, Sam?
Sam nega com a cabeça, estranhamente satisfeito.
— Eu também me diverti com ela.
— Foi o que presumi.
Claudia lança outro olhar a Estelle e então estica a mão para pegar o brinco.
— Posso devolver pra ela — diz, mas Sam balança a cabeça, colocando o objeto de volta no bolso.
— Eu esperava vê-la pessoalmente, se não tiver problema. — Ele olha para o relógio como se precisasse estar em outro lugar, o que não é verdade. — Posso passar no teatro, o que acham? Tenho um tempinho.
Claudia e Estelle confabulam — uma silenciosa e rápida negociação em família que Sam não sabe como interpretar. Por fim, Claudia assente.
— É longe pra caramba — avisa, tirando o celular do bolso da longa túnica florida. — Mas posso te dar o endereço.
— Obrigado — diz ele, já começando a se arrepender. — Fico devendo uma.
— Fica mesmo — diz Claudia sombriamente. — Ela vai matar a gente quando estivermos dormindo.
— Ah, docinho, não seja boba — replica Estelle, dando um tapinha carinhoso no braço de Claudia. — Ela não vai esperar a gente dormir.

* * *

Ele se perde duas vezes a caminho do teatro, que fica em uma rua escondida no centro. Passa três vezes pelo mesmo cara mijando no mesmo beco – bem, Sam *acha* que é o mesmo cara no mesmo beco. Não é como se fosse parar para verificar.

Finalmente encontra uma vaga não muito longe do endereço que Claudia deu, certificando-se duas vezes de que o carro está trancado antes de enterrar o boné até cobrir os olhos. Seguindo as placas escritas à mão, desce a escada, passando por um corredor que fede como o mictório de um bar pé-sujo antes de silenciosamente abrir a porta do teatro e entrar, segurando-a para não bater e fazer barulho.

Sam a vê logo de cara, parada no palco, vestindo legging e um moletom, um roteiro amassado na mão.

– Hector – diz ela para um cara de pele marrom-clara que usa uma camisa florida –, você vai cruzar o teatro como se estivesse... Isso, exatamente assim. Obrigada. Georgie? – Ela gesticula para que uma mulher com rosto de querubim e roupas típicas de mãezona se aproxime. – Podemos conversar um minuto sobre o que está acontecendo entre Krogstad e a senhora Linde nesse próximo diálogo?

Sam, as mãos enfiadas no bolso do jeans Levi's, fica nos fundos do teatro enquanto eles trabalham na cena. Uma das vantagens de ter atuado como convidado especial de um único episódio em basicamente todas as séries de drama que passam na TV é ter trabalhado com muitos diretores, de modo que não precisa observar Fiona por mais do que alguns minutos para saber que ela é boa. Tipo – *muito* boa. Sam gosta da forma como ela fala com os atores, percebe que se mostra bastante interessada no que eles têm a dizer, que não está simplesmente os deslocando de um lado para o outro no palco como se estivesse brincando em sua própria casa da Barbie. No segundo antes de cair na real, ele pensa que talvez fosse legal atuar em uma das peças de Fiona.

Puta que pariu. Sam precisa mesmo arrumar um emprego de verdade.

– OK – diz Fiona, satisfeita, o All Star rangendo conforme ela se vira e salta do palco. – Vamos lá, começando pela parte do...

Ela o vê no fundo do teatro, e seus olhos escuros se arregalam. Sam sorri. Fiona faz questão de não sorrir de volta.

– Hum. Do começo da cena – diz.

Fiona o faz esperar enquanto eles refazem a cena, enquanto ela tece comentários, enquanto eles encenam mais uma vez. O que não surpreende Sam. Por fim ela assente como forma de aprovação.

– Ótimo – diz, arrancando o elástico do cabelo bagunçado para então prendê-lo outra vez. – Cinco minutos de intervalo.

Ela só vai até ele quando tem certeza de que ninguém está prestando atenção.

– Você está me seguindo? – pergunta, pegando em seu braço e o puxando para o corredor fedorento.

O aperto é forte o bastante para deixar uma marca.

– Bem, não – diz Sam. – Mas reconheço que isso é o que um cara que estivesse te seguindo diria, então... sim?

– Porque já tive gente me seguindo. E também já segui pessoas. Só estou te avisando desde já que isso não vai funcionar.

Sam sente que o melhor a fazer é não dar corda para esse assunto.

– Eu pesquisei sobre a peça – diz ele, gentilmente desvencilhando o braço do aperto mortal. – Você não falou que a Nora é a estrela da peça.

Fiona solta uma gargalhada.

– Por favor, olha esse lugar, Samuel. Eu acho que podemos dizer que não tem estrela nenhuma no Teatro Angel City.

– Mas é a protagonista – insiste Sam, pigarreando.

Ouvi-la dizer seu nome completo, ainda que para zombar dele, provocou uma reação esquisita em suas entranhas.

– É. – Fiona dá de ombros. – Acho que sim.

– Então você está dirigindo e estrelando?

– Ah, sim, eu sou igual ao Lin-Manuel Miranda.

– Não exagera – brinca Sam. – Ele também escreve.

Fiona faz uma careta.

– Você não devia estar aqui – sibila, indicando com a cabeça a porta do teatro. – Ninguém aqui sabe quem eu sou.

– Espera aí. – Sam franze o cenho. – Sério? Você disse que faz mais de um ano e meio que estava fazendo isso.

Fiona dá de ombros.

– Alguma pessoa ali te pareceu um espectador ávido do Family Network?

Sam reflete. Na verdade, a maioria daquelas pessoas parecia do tipo que anunciaria com orgulho que nem sequer tem um aparelho de televisão, enquanto as outras pareciam consumir apenas o PBS e reprises de *Frasier*. Ainda assim, um ano e meio era bastante tempo.

– Levando o Método a sério, hein? – diz ele por fim. – Admiro a sua dedicação ao trabalho.

Fiona não ri da piada.

– Você queria alguma coisa? – pergunta ela.

– Na verdade, sim. – Sam vasculha o bolso até encontrar o brinquinho. – Você deixou cair no meu carro – diz, entregando-o. – Pode me agradecer depois por devolver.

Fiona prende a respiração.

– Eu... Caralho – diz baixinho. Ela fica em silêncio por um momento antes de esticar a palma da mão, na qual Sam deposita o brinco. – Obrigada.

Ele assente.

– Devo dizer que você não me parecia o tipo de garota que usa brinco de pérola.

– Não sou – murmura em resposta, embora Sam não possa deixar de notar que ela o coloca de imediato, verificando duas vezes se está bem preso ao lóbulo.

Três vezes.

– Está preso – assegura Sam. – Ele não vai a lugar nenhum.

– Sim.

Nenhum dos dois diz nada por um instante, o silêncio se esticando até quase se tornar desconfortável. Sam pensa em uma forma natural de conduzir a conversa para *Pássaros* – afinal de contas, foi por isso, supostamente, que se deslocou até ali, o motivo de ter atravessado a cidade –, mas, para seu choque completo, o que sai de sua boca é:

– O que você vai fazer amanhã à noite?

Se Fiona fica tão surpresa quanto ele, não demonstra.

– Trabalhar de cambista no estádio Staples Center – brinca. – Lavar meu cabelo. Limpar a parte de dentro da cafeteira.

Sam inclina a cabeça.

– Não sabia que precisava limpar essa parte.

– A maioria das pessoas não limpa.

– Parece que vai ser uma noite agitada.

– Eu sou uma mulher agitada.

Sam assente lentamente.

– Bom, Cinderela, caso você consiga terminar todas as tarefas, vou encontrar uns amigos pra beber lá pelas nove, se quiser aparecer.

– Onde? – pergunta ela, com um sorriso. – No Chateau Marmont?

– Não, espertinha – responde Sam, muito embora a balada que ele menciona a seguir não seja muito diferente em termos de atmosfera, e Fiona cai na gargalhada.

– Olha – diz ela assim que para de rir, e Sam pensa ver algum sinal de que ela vai com a cara dele. – Eu entendo o motivo de você querer fazer esse *reboot*. Você claramente tem uma dívida significativa no seu nome, e não julgo. Mas eu não vou fazer. Você pode continuar tentando usar contra mim a paixonite que acha que eu tinha por você aos dezoito anos, mas não vai rolar.

Isso chama a atenção de Sam.

– Você tinha uma paixonite por mim?

– Meu Deus do céu! – Fiona revira os olhos com tanta força que Sam acha que ela chega a ver o próprio cérebro. – A gente não vai falar disso.

Sam sorri.

— Vamos falar um pouquinho.

— Não vamos, não — assegura Fiona, mas suas bochechas definitivamente estão ficando rosadas.

— Tá bom. — Sam pensa por um instante. — Escuta, você não precisa fazer. A série.

— Eu sei que não preciso.

— Não, óbvio, não foi o que eu... — Sam faz uma pausa. — Só estou dizendo que não vou mais tocar nesse assunto. Você devia aparecer amanhã, de qualquer forma.

Fiona sacode a cabeça de leve.

— *Por quê?*

— Porque eu quero te ver de novo. Sem segundas intenções. É tão difícil assim de acreditar?

— Sim — responde ela de bate pronto. — É extremamente difícil de acreditar.

— Bom, é verdade. — Sam respira fundo. — Fi. Me encontra amanhã à noite.

Fiona suspira teatralmente, um gesto de corpo inteiro, como se quisesse fazê-lo visível até para a última fileira de espectadores do teatro. Os dois estão próximos a ponto de, no movimento, seu joelho roçar no de Sam, que sente o toque subir pela coxa.

— Tá bom — diz ela finalmente, torcendo o pescoço como se estivesse com câimbra apenas do esforço físico de precisar falar com ele. — Mas só porque assim você vai embora.

Sam assente gravemente, mordendo a parte interna da bochecha para não sorrir. Ele se sente como se tivesse conseguido um papel para o qual nem sabia que estava sendo considerado, e convence a si mesmo que é pelo simples fato de ter ganho.

— A-hã.

— Estou falando sério — avisa Fiona. — Não fala mais nada.

Ele faz uma mímica de fechar os lábios com um zíper e jogar a chave fora. Articula um "Te vejo amanhã" com a boca e então ergue nove dedos, caso ela tenha esquecido. Fiona grunhe.

Sam volta para o crepúsculo rosado e quente. Alguém deixou o cachorro – ao menos, Sam espera que tenha sido um cachorro – fazer um cocozão ao lado da roda da frente do carro. Ele demora uma hora e quinze minutos para chegar em casa, por causa do trânsito. Cantarola junto com o rádio durante todo o percurso.

CAPÍTULO SETE *Fiona*

– É isso que você vai vestir? – pergunta Claudia na noite seguinte, parada com os braços cruzados na porta do quarto de Fiona.

– Hum, sim. – Fiona olha seu reflexo no espelho. Ela prefere morrer a se arrumar para encontrar Sam Fox, então está usando o jeans de sempre, botas e uma regata, um elástico de cabelo preso confortavelmente no pulso. – Por quê?

Claudia dá de ombros.

– Acho que às vezes você não percebe o tipo de mensagem que está passando, só isso.

– Ah, é? – Fiona a olha pelo espelho. – E que mensagem é essa?

Claudia parece pensar melhor e prefere não responder.

– Pelo menos me deixa arrumar seu cabelo – pede, cruzando o carpete descalça. – Faço rapidinho.

Fiona solta um suspiro audível.

– Tá bom.

O sorriso de Claudia é brilhante, o que quase compensa de antemão o ridículo passeio masoquista até Mordor.

— Obrigada.

Claudia pede para Fiona sentar na cama para que ela possa desfazer os nós de seu cabelo com um pente de dentes largos, com cuidado para não puxar demais. Fiona fecha os olhos e inclina a cabeça para trás. Sempre gostou que mexessem em seu cabelo; às vezes adormecia no trailer de maquiagem no set enquanto as meninas alisavam e enrolavam e penteavam e trançavam seu cabelo para transformá-la em Riley Bird. Mesmo depois de todos esses anos, é a única forma de contato físico que nunca a faz se sentir estranha ou inquieta.

— Pronto — diz Claudia por fim.

Fiona abre os olhos, observando seu reflexo no espelho da porta do closet. Claudia deu um jeito no frizz com a prancha de alisar; Fiona está bonita, mas não como se estivesse fazendo uma audição para interpretar uma florista/detetive amadora em um seriado de mistério.

— Obrigada — diz Fiona, tocando o cabelo de leve.

— Disponha. Você está bonita. E também vou falar isso mais uma vez. Você deveria trocar de camiseta. Você está indo numa balada com o Cirurgião de Corações, não indo caçar vampiros ou procurar comida enlatada num apocalipse zumbi.

— É o que você pensa. — Fiona bufa e lembra à irmã: — Eu não estou tentando ficar com ele.

— Por que não? — retruca Claudia imediatamente. — Você devia ficar com alguém.

— Por quê?

— Porque você se sente sozinha.

Fiona pisca, pega de surpresa pela franqueza daquela constatação. Na época em que estava na clínica, Pam sempre tentava fazê-la declarar coisas ridículas como essa, manifestar suas emoções o tempo todo: "Estou me sentindo sozinha", "Estou com raiva", "Me sinto traída". Fiona nunca conseguiu dizer as palavras, mesmo que gostasse de Pam e quisesse levar a sério a terapia. Muito sinceramente, a coisa toda a fazia se *sentir* como uma imbecil.

Ela não diz nada para Claudia por um minuto. Então declara:
— Sabe de uma coisa? — Sacode a cabeça. — Não vou mais sair. Você precisa de alguém para te ajudar com o espanhol...

— A Estelle vai me ajudar! — diz Claudia imediatamente, então marcha até a janela e a escancara. — Estelle! — grita, a voz ressoando como uma buzina pelo quintal. — Me ajuda com o espanhol pra Fiona poder sair?

Estelle, que está lendo no Kindle e fumando um cigarro eletrônico no terraço, faz um sinal de joinha.

— Pode apostar que sim, *señorita*!

Fiona revira os olhos.

— Você sabe que pode simplesmente se divertir, né? — diz Claudia, se jogando nos travesseiros. — Ela está usando calça jeans boca de sino e regata dos Backstreet Boys, de modo que não está em posição de aconselhar ninguém sobre vestimentas. — Nada de ruim vai acontecer.

— Parece o começo de uma história de apocalipse zumbi.

Claudia não ri.

— Estou falando sério. — Claudia coloca um braço bronzeado atrás da cabeça, examinando Fiona atentamente. — Eu sei que você sempre acha que tudo vai dar errado assim que sair de casa, mas está tudo bem você ter uma vida se quiser. O papai é... sabe. O papai. Mas a Estelle está aqui, e eu vou embora pra faculdade daqui a uns meses.

Fiona olha para a irmã por um longo momento. Tinha dez anos quando Claudia nasceu; costumava gostar de colocá-la no carrinho e ficar andando pra cima e pra baixo na calçada desnivelada do lado de fora da gráfica.

— Está bem — diz Fiona por fim, esfregando as mãos inacreditavelmente suadas na parte de trás do jeans. — Eu vou.

— E a camiseta, vai trocar?

— Tchau, Claudia!

* * *

Demora exatamente dois segundos para Fiona perceber que cometeu um erro terrível.

A boate, situada em West Hollywood, é uma coisa enorme e detestável com cordas de veludo na calçada, o grave do sistema de som audível mesmo dali, e uma longa e sinuosa fila que segue pelo quarteirão. Fiona hesita, passando os dedos pelo cabelo e tentando decidir uma estratégia para prosseguir. Não vai esperar na fila, isso é certo, mas também não vai chegar ao ponto de se anunciar para um segurança, tanto porque as pessoas que fazem isso são babacas quanto porque não tem confiança de que vá funcionar. Merda, é por isso que nunca sai de casa.

Bom, é uma entre as mil razões.

Está prestes a dar o fora – é provável que nem tenha sido um convite de verdade; não é como se Sam estivesse na entrada esperando por ela – quando o cara na porta a avista. Ele é bem menor e menos intimidante do que a imagem que Fiona faz de um segurança; talvez trabalhe vendendo internet de alta velocidade durante o dia e isso aqui seja só um bico.

– Ah – diz ele, tirando a corda do suporte para abrir passagem e chamando-a com um gesto. – Merda, desculpa. Pode entrar.

Fiona olha por cima do ombro para se certificar de que ele não está falando com outra pessoa.

– Hum, obrigada.

Do lado de dentro, a balada é quente e escura e barulhenta, e sua coluna vibra com a música. Fiona passa pela multidão para além do bar, da cabine do DJ e de um aglomerado de sofás de couro até finalmente avistar Sam, que conversa com um cara que ela acha que reconhece de uma série na TV a cabo sobre viagem no tempo. Observa-os por um momento, os olhos e a boca de Sam expressivos conforme ele escuta o que o cara tem a dizer. Fiona lembra disso de quando trabalhavam juntos, de como ele parecia gostar das pessoas e de como era fácil para ele conversar com todos, desde as celebridades que faziam aparições no seriado para impressionar os sobrinhos até os assistentes de produção.

Sam a avista por cima do ombro do homem, os olhos arregalando em surpresa.

— Oi! — chama ele, parecendo francamente chocado, embora não de um jeito ruim, até onde Fiona é capaz de dizer.

Ele está vestindo um jeans branco e uma camisa de manga curta com uma estampa de caxemira extravagante e colorida. Em qualquer outro ser humano ficaria ridícula, e fica ridícula em Sam também, mas o resto dele é tão enlouquecedora e irritantemente atraente que quase passa batido. Ele a cumprimenta com um abraço, o que diz a Fiona que já está bêbado.

— Você veio!

— Eu vim — concorda ela de maneira séria, tentando ignorar o fato de que o estômago se revira com o contato, como algo saído diretamente do diário adolescente de Riley Bird.

Ele cheira a colônia e suor e álcool.

— Fico feliz — diz ele. — Está com sede?

Fiona assente.

Ele a leva até o bar e a apresenta a uma dúzia de pessoas diferentes cujos nomes ela esquece no instante em que os ouve — atores e modelos e influenciadores, uma cantora de um girl group que Claudia adora. Por um breve instante, Fiona deseja ter trocado de camiseta afinal de contas. Na época em que fazia a série, amava se arrumar — estilistas locais badalados mandavam um guarda-roupa novo a cada temporada, o closet era lotado de couro e jeans e seda. Ela se livrou de tudo assim que *Pássaros* foi cancelada — no começo, porque achava que, se estivesse sempre com uma aparência de merda, os paparazzi parariam de tirar fotos dela (o que não era o caso, como logo descobriu) e depois porque decidiu que, já que tirariam fotos de qualquer forma, ela não os deixaria saber que se importava com sua aparência. E funcionou. Ela deixou de se importar com sua aparência.

No entanto, nesta noite, rodeada por essas lindas garotas com lindos vestidos — paradas ao lado de Sam Fox —, ela se importa um pouquinho, sim.

Fiona bebe vinho, trocando o peso de uma perna para a outra, desconfortável. Fazia cinco anos que não se via numa multidão assim. Sente seus nervos inflamados e expostos, tudo é barulhento demais, brilhante demais, apenas *demais*. Tenta pensar numa maneira discreta de dar o fora quando a mão de Sam pousa em sua lombar.

– Ei – diz ele, inclinando a cabeça para que ela consiga ouvir. Sua mão arde sobre a regata. – Quer dançar?

Fiona pisca, todas as sensações do corpo concentradas no ponto onde ele a toca.

– Está falando sério?

– Quer dizer, eu *estava*, florzinha. – Sam faz uma careta, parecendo levemente envergonhado. – Por quê, é idiota?

Fiona nega com a cabeça. Ela ama dançar, na verdade. Foi um dos motivos para continuar frequentando baladas mesmo sabendo que acabaria com uma foto estampada no site da Darcy e que falariam que ela estava bêbada ou chapada, ainda que só tivesse tomado água. Às vezes toda aquela merda parecia valer a pena somente pela oportunidade de fechar os olhos e se entregar a uma música pop, rodeada por milhões de pessoas e ao mesmo tempo sozinha na própria cabeça.

No fim, porém, não aguentou mais e parou de ir. Só que sacudir a cabeça no próprio quarto com a irmã não era a mesma coisa.

– Só uma música – diz.

Sam abre um sorriso, pega na mão dela e a leva para a aglomeração na pista de dança. Fiona sente os calos em sua mão. São de levantar peso na academia cara, lembra a si mesma, não de consertar ambulâncias ou tocar violoncelo, nem nada remotamente respeitável.

Ainda assim, estaria mentindo se dissesse que não gosta deles.

É uma música de batidas rápidas, e Fiona teme que ele dance como um completo idiota, mas Sam se mostra um dançarino decente, um movimento fácil no corpo e solto nos membros. Ao menos é o que ela acha; a pista de dança está tão lotada que não há espaço para fazer mais do que pular para cima e para baixo. Sam recebe uma cotovelada nas costelas. Alguém derruba bebida nas botas de Fiona. Quando quase são separados por um grupo de meninas bêbadas com croppeds idênticos, Sam agarra a mão de Fiona e não a solta mais, rodopiando-a para que suas costas fiquem contra ele. Fiona inspira. Não significa nada, diz a si mesma, mesmo quando ele pousa as mãos em sua cintura e aperta de leve, mesmo quando ela se pressiona contra o peito dele. Mais do que isso, ela não quer que signifique algo. Mesmo assim, vira a cabeça para olhá-lo: Sam Fox com suas covinhas e sua estrutura óssea impecável, o cabelo cuidadosamente despenteado de integrante de boy band. Ele também está olhando para ela, e seus olhares se encontram no escuro.

– Oi – murmura Sam, a voz tão baixa que ela mal consegue ouvir acima da música.

Praticamente só vê a boca dele se mexendo.

– Oi – responde ela, engolindo em seco.

Sua pele parece pinicar e enrijecer. O rosto de Sam está tão perto que Fiona poderia beijá-lo se quisesse, e por um momento imprudente teme que não resistirá ao impulso de fazê-lo, já sente o roçar gentil do nariz dele contra o dela. Com a música tocando e o corpo de Sam atrás, Fiona pensa que não se importaria de fazer isso na frente de toda aquela gente. Com a música tocando e o corpo dele contra suas costas, ela pensa que não se importaria com o que qualquer um dissesse.

É nesse momento que a música acaba.

De imediato, Fiona dá um passo gigantesco para longe de Sam, as mãos estranhas e alienígenas. Fica aterrorizada ao pensar que ele vai olhar para seu rosto e saber exatamente o que ela estava pensando, então pigarreia e ajeita o cabelo atrás das orelhas, olhando para todos os lados, menos para ele.

Sam, por outro lado, parece completamente à vontade, e por que não estaria? Ele provavelmente dançou daquela forma com meia dúzia de mulheres só nesta noite. Até onde Fiona sabe, ele pode ter transado com uma Kardashian no banheiro antes de ela chegar.

— Quer beber alguma coisa? — pergunta ele, e Fiona assente.

— Claro — diz ela, convencendo-se de que não há motivos para ficar decepcionada.

Afinal de contas, foi ela quem disse que seria apenas uma música.

Ela o segue através da multidão fervilhante na direção do bar, e uma garota de cabelos escuros e compridos e volumosos lábios rosados os alcança e coloca uma mão no braço de Sam.

— Aí está você! — diz ela.

"Claro", pensa Fiona.

— Estava me perguntando onde você se meteu.

— Aqui estou — fala alegremente Sam. — Fiona, essa é a Kimmeree. Kimmeree, Fiona. — Ele sorri. — Fiona e eu costumávamos trabalhar juntos.

— Eu me lembro — diz Kimmeree, apesar de não ficar claro para Fiona se ela se lembra porque já faz tempo que está na vida de Sam ou porque foi dona de um estojo de *Pássaros da Califórnia* no passado. — Prazer em te conhecer.

— Prazer — responde Fiona, sorrindo de volta.

Sam parece surpreso, e ela não consegue determinar se o motivo é o fato de ela saber se comportar em situações que exigem tato social; talvez ele esperasse que ela rosnasse e arranhasse, como os gatos ferozes que perambulam pelos becos em volta do teatro. E daí que ele tem uma namorada muito bonita? Fiona não se importa nem um pouco.

— Vou pegar as bebidas — é tudo o que Sam diz.

Assim que ele se afasta, Kimmeree se vira para olhá-la, e a expressão em seu rosto sugere que ela também leu no Twitter que Fiona tinha morrido.

— E aí — diz Kimmeree —, o que você... está fazendo hoje em dia?

De imediato, Fiona sente as costas enrijecerem; precisa fazer um esforço mental para relaxar os ombros. É uma pergunta perfeitamente inofensiva, diz a si mesma. Não há motivo para ficar na defensiva.

— Só estou na minha — admite. — Meu pai tem uma empresa, estou trabalhando lá por um tempo.

— Ah, que legal! — gorjeia Kimmeree.

Ela está usando um vestido feito inteiramente de lycra, tão apertado que quase mostra o contorno da comida que ela ingeriu, como nos quadrinhos — presumindo que ela coma, claro.

Kimmeree apoia no braço de Fiona a mão com unhas pintadas em tom claro e se aproxima.

— Falando sinceramente — diz —, admiro muito ver você por aí e tudo o mais. Acho que eu morreria, sabe, se tudo aquilo... — ela gesticula uma mão com a intenção supostamente de indicar toda a vida de Fiona — tivesse acontecido comigo.

Fiona morde a língua com tanta força que sente um gosto metálico.

— E ainda assim estou aqui — responde. — Viva e teimosa.

Sam volta com uma bebida para Fiona e sem nenhuma para Kimmeree, e Fiona está pensando no que isso significa quando Kimmeree se aproxima.

— Espera — diz ela, abaixando a cabeça de forma conspiratória. — Fiona. Você pode beber?

Fiona inclina a cabeça para o lado, sem entender.

— Eu... acredito que sim — diz, embora por um momento de insanidade pense que talvez a lei tenha mudado durante sua fase de ermitã e ninguém tenha comentado com ela. — Tenho vinte e oito anos.

— Não é isso — diz Kimmeree, os olhos arregalados. — Sabe, você não estava na reabilitação?

Mais do que ver, Fiona sente a reação de Sam, percebe que o corpo dele fica completamente imóvel, como o de um animal que pressente um perigo. Ela se força a não vacilar.

— Ai, meu Deus — diz de maneira inexpressiva, colocando uma mão sobre a boca. — Você está certa. Merda, eu esqueci totalmente.

Os olhos de Kimmeree se estreitam, incertos.

— Não, não foi o que eu...

— Não! Eu aprecio isso — assegura Fiona. — Obrigada por cuidar de mim.

Nem está com raiva. Bem, não, isso não é verdade, ela está com muita raiva, contudo, mais do que isso, se sente uma idiota completa e irrecuperável. Meu Deus, o que estava fazendo? Tentando ser normal, tentando ser uma adulta, tentando ser o tipo de pessoa que pode casualmente tomar um drinque com – OK, tudo bem, tanto faz – um cara gato com quem trabalhou no passado. Ela não devia fazer esse tipo de coisa. Tudo o que Darcy Sinclair escreveu sobre ela era verdade.

Ainda assim, se há uma coisa boa no desastre natural em câmera lenta que foi a última década de sua vida, é que ela aprendeu a simplesmente pegar suas coisas e ir embora.

E é o que faz.

– Com licença – diz gentilmente, e então deposita a taça de vinho no balcão, gira nos calcanhares e percorre seu caminho pela multidão espremida em direção à saída.

Já está na rua quando Sam a chama pelo nome.

Fiona o ignora, tirando o celular da bolsa. Ela veio de Uber – sempre pega um Uber se acha que há a possibilidade de tomar uma bebida; a última coisa de que precisa é ser presa por dirigir alcoolizada. O motorista mais próximo está terminando uma corrida a seis minutos de distância.

– Fiona! – repete Sam, alcançando-a na calçada.

O cabelo que cai no rosto dele está ensopado de suor, os olhos reluzentes.

– Aonde você vai?

– Embora.

– Por quê?

Fiona hesita. Seu primeiro instinto é mentir – "deixei o forno ligado", ou "emergência de família", ou "aquela irritante doença de Crohn atacando de novo" –, mas o que lhe importa? Afinal, é só Sam, ela lembra a si mesma com firmeza.

– Porque não estou me divertindo.

– Ah. – Ele parece confuso. – Sério?

Ela ri.

– Sério. Por quê? Essa é a primeira vez que uma mulher diz isso pra você?

Sam reflete por um instante.

– Na verdade, sim.

– Meu Deus do céu.

Fiona olha para o celular: quatro minutos. Mal pode esperar para chegar em casa, colocar o pijama e contar para Claudia que a solidão é um sentimento subestimado – que, inclusive, tendo experimentado a alternativa, ela se sente ainda mais segura de persistir no plano de continuar solteira, sem previsão de mudança futura. Talvez até adote um gato para oficializar.

– Você é uma dessas mulheres que não gostam de outras mulheres? – pergunta Sam. Ele parece satisfeito consigo mesmo, como se acreditasse ter descoberto algo sobre ela. – É isso? – insiste.

O temperamento de Fiona ataca.

– Vai se foder! – Três minutos, então dois, e três de novo. – Sou uma dessas mulheres que não gostam de ninguém.

– Bem, isso é um fato.

O comentário a magoa um pouco, embora ele só tenha concordado com ela. Fiona cerra a mandíbula.

– OK – diz, acenando rapidamente antes de se virar para ir embora. – Boa noite, Sam.

Só que Sam é persistente.

– Qual é, Fi! – implora, trotando atrás dela como um bichinho alegre de um desenho da Disney. – O que você vai fazer, esperar pelo ônibus?

Fiona solta uma gargalhada.

– É assim que você acha que o mundo funciona? Desculpa se não tenho um carro pra compensar o tamanho do meu pinto, como certas pessoas por aí.

Ela olha para o celular novamente.

– Meu Uber vai chegar em um minuto.

— Cancela — diz Sam.
— Por quê?
— Porque... porque... — Ele se interrompe, olhando para ela sob a luz neon que irradia da boate. Seus cílios são longos como os de uma mulher. — Você está com fome? Quer ir comer?

Fiona nega com a cabeça. Não entende o que ele quer — o motivo de tê-la convidado para começo de conversa, de se importar se ela vai ou se fica. Ela esperava que ele fizesse uma última tentativa desesperada em relação a *Pássaros*, como se, ao concordar em vir, Fiona houvesse aceitado uma estadia grátis num resort com a condição de assistir a uma longa e agressiva palestra de vendas, mas a verdade é que Sam não tocou no assunto. Ela se pergunta se ele está tão bêbado que esqueceu. Parece-lhe imprudente dar a ele a chance de ficar sóbrio o bastante para lembrar, para começar a falar incessantemente sobre como todos eram bons amigos naquela época.

Por outro lado, está faminta. Embora tenha vergonha de admitir, estava nervosa demais para jantar, e o bar não era exatamente o tipo de lugar que serve batatas fritas. E tem essa outra coisa, o fato de que seus órgãos se rearranjaram temporariamente no momento em que ela o viu observando-a do fundo do teatro, no dia anterior. A forma como ela se sentiu na pista de dança com as mãos de Sam em sua cintura.

— Talvez — diz.

Sam se alegra visivelmente, como se houvesse um interruptor ligado ao seu umbigo e alguém tivesse acabado de acioná-lo. Fiona resiste ao impulso de revirar os olhos.

— Ótimo! — diz ele. — Sushi? Tapas? Também tem esse restaurante tailandês bem autêntico que eu conheço que...

— Chega — diz Fiona, cancelando o Uber antes de esticar a mão e pedir as chaves do carro de Sam. — Eu dirijo.

CAPÍTULO OITO   **Sam**
....

Ela o leva para a hamburgueria In-N-Out. Os dois estão sentados do lado de fora, nos bancos de vinil, sob a luz amarelada da placa de neon. O acolchoado do assento pinica a bunda de Sam. É uma noite quente, e o cheiro de escapamento e de óleo de fritadeira perdura densamente no ar.

— Posso te perguntar uma coisa? — diz Fiona, mergulhando uma batata frita em uma poça de molho.

Ela pediu sem ler o cardápio e voltou para a mesa com uma caixa de papelão cheia de hambúrgueres e batatas fritas; e também pagou, pelo que Sam ficou grato, embora não tenha dito.

— De onde você conhece todas aquelas pessoas?

Sam toma um gole do milk-shake.

— Os meus amigos, você quer dizer?

— Isso. — Fiona parece duvidar.

— Na maioria, é gente da indústria. — Ele dá de ombros. — Kimmeree faz alguma coisa com mídias sociais.

— Claro que sim.

Sam franze o cenho. A verdade é que aquelas pessoas no bar não são grandes amigos. Erin, por exemplo, odeia todos; após ouvir a lista de quem compareceria esta noite, deu para trás com tanta rapidez e convicção que Sam ficou surpreso por ela não ter distendido nenhum músculo. Eles são intensos, Sam entende. Porém, ele não pretende ficar sentado ali enquanto Fiona fala mal de um monte de gente perfeitamente agradável com quem ela nem se deu ao trabalho de conversar.

– Olha – diz Sam –, seja lá o que ela tenha dito pra você, não foi por maldade.

– Não? – Fiona solta uma risada.

– Não, não mesmo. Ela estava tentando ser amigável.

Fiona o observa por cima do cheeseburguer como se Sam fosse estúpido demais até para respirar.

– Isso... decididamente não foi o que aconteceu lá.

– Tá bom, talvez não – admite ele. – Mas... mas...

– Mas o quê, exatamente? – Fiona ergue as sobrancelhas, aponta com o queixo na direção do carro. – Volta lá para o bar e curte com ela, se ela é tão boazinha assim. Sinceramente, eu nem sei o que você está fazendo aqui, comendo batata frita comigo enquanto a sua namorada...

– Ela não é minha namorada.

– Tá – diz Fiona, depositando o hambúrguer na embalagem de papel encerado. – A pessoa com quem você transa por recreação de vez em quando. Tanto faz.

– Todo sexo não é recreacional? – retruca Sam.

– Você sabe o que eu quis dizer.

Na verdade, Sam não sabe.

– Eu não estou transando de nenhuma forma com Kimmeree, não que isso seja da sua conta. E também não tenho uma namorada, se é essa a informação que você estava tentando obter.

Isso a incomoda, o que era o objetivo dele. Sam observa o temperamento dela se incendiar, os olhos flamejantes, como alguém assoprando uma fogueira. Quase consegue ver as faíscas voando da pele dela e sumindo na noite.

— Não era — diz Fiona.

— OK. — Sam encolhe os ombros, fingindo não se importar. — Tudo bem. Só estou dizendo que você não precisa odiar todo mundo só por diversão. Tem muitos outros jeitos de gastar seu tempo.

Ele pega uma batatinha e põe na boca.

— Você poderia participar de um campeonato de frisbee, por exemplo.

Fiona ri, não de uma forma agradável, e tão alto que um entregador se vira para os dois antes de entrar no carro com uma sacola gigantesca de comida.

— Primeiro — diz ela, irritada —, eu prefiro arrancar meu próprio dente a fazer isso. Segundo, eu não odeio todo mundo por diversão. Odeio a maioria das pessoas porque elas merecem. E, terceiro, fiquei na ala psiquiátrica, não na reabilitação. São coisas diferentes.

Isso o choca — não a informação em si, mas o fato de Fiona falar abertamente sobre ela. Sam fica em silêncio por um momento e por fim assente.

— Eu não ia perguntar.

— Não, você ia pesquisar no Google. Ou talvez já tenha feito isso, sei lá.

Ele de fato pesquisara, no dia em que foi vê-la na gráfica, por isso não diz nada. Tenta imaginá-la lá, vestindo calça de moletom, a porta trancada, jogando damas com outros pacientes. Tudo o que sabe de hospitais psiquiátricos, ele aprendeu vendo filmes e séries na TV.

— Não tenho vergonha — continua ela, a voz em brasa. — Francamente, tem mais pessoas nessa área que fariam bem em passar um tempo numa clínica psiquiátrica.

— Não posso dizer que discordo — responde Sam. Então, sem pensar muito, ele pergunta: — Como era?

Ele espera que Fiona o mande cuidar da própria vida, mas, em vez disso, ela hesita, parece considerar a pergunta, como se ninguém nunca tivesse lhe pedido para descrever a experiência.

— Era silencioso — diz por fim.

Sam assente. O tom dela é quase nostálgico, como o da mãe de Sam quando conta sobre os bares que frequentava com as amigas na Universidade de Wisconsin-Madison nos anos oitenta.

— Faz sentido.

— Todo mundo esperava que eu me negasse a ir. — Ela olha pelo pátio, para os carros passando na rua movimentada, os faróis brilhando no escuro.

— Mas, tipo, por que eu recusaria? Estava completamente zoada da cabeça, óbvio. Nunca falei o contrário. Eu queria ficar, tipo, *menos* zoada da cabeça, então fui pra lá e fiz o tratamento, e mesmo assim, pelo resto da minha vida, ninguém vai me deixar... — Ela se interrompe, parecendo sobressaltada ao notar que ele ainda está escutando. Balança a cabeça. — Esquece.

Sam a observa do outro lado da mesa: Fiona tem a mandíbula cerrada e uma expressão arrogante — parece uma rainha diante de uma guerra que sabe que vai perder. Foi o máximo que ela já disse sobre seu passado — o máximo que falou de uma vez — desde que Sam entrou na gráfica no outro dia. Por um momento, ele se pergunta o que mais está guardando.

— Tem pessoas tirando fotos da gente — anuncia ela repentinamente, indicando com a cabeça o lado oposto do pátio, onde duas adolescentes em vestido *babydoll* fingem tirar a selfie mais falsa do mundo.

Elas desviam o olhar e abafam risadinhas com as mãos quando Sam se vira para as duas.

Ele dá de ombros.

— Nem tinha reparado — diz, o que é mentira, e tanto ele quanto Fiona sabem disso.

A verdade é que Sam tem uma espécie de sexto sentido para pessoas olhando para ele, e nunca para de pensar que um dia elas não vão se importar mais o suficiente para fazer isso. É como se ele tivesse um placar em sua mente: está com menos menções no Instagram do que tinha alguns meses atrás? Menos mulheres olharam para ele na academia? Quantos resultados de busca aparecem quando ele digita seu nome na barra de pesquisa?

— Isso não é exaustivo? — Erin perguntou certa vez.

E a resposta é sim, claro que sim, mas Sam não sabe como evitar.

— Rápido, faz algo bizarro para a câmera.

— Preciso preservar minha marca pessoal, né? — concorda Fiona. — Tem alguma ideia?

— Você pode escalar o prédio e encenar uma versão de uma mulher só do primeiro ato de *1776*.

— Ou besuntar a cara de molho como se fosse máscara facial e deitar do lado do lixão, para os guaxinins me lamberem.

— Pega o meu carro — sugere ele —, e eu vou começar a gritar que você o roubou.

Fiona sorri. Uma das garotas da selfie acende um cigarro, o fósforo se iluminando como o bulbo de flash de uma câmera antiga.

— Você ainda fuma? — pergunta Fiona.

— Quê? — Sam franze o cenho. — Eu nunca fumei.

Fiona também franze a testa.

— Você fumava, sim.

— Eu definitivamente nunca fumei.

— Na festa de despedida, você me disse que fumava.

— Que festa?

Fiona faz uma careta.

— Você sabe qual festa. A última.

— Refresque a minha memória.

— Aquela em que a gente... — Fiona gesticula vagamente com seu copo, inclinando-o para a frente e para trás entre os dois. — Sabe.

— Aquela em que a gente o quê, exatamente?

Sam inclina o rosto para o lado. Obviamente está zoando com a cara dela. Só quer ver se Fiona vai falar em voz alta. Ele se lembra de estar no beco ao lado dela, o cigarro queimando entre seus dedos, a luz de segurança reluzindo sobre a mecha neon no cabelo de Fiona.

Ela sacode a cabeça, colocando a última batatinha na boca e juntando o lixo.

– Quer saber? – diz ela. – Vai se foder.

– Eu estou brincando, só estou brincando. Eu lembro. – Sam sorri. – Não precisa ficar na defensiva só porque eu fui o seu primeiro beijo.

Fiona bufa.

– Ah, é *isso* que você acha?

Sam ergue as sobrancelhas.

– Não fui?

– Eu tinha dezenove anos, babaca.

– Não precisa ter vergonha por ter começado tarde. – Sam abre um sorriso. – Quem foi seu primeiro beijo, então? – pergunta, surpreso ao perceber que está de fato curioso.

O primeiro beijo dele foi com a vizinha, Mallory, quando ainda estava em Wisconsin, o que ele contaria a Fiona se ela parecesse vagamente interessada, o que não parece. Ela fez algo diferente no cabelo esta noite, e ele não pôde deixar de notar. Sam ficou embasbacado de verdade quando ela entrou no bar – os ombros bronzeados, as saboneteiras acentuadas, a forma de ampulheta do corpo – e por isso se obrigou a continuar falando com seu amigo, Anton, por mais dois minutos antes de ir até Fiona, para não parecer ávido e patético, como se estivesse esperando ela aparecer, embora estivesse mesmo. A mãe daria um tapa em sua cara se soubesse daquilo.

Fiona enfia os últimos pedaços do lixo na sacola de papel, ficando em pé e acenando para as garotas do outro lado do pátio.

– Vamos – é tudo o que ela diz.

A gordura e o açúcar ajudaram a deixá-lo mais sóbrio, mas Fiona insiste em levá-lo até sua casa, pisando no acelerador enquanto descem a Fountain Avenue sob a púrpura noite amena. Sam fica olhando para ela, o rosto metade iluminado e metade nas sombras sob o brilho levemente esverdeado do painel. As maçãs do rosto dela são muito acentuadas.

— Que foi? — pergunta Fiona na terceira vez que ele a olha.

— Nada. — Sam tira o celular do bolso e passa mecanicamente pelas notificações.

Fiona resmunga seu ceticismo.

— Aqui estamos, Miss Daisy — diz ela quando estaciona na calçada sob o enorme jacarandá do lado de fora do prédio.

Quando morava em Milwaukee, Sam imaginava que todos os apartamentos em LA tinham essa aparência: um prédio de dois andares em formato de U com um pátio no centro, uma fonte gorgolejando silenciosamente. Então chegou à cidade e passou dez anos morando em uma série de muquifos com finas paredes de *drywall*.

— Vou chamar um carro.

Quando Fiona estica a mão para pegar a bolsa no painel, Sam sente o aroma de seu cabelo — baunilha e sândalo.

— Não quer entrar? — ele se ouve perguntar.

Fiona solta uma gargalhada.

— Não.

Sam revira os olhos. Não é como se estivesse morrendo para que ela aceitasse sua oferta nem nada do tipo, mas não entende o que naquela situação parece assim *tão* inacreditável.

— Você acha que eu vou dar em cima de você? — pergunta ele, se inclinando contra a janela do passageiro. — Eu não vou dar em cima de você.

— Ah, tá. Você só quer que eu entre pra ver a sua coleção de discos de vinil.

— Eu não tenho uma coleção de discos de vinil. — Então, antes que possa pensar melhor no assunto, ele diz: — Você *quer* que eu dê em cima de você?

Fiona ri de novo.

— Aí você me pegou — diz ela, retorcendo os lábios. — Eu literalmente só pensei nisso durante todo o caminho pra cá.

Sam ergue uma sobrancelha.

— Sério? — pergunta, embora saiba que ela está tirando com a cara dele. — No que você pensou?

— Eu...

Sam nota que aquilo a deixa agitada, o que era o objetivo, mas tem a consequência inesperada de deixá-lo agitado também. Ele imagina a cena em alta definição antes de conseguir se impedir: suas mãos subindo pelas costelas dela, a boca macia dela contra seu queixo. Nenhum dos dois diz nada por um tempo longo demais.

Fiona é quem se recupera primeiro:

— *Acho* que eu devia ter obrigado você a fazer um teste de DST antes mesmo de ter entrado neste carro.

Só que é uma ofensa bem fraca, e, antes que ele possa responder, ela solta um suspiro teatral e abre a porta, saindo na noite úmida e quente.

— Tudo bem — anuncia Fiona em tom imperioso. — Uma bebida.

Sam sorri.

O apartamento de Sam fica no segundo andar, subindo por uma escada externa coberta de azulejos de terracota pintados em tons de vermelho, verde e amarelo. Uma hera de crânio-de-dragão rosa-vivo se retorce pelo corrimão de ferro da passarela. Ele se mudou para lá assim que o piloto de *Cirurgião de corações* foi aprovado, na mesma semana em que comprou o Tesla. Uns anos nesse lugar, pensou ele na época, e depois uma casa com vista para o Laurel Cânion, o fantasma de Mama Cass perambulando e cantarolando para si mesma logo cedo pela manhã. Então — assim que conseguisse papéis em filmes, e Russ insistia que ele conseguiria —, uma mansão em Pacific Palisades, vizinho de Kurt Russell e Goldie Hawn.

Esse era o plano ao menos.

Por enquanto, ele terá sorte se conseguir pagar o aluguel do mês que vem.

Sam destranca a pesada porta de madeira e acende as luzes da varanda, seguindo para o carrinho do bar da sala. Pega dois copos e se dirige à cozinha para pegar gelo.

— Tenho tequila — avisa por cima do ombro.

Repentinamente se sente nervoso, sem compreender o motivo.

— Limão?

— Hum, claro — responde Fiona, embora Sam tenha a impressão de que ela não está prestando atenção.

No momento seguinte:

— Então é aqui que você mora? — pergunta ela, a surpresa perceptível na voz. — É... bonito.

Sam, de frente para a geladeira, ergue as sobrancelhas.

— Por quê? Achou que eu morasse numa caixa de papelão na avenida?

— Bem, sim. Algo assim.

— Valeu, hein — diz Sam, que não está de fato ofendido.

Ele nunca havia comprado móveis de verdade antes e não tinha ideia do que estava fazendo, por isso contratou uma decoradora da West Elm. Ela fizera um bom trabalho, escolhendo muita madeira e couro e uma poltrona enorme e moderna que, sempre que Sam se senta nela, o faz se sentir o próprio Dr. Evil de *Austin Powers*. Pendurada na parede acima do sofá, há uma Gibson Les Paul autografada por Van Morrison.

Quando Sam volta para a sala, Fiona está diante da estante. Ela juntou todo o cabelo em um coque no topo da cabeça, a nuca pálida exposta.

— Você é fã da Sarah Waters? — pergunta ela, na ponta dos pés para examinar a última prateleira, os músculos na coxa estendidos.

— Sério?

Sam vai pegar a garrafa.

— Quem?

Fiona mostra um livro que ele jura que nunca viu antes, e Sam nega com a cabeça.

– É da minha antiga colega de apartamento, a Erin – explica ele. – Ela fez essa coisa Marie Kondo quando a gente mudou. Eu fiquei com um monte de coisas dela.

– A-ha. – Fiona assente. – Não achei mesmo que você curtisse literatura erótica lésbica de mistério histórico.

Isso chama a atenção de Sam.

– Na verdade... fiquei bastante interessado nessas últimas palavras que você disse.

Fiona faz uma careta.

– A-hã – diz ela, se virando para a estante novamente –, era *isso* que eu esperava de você, Sam Fox.

– Qual é! – Sam pressiona o copo gelado contra as costas de Fiona, bem entre os ombros, e ela solta um arquejo. – Eu leio.

– Ah, é? – Ela tira o copo de tequila da mão dele e toma um gole. – Obrigada. Qual é seu livro favorito? *O alquimista*?

– Ah, para! – Sam fica branco. – Como você sabe?

Fiona solta uma gargalhada.

– Meu Deus do céu, não pode ser.

Agora ele está um pouco ofendido.

– O que tem de errado com *O alquimista*?

– Nada, não.

Fiona dá de ombros, pega seu copo e senta numa ponta do sofá, cruzando uma perna sobre a outra.

– É o livro favorito de todos os homens que só leram um livro na vida.

Sam balança a cabeça.

– Você acha que sabe tudo sobre mim, não é?

– Claro que não! Os últimos dez por cento são pura especulação.

– Fofo. – Sam senta ao lado dela, tomando cuidado para deixar trinta centímetros de espaço entre eles. – Certo, princesa, e qual é o *seu* livro favorito?

– Ah, eu não sei ler.

Sam ri.

– Não estou nada chocado.

– Né? – Fiona passa o dedo pela boca do copo, evitando encontrar os olhos de Sam. – Hum, não. É *Weetzie Bat*.

Sam sacode a cabeça.

– É o quê?

– Quer dizer, é tosco – diz Fiona, mas a expressão cautelosa no rosto dela mostra a Sam que não está falando sério. – É sobre uma menina que mora em LA nos anos oitenta e é, tipo, incrivelmente legal e emocionante. Quando a gente estava fazendo *Pássaros*, eu costumava carregar um exemplar do livro enfiado na parte de trás do cós do meu jeans, como se fosse uma arma, pra me dar sorte ou algo assim. Queria muito ser a protagonista do livro.

Ela toma outro longo gole de tequila, gesticulando com a mão à frente do rosto como se a ideia fosse uma nuvem de estupidez que ela pudesse afastar para longe.

– Enfim. Alerta de *spoiler*. No fim, eu sou apenas eu mesma.

Sam dá de ombros, tocando o joelho contra o dela. O jeans de Fiona é daqueles propositalmente rasgados, e pedaços de pele bronzeada e macia aparecem através dos buracos.

– Você não é tão ruim assim, Fiona St. James.

– Bom. – Fiona sorri ao ouvir isso. – Eu não sou a Weetzie Bat.

Ficam em silêncio por um instante, bebendo a tequila. Um silêncio elétrico e penetrante. Sam pensa, de forma muito clara, "Foda-se", e, assim que as palavras aparecem em sua mente, é como se a mão se mexesse por vontade própria, passando da própria coxa para a de Fiona. O dedão dele desliza para dentro de um buraco do jeans para acariciar o joelho, desenhando círculos lentos na pele quente e lisa.

Fiona ofega. Olha para baixo e observa o dedão dele por um momento, e seu peito sobe e desce visivelmente na regata.

– Achei que você não ia dar em cima de mim. – Ela ergue uma sobrancelha grossa, ainda olhando para a própria perna.

Sam assente, sério.

— Não estou dando em cima de você — garante, e baixa a cabeça para beijá-la.

Fiona arfa contra a boca de Sam, e o cheiro de álcool e de limão se acentua quando seu pulso se espasma, derrubando um pouco da bebida. Sam sente que a probabilidade de ter analisado incorretamente a situação e de receber um soco é de cinquenta por cento, mas, em vez disso, Fiona retribui o beijo de imediato, ávida, como se estivesse esperando ele tomar uma atitude a noite toda. Sam solta um grunhido baixo, satisfeito. Pega o copo dela e o coloca na mesinha de centro, segura sua mão e lambe a parte interna do pulso, onde ainda há tequila. Ela tem gosto de limão e sal.

Fiona engole em seco.

— Tá bom, né — murmura, mais para si do que para ele, é o que interpreta Sam. Ela toca o próprio rosto, o pescoço, a clavícula. — Eu.... Hum. Tá.

Sam sorri. Se soubesse que era só o que precisava fazer para ela parar de olhar para ele como se fosse um imbecil, teria feito isso muito antes.

— Você quer que eu pare?

Fiona nega com a cabeça.

— Não.

E então ele a beija de novo, dessa vez mais profundamente, mais forte e por mais tempo, depois a empurra para trás até que esteja deitada nas almofadas, o coque no cabelo se desfazendo, as mechas se espalhando como uma auréola ao redor do rosto.

Sam fecha gentilmente o punho, os dedos se emaranhando no cabelo dela, enquanto a outra mão sobe do quadril para a cintura e para as costelas, contornando a parte inferior do sutiã e desenhando círculos sobre o mamilo até senti-lo endurecido através das duas camadas de tecido. Fiona geme.

— Tudo bem? — murmura ele, e ela assente.

Sam se afasta apenas para subir um pouco a camiseta dela, abaixando a cabeça e passando a boca por sua barriga. Há tempos não faz isso com uma pessoa que não esteja contando macronutrientes como forma de subir na carreira, e gosta das curvas macias do corpo de Fiona, do cheiro de sabonete e suor da pele.

– Seu gosto é uma delícia – murmura ele, e Fiona emite um som que parece de zombaria, mas ao mesmo tempo ela arqueia as costas para cima, esticando a mão para passá-la pelo cabelo dele.

Ela o puxa uma vez, não de forma gentil, e Sam grunhe contra seu quadril.

O som parece trazê-la de volta a si.

– Vem aqui – ordena Fiona, puxando-o pela camisa, passando os botões minúsculos pelos buraquinhos e tirando-a pelos ombros de Sam.

Ela passa as unhas levemente pela nuca dele, que estremece. Sam tira a regata dela por cima da cabeça e alcança suas costas para abrir o fecho do sutiã, abaixando as alças e pegando um mamilo com a boca. Fiona fecha os olhos e permite que ele a sugue por um minuto antes de empurrá-lo pelos ombros e puxá-lo para cima para que fiquem unidos, peito com peito.

Sam está duro basicamente desde o segundo em que a beijou, e, quando ela abre o quadril para lhe dar espaço, ele grunhe contra seu pescoço, se esfregando insensatamente nela, como se tivesse treze anos e não trinta e um. Fiona engancha uma perna na dele para mantê-lo próximo. Sam experimentou cocaína apenas algumas vezes, e a sensação foi exatamente essa, o corpo inteiro zumbindo como se tivesse engolido um punhado de estrelas, ou como se seus ossos fossem feitos de neon. Ela segue o quadril dele com o seu, arfando, e de uma vez só, Sam... Merda, Sam tem bastante certeza de que ela está quase lá.

Ele se ergue para passar uma mão entre os dois – se é para fazê-la sentir prazer, vai fazer do jeito certo –, porém, assim que Sam encosta no primeiro botão do jeans, Fiona congela.

– Tá – diz ela se afastando, se erguendo sobre os cotovelos. – Tá. Tá, agora eu quero que você pare.

Sam para.

– Quê?

Por um segundo pensa que ela está brincando, mas uma olhada para o rosto dela o faz sentar de maneira tão abrupta que fica zonzo, ou talvez tivesse ficado zonzo de qualquer forma. Manchas multicoloridas explodem na frente de seus olhos.

– Desculpa – diz. – Eu... Claro, claro, desculpa.

– Não, não foi... – Fiona se interrompe, tocando a própria boca como se quisesse verificar se ainda está ali. – Sou *eu* que peço desculpas, eu só... – Ela olha em volta, trazendo os joelhos para cima e passando as mãos pelo cabelo. – Eu não devia...

– Não, não, você não precisa explicar nada – diz Sam, mas fica surpreso ao perceber quanto gostaria que ela explicasse.

De uma vez só, quer saber tudo o que há para saber sobre ela, o aniversário e o segundo nome, a história por trás da cicatriz na parte interna do braço. Ele poderia pôr a culpa no álcool, só que não está mais bêbado, nem um pouco. Ele *gosta* dela. Gosta *muito* dela. E estava tentando não pensar nisso, estava tentando não pensar nisso desde o dia na gráfica, mas aí está, nu e cru no meio da sala para qualquer um ver.

– Me desculpa – diz Fiona de novo.

Ela está olhando em volta da sala, presumivelmente procurando suas roupas. Sam pega o sutiã nas costas do sofá e o entrega a Fiona, que oferece um sorriso amarelo.

– Obrigada.

– Não tem de quê.

Sam assente e educadamente desvia o olhar enquanto ela prende o fecho do sutiã e coloca a camiseta; então, assim que termina de se vestir, Fiona se inclina e o beija *de novo*, de uma forma lenta, molhada e um pouco sugestiva, e, OK, agora ele de fato não faz ideia do está acontecendo.

— Fi — começa, a voz rachando. Ainda está duro, completamente.
— Você pode só...

Fiona balança a cabeça.

— Preciso ir.

Algo no tom de voz dela dá a Sam a impressão de que nunca mais vai vê-la, uma ideia que inesperadamente o faz se sentir em pânico, considerando que até outro dia fazia anos que não pensava nela.

— E se você não for? — ele deixa escapar.

Aquilo a faz parar. Ela olha para ele, erguendo as sobrancelhas.

— E se...?

— Estou falando sério — diz ele, levantando sem camisa e, de repente, se sentindo um babaca. — Quer dizer, sabe, não estou agindo como um tarado que não entendeu o recado, então obviamente você pode ir se quiser, mas... — Ele encolhe os ombros. — E se você ficar?

— Sam...

— A gente pode só dormir — promete Sam, uma bobagem sincera e idiota meio Nicholas Sparks da qual ela nunca vai deixá-lo esquecer.

Sam já está erguendo uma mão para interrompê-la quando ela assente.

— Está bem.

Sam pisca, surpreso.

— Sério? — Isso... não era o que esperava que ela dissesse. Se ela tivesse dito boa-noite, saído e ateado *fogo* em sua casa, ele não teria ficado mais surpreso. — Você quer ficar?

Fiona estreita os olhos.

— Você não *quer* que eu fique?

— É claro que eu quero que você fique — ele diz, e pela primeira vez não dá a mínima se parece ávido demais. — Foi por isso que eu sugeri.

— Eu não vou transar com você. Isso não é uma coisa fofinha em que finjo que estou bancando a difícil mas no fundo quero que você me convença a...

— Fiona — interrompe Sam, porque gosta de acreditar que, num nível fundamental, não é um completo merda. — Eu sei.

Ela o examina por outro longo instante, como se procurasse alguma armadilha, e Sam não sabe o que ela vê em seu rosto, mas parece satisfazê-la, porque Fiona assente de novo.

— Está bem — diz ela, parecendo mais certa dessa vez. — Vou ficar.

Sam sente o corpo inteiro relaxar — a mesma sensação de guinar o carro no último segundo para evitar bater em outro, ou de chegar ao assento logo antes de a porta do avião se fechar, a aeromoça passando para oferecer uma bebida.

— Está bem — ecoa, tentando não sorrir. — Que bom.

Fiona também relaxa, os ombros baixando ao se empoleirar no braço do sofá.

— Precisaremos ver documentários sobre serial killers — informa ela. — É o que eu assisto pra dormir.

Sam ri, mas percebe que ela não está brincando.

— Espera. Sério?

Fiona franze o cenho.

— Olha, eu posso apenas ir — diz, gesticulando para a porta. — Foi você quem...

— Não, não, não — diz Sam novamente, erguendo as mãos em um gesto de derrota. — Como você quiser. Quem perde é você. Normalmente, quando uma mulher dorme aqui, eu leio para ela à luz de velas algumas passagens de O alquimista.

Fiona ri.

Ela o segue pelo corredor, parando descalça sob o batente enquanto Sam alisa os cobertores na cama que não foi arrumada. Quando os dois estão dentro do aposento, ele apaga a luz e abre o laptop, e então, conforme a tela volta à vida, percebe que não o usou desde a outra noite: lá estão os peitões de desenho animado do site pornô saltitando alegres.

— Amiga sua? — pergunta Fiona, a voz completamente normal.

— Eu leio as matérias do site — responde ele, clicando na Netflix. — Então, os documentários de serial killer são todos iguais? Ou você tem, tipo, uma lista dos melhores?

Fiona abre um sorriso magnânimo.

– Pode escolher.

No fim, eles acabam assistindo a alguma merda relacionada aos Manson – com uma trilha sonora cafona de rock dos anos sessenta ao fundo dos infinitos enquadramentos do cabelo loiro de Sharon Tate e de sua redonda barriga de grávida. Sam tenta não estremecer. Ele gosta de assistir a filmes *slasher*, mas *true crime* sempre o incomodou – o sensacionalismo da coisa, talvez, produções de baixo orçamento fazendo dinheiro às custas do pior dia da vida de alguém.

Além disso, sempre passa por sua cabeça que será a próxima vítima de um assassino em série.

Ainda assim, gosta de ter Fiona a seu lado, apoiada em um cotovelo, as pontas do longo cabelo roçando em seu braço. Não é como se estivesse *tentando* olhar nem nada do tipo, mas a regata fica um pouco solta e ele consegue ver de relance a parte de cima dos seios dela, um punhado de sardas espalhadas pelo torso como se fossem glitter. Sente o calor que irradia da pele de Fiona. Algo na situação faz com que Sam tenha receio de se mexer demais – como quando a mãe obrigava ele e Adam a ficarem imóveis sempre que um veado aparecia no quintal de casa enquanto os irmãos jogavam futebol. Sam não quer assustar Fiona.

– Está ótimo – diz ele por fim, fazendo uma careta conforme o narrador relata os detalhes excruciantes da autópsia de Sharon Tate. – A gente pode desligar, por favor?

Fiona dá um suspiro alto, se jogando de costas.

– Tá. Mas, se eu ficar acordada a noite toda, a culpa é sua.

Sam lança um olhar incrédulo.

– Eu posso dizer a mesma coisa pra você, gracinha.

O fato é que ela adormece dois segundos depois – puxando todos os cobertores para si, os pés gelados roçando nos dele sob os lençóis. Sam olha para ela, estreitando os olhos para observá-la na escuridão. O som da respiração de Fiona é a última coisa que ouve antes de cair no sono.

CAPÍTULO NOVE — *Fiona*

A primeira coisa que Fiona nota quando acorda na manhã seguinte é como os lençóis são bons, de um percal macio cuja contagem de fios deve chegar aos milhares.

A segunda coisa é que está deitada na cama de Sam Fox.

Com Sam Fox.

Puta merda.

Ele ainda está dormindo, graças a Deus, esticado ao lado dela no colchão, um braço musculoso e bronzeado jogado em cima da cara – o sol que passa pelas árvores do lado de fora da janela do quarto desenha padrões de sombra e luz na pele lisa e imaculada de seu peito nu e esguio.

Fiona afasta as cobertas e senta o mais silenciosamente possível para não acordá-lo, erguendo uma mão cuidadosa até a boca. Os lábios estão com a sensação de inchaço e dormência, sensíveis de um jeito bom. Fiona estremece. Não beija ninguém assim há muito tempo – não sabe se *alguma vez* já beijou alguém dessa forma, na verdade. Beijar Sam era como ela imaginava que teria sido se pegar com alguém dentro de um carro nos tempos de escola: como se fosse incapaz de se sentir saciada, como se sempre tivesse existido um cordão de explosivos dentro de seu corpo e ele agora acionasse metodicamente cada um. Ela contrai os dedos dos pés no tapete felpudo do quarto e encara Sam por um tempo – a saliência do quadril, a trilha de pelos escuros que desce pelo umbigo, o peitoral estupidamente perfeito, do tipo que só se obtém se você é um panaca obcecado com o próprio corpo que vai à academia todos os dias.

Ah, meu Deus, vai ser tão constrangedor.

Na ponta dos pés, Fiona percorre o corredor até a sala, onde encontra sua jaqueta pendurada em um dos banquinhos de couro do balcão, a bolsa largada em um banco de treliça perto da porta. Joga a bolsa por cima do ombro, respirando aliviada por ter evitado com sucesso a manhã pós-não sexo mais desconcertante da história da humanidade, e em seguida pega a bota no chão de madeira escura.

Bota, no singular.

O outro pé? Não parece estar em lugar nenhum.

Fiona franze o cenho, virando em um círculo lento para examinar a sala de estar. Sam estava certo, na noite passada: ela ficou *mesmo* agradavelmente surpresa com o lugar, não só o apartamento, mas com os itens dentro dele: o sofá cor de conhaque, o abajur de antiquário ao lado da poltrona, as almofadas de estampas geométricas azuis e verdes. Na estante, há uma foto em preto e branco de uma mulher com cabelos longos – que Fiona presume ser a mãe de Sam – segurando um bebê gordo e careca, a cabeça jogada para trás em uma risada. Há uma palmeira alta e orgulhosa em um vaso de terracota ao lado da porta que leva à varanda, e, aparentemente, a planta está viva.

Fiona faz uma busca infrutífera embaixo da mesa de centro e atrás da porta do lavabo monocromático, depois volta para a cozinha e recomeça a busca. Como é possível? Será que um coiote se esgueirou para dentro do apartamento enquanto ela dormia e fugiu com o calçado? Uma *bota*! Está ajoelhada no chão examinando embaixo do sofá quando ouve um pigarro.

– Há... – diz Sam, a voz baixa e um pouco rouca. – Bom dia.

Fiona estremece, fechando os olhos por um momento antes de se endireitar e olhar para ele.

– Ah – diz, ajeitando o cabelo cheio de nós atrás da orelha. – Oi.

– O que você está fazendo? – Sam estica uma mão para coçar o ombro nu.

Ele não se deu ao trabalho de colocar a calça, e a silhueta de seu pinto é inteiramente visível através da cueca boxer cinza-escura.

Fiona limpa a garganta, tentando não encarar.

– Você escondeu meu sapato?

Sam bufa.

– Quê?

– Meu sapato – repete ela, sentindo-se um pouco histérica. – Eu estava com dois quando cheguei, óbvio, mas agora... – Gesticula para a bota órfã. – Você escondeu?

Sam a encara como se ela fosse louca.

– Por que eu iria esconder o seu...? – Ele se interrompe. – Tipo, pra segurar você aqui?

– Eu... – Fiona sente as bochechas corarem. Parece absurdo, agora que ouve a acusação em voz alta. – Não, claro que não. Eu só...

– Não? – Sam definitivamente não acredita nela; os cantos da boca carnuda se curvam num divertimento mal disfarçado. – Não foi disso que você acabou de me acusar? De estar tão desesperado pra passar mais tempo com você que me esgueirei no meio da noite e sequestrei a sua... – Ele para no meio da frase, erguendo uma sobrancelha perfeita. – Aquela ali?

Sam aponta com o queixo na direção da bota desaparecida, que está caída ao lado de uma poltrona, como um soldado ferido.

– Ah.

Fiona se lembra agora de tê-la jogado longe enquanto se beijavam, distraída pela boca de Sam descendo por seu pescoço, a ponta dos dedos dele dedilhando seu corpo como se fosse um piano.

– Obrigada.

– De nada. – Ele pega a bota no tapete e a estica na direção de Fiona com um sorriso.

Um sorriso genuíno, aberto e carinhoso, que faz o estômago de Fiona se embrulhar de maneira perigosa. Quando ela pega a bota, Sam a segura por um segundo a mais, puxando-a gentilmente. Fiona sente o puxão bem entre as pernas.

– Quer que eu volte pra cama pra você poder terminar de sair de fininho da minha casa?

– Eu não estava saindo de fininho! Só estava tentando livrar nós dois de querer cometer suicídio mais tarde, só isso.

– Que atenciosa. – Sam esfrega o topo da cabeça, o cabelo espetado em todas as direções. – Você quer se matar neste instante?

Fiona considera a pergunta. Na verdade, o que ela quer fazer é empurrá-lo para o maravilhoso sofá de couro e montar nele, mas prefere comer a própria bota a informá-lo desse fato.

– Não...? – diz ela, e então fracassa cabalmente em dar uma sequência coerente à conversa.

– Não? – Sam abre um sorriso. – Quer saber? Você fica aqui considerando suas tendências suicidas enquanto eu vou fazer o café da manhã.

– Você não sabe fazer café da manhã – acusa ela, seguindo-o até a cozinha.

Fiona ainda está segurando a bota.

Sam abre a geladeira e tira uma dúzia de ovos e uma caixa amarelo-brilhante de margarina.

– Posso fazer uma pergunta? – diz ele. – O que em mim faz você se sentir compelida a me atormentar cem por cento do tempo?

Isso a faz hesitar.

– Eu... – começa ela, depois se detém, e tenta novamente: – Eu...

Sam ergue as sobrancelhas.

– Você?

"Dane-se", pensa Fiona, largando a bota no chão, ficando na ponta dos pés e o beijando.

Sam emite um som gutural e retribui o beijo, as mãos se erguendo para segurar o rosto de Fiona. Ela sente o peito dele arder através da regata. Passa a mão por seu cabelo e morde seu lábio inferior, sua língua, a sombra de barba que delineia a mandíbula. Estica a mão para apertar a bunda de Sam, que grunhe.

— Eu gosto de você — admite Fiona, a voz abafada pelo ombro dele. Quando beija seu pescoço, sente o gosto de sal. — É por isso que te atormento o tempo todo.

Sam gargalha alto, e a sensação da risada passa agradavelmente pelas pernas dela.

— Quantos anos você tem, doze?

— Basicamente.

Sam assente como se tudo fizesse sentido.

— Bom — diz ele, passando a mão por baixo da regata e puxando o mamilo de Fiona por cima do tecido do sutiã, fazendo-a arfar. — Vê se cresce.

Ele a ergue para sentá-la no balcão e engancha as mãos atrás de seus joelhos, abrindo suas pernas e se posicionando entre elas. Fiona passa os braços ao redor do pescoço de Sam e se esfrega contra ele, não consegue evitar, como se ele fosse um arranhador e ela estivesse sofrendo com uma coceira.

— Fiona — murmura Sam contra sua boca. Está de pau duro, e Fiona o sente grosso e quente e urgente, mesmo com três camadas de tecido separando-os. — Volta pra cama comigo.

Fiona hesita. Ela quer. Porra, como quer. E não é como se já não estivesse imaginando tudo — os dedos dele, o pau, a língua molhada e ardilosa, os lençóis macios contra sua pele —, porém não consegue evitar a sensação de que estaria abrindo mão de algo no processo. Algo que ainda não está pronta para abandonar.

— Vamos fazer o seguinte — diz ela, beijando-o mais uma vez antes de afastá-lo e descer do balcão. — Vamos sair.

— OK. — Os lábios de Sam estremecem, incertos. — Mas isso não é a mesma coisa que... ir pra cama.

– Sim, tem razão – diz ela, esticando-se para pegar a mão dele e entrelaçar os dedos de ambos. Percebe no rosto de Sam a pergunta "É um não por enquanto, ou um não para sempre?" e quer dizer que é só por enquanto, mas não sabe como articular as palavras. – Mas, sabe, *waffles*.

Sam olha para ela por um bom tempo e assente.

– Sim – diz, ainda sem fôlego. – Eu tenho uma audição, mas depois disso podemos ir.

– Uma audição? – Isso faz Fiona sorrir. Ela se apoia na geladeira e ergue o queixo. – Pra quê?

Sam passa o braço dela ao redor de sua cintura e se aproxima.

– Não é da sua conta.

– Ah, você quer que eu adivinhe? Por que não me disse? – Ela pensa por um momento, acariciando uma barba imaginária. – Babá masculina gostosa em uma dramédia intergeracional. Cliente gato em um processo penal. Cadáver gostoso em um episódio de alguma franquia menor de *CSI*.

– Ah, benzinho. – Ele baixa o olhar, os cílios piscando. – Você acha que eu sou um cadáver gostoso?

– Acho que é o tipo de pessoa que é *escolhida* para atuar como cadáver gostoso – corrige ela.

– Entendi – diz ele, sério, e a beija. – Enfim. Quer vir comigo? Depois a gente pode comer *waffles*. Ou melhor, você pode pedir *waffles*, e eu peço uma tigela sensata e ainda assim deliciosa de granola integral.

Fiona pensa no assunto. Nota os pontos dourados nos olhos de Sam sob a luz do sol que atravessa a janela acima da pia. Há um sentimento desabrochando em seu peito que ela não reconhece por inteiro, e demora um instante para identificá-lo como felicidade.

– Tá bom – diz, o sorriso lento e não exatamente voluntário. – Sim.

Lá fora faz uma manhã digna de cartão-postal antigo, o céu azul e ainda não muito quente, o ar com aquela ardência arenosa do deserto. Eles param num café para pedir *latte* gelado, e Sam coloca Otis Redding para tocar no rádio. Fiona abre a boca para zoá-lo – puro reflexo a essa altura; ela na verdade adora Otis Redding – e logo a fecha. Mergulha os dedos na brisa do lado de fora da janela e cantarola junto.

– Ah, aliás – diz Sam, conforme passam pelo Cahuenga Boulevard na direção da Rodovia 101 –, não vai achar estranho, mas vai ser no estúdio da UBC. Só, tipo, pra avisar.

– Ah. – Fiona pisca. A UBC é a empresa que detém o Family Network; *Pássaros* foi filmada no estúdio da UBC. Fiona não chega perto do lugar há anos, e pensar em voltar lá a preenche com um pânico visceral e imediato, uma centena de centopeias passeando por suas entranhas. Foi idiota de não ter perguntado. – Tá bom.

– Desculpa – diz ele, olhando para ela por cima do câmbio. – Você está…

– Não – diz ela rapidamente. – Está tudo bem.

Os estúdios da UBC são à moda antiga, com uma pegada *art déco*, com os prédios novos revestidos de vidro e aço. Fiona acha que vai surtar ao vê-lo, surtar de um modo profundo e intolerável, e sabe que Sam acha o mesmo pela forma como a olha, como se pensasse que ela está prestes a pular do carro, arrancar as roupas e marchar de costas pelo asfalto enquanto recita o juramento à bandeira na língua do pê.

– Estou bem – informa ela. – Como você está? Nervoso?

– Nem. – Sam sacode a cabeça.

– Ah, você é desses, hein?

– Eu sou desses.

Ele estaciona em uma vaga de visitante e coloca um cartão de estacionamento no painel, conferindo os dentes no retrovisor e se virando para ela.

– Vai me dar um beijo de boa sorte?

Fiona considera o pedido.

– Sim – decide, então o agarra pela nuca e deposita um beijo em sua boca.

Sam dá uma piscadela.

– Isso é o que chamamos de despedida de Wisconsin – diz, tocando a aba de um boné imaginário antes de abrir a porta do motorista. – Te vejo mais tarde, boneca.

– Meu Deus do céu, você é um *otário*! – grita Fiona, mas ela está rindo.

Torce para que o escolham como o maravilhoso suspeito de assassinato cujo álibi é verificado após o segundo comercial, ou seja lá que papel ele está tentando conseguir.

Quando ele some de vista, ela se distrai no celular por um tempo, mas o dia está lindo demais para passar uma hora sentada no banco do passageiro desse carro absurdo, então, depois de se certificar de que não há ninguém com uma câmera espreitando no estacionamento, Fiona sai e senta no capô. Ela se deita no metal quente e fecha os olhos, deixando que a luz do sol desenhe formas atrás de suas pálpebras. Está pensando em pedir uma omelete de presunto e queijo no café da manhã. Está pensando em mudar a estrutura do último ato da peça. Está pensando em jogar tudo para os ares e apenas mandar Sam levá-la de volta para o apartamento dele, quando alguém chama seu nome.

Fiona abre os olhos e se endireita por instinto. Sente o corpo inteiro gelar.

– Hum – diz ela, instintivamente moldando o rosto em uma máscara de surpresa alegre e infantil típica de Riley Bird. – Oi, Jamie.

CAPÍTULO DEZ   Sam

A audição é para o papel de um bombeiro novato e gostoso com um passado militar trágico, e de fato tudo vai bem, incrível e improvavelmente bem. Sam fica chocado, para falar a verdade; é raro sentir que está acertando algo ao vivo, transformando-se intuitivamente em um personagem, como imagina que fazem os atores legítimos. Pensa em dizer a Fiona que ela foi seu amuleto da sorte, mas aí imagina os sons de vômito falso que teria de aguentar da parte dela no caminho para o café da manhã e reconsidera.

Ele faz seus agradecimentos.

— Nós definitivamente vamos entrar em contato — diz a diretora de elenco com um sorriso, e Sam consegue evitar dar soquinhos no ar até sair da sala e segue para o estacionamento, onde Fiona está empoleirada no capô do Tesla, de ti-ti-ti com Jamie Hartley.

— Oi! — diz ele, animado. É um dia bom. — O que é isso, um reencontro?

— Epa. — Jamie abre um sorriso torto e familiar. — Não podemos usar essa palavra ainda.

Jamie tem exatamente a mesma aparência de quando fazia o pai deles em *Pássaros da Califórnia*, a mesma aparência bem preservada que têm todos os caras que trabalham na TV.

– Foi ele quem disse, Fi, não eu.

Fiona sorri.

– Vou manter isso em mente.

– Faça isso – diz Jamie, passando um braço pelo ombro de Sam e apertando-o. Ele tem o cheiro de uma floresta de sequoias. – Cara, que surpresa. Como você está, garotão?

– Bem – diz Sam, abaixando a cabeça, tímido.

Quando ainda faziam *Pássaros*, Jamie costumava levá-lo para comer hambúrgueres ao final de cada temporada e perguntar em que tipos de projeto ele gostaria de trabalhar, quais eram seus filmes favoritos. Mesmo na época, Sam sabia que era meio ridículo quanto esperava por aquele encontro, mas sempre ansiava por eles mesmo assim. Quando ouviu sobre o contrato que Jamie assinou com a HBO para desenvolver uma série, se perguntou se haveria uma chance de receber uma ligação.

– Eu estou amando isso – diz Jamie, soltando Sam e dando tapinhas em suas costas. – A gangue toda junta de novo.

– Exceto Max – diz Sam para Fiona ouvir. – A gente não pode esquecer do Max.

Jamie franze o cenho.

– Quem era o Max? – pergunta.

– Ah, qual é! – ralha Sam. – O garoto ruivo que fazia o primo, lembra?

– É claro que eu lembro. Liguei pra ele outro dia e o convenci a participar. – Ele se vira para Fiona. – Você ouviu que a Thandie concordou?

– Eu... – Fiona se interrompe, a incredulidade estampada no rosto. – A Thandie? Sério?

– Né? – diz Jamie, com uma risada autodepreciativa. – Também fiquei surpreso. Achei que ela estaria ocupada demais com

Soderbergh e Fincher para andar com uns manés como a gente. Mas ela disse que foi uma parte tão importante da vida dela que voltaria pra fazer alguns episódios, pelos velhos tempos.

– Que generoso da parte dela – murmura Fiona.

Ou ao menos é o que Sam acha que ela diz. Jamie parece não ter ouvido.

– Enfim, preciso ir – diz ele. – Tenho uma reunião lá dentro. Mas foi bom ver vocês. – Ele dá uma piscadela. – Legal que vocês dois ainda saem juntos.

Ele dá um abraço de despedida em cada um e percorre o estacionamento vestindo a jaqueta de couro, como se fosse o Ben Affleck indo perfurar um asteroide com um míssil nuclear.

– Amo esse cara – diz Sam quando Jamie se afasta.

Fiona já voltou para dentro do carro, o cinto de segurança colocado direitinho, as mãos dobradas sobre o colo.

– Você não ama?

Fiona não responde.

– Você planejou isso? – pergunta ela.

Ela não está olhando para Sam. Em vez disso observa, pelo para-brisa, a figura de Jamie se afastando.

Sam a encara, sem entender.

– Planejei o quê?

– Encontrar com ele.

– Quê? Não.

Ele balança a cabeça. A entonação dela é completamente diferente do que era um minuto atrás, e, quando Sam a examina mais cuidadosamente, nota que sua linguagem corporal também mudou. Ela estava *atuando*, percebe de repente, e fica estranhamente impressionado com a habilidade de Fiona. Ela é bem melhor do que ele, isso é certo. Sam sente vontade de marchar de volta para o estúdio e dizer a eles: "Essa é a garota que vocês deveriam contratar".

– Eu não fazia ideia de que ele estava aqui – diz.

— Tá bom — diz Fiona, e é óbvio que ela acha que Sam está mentindo descaradamente. — Porque é muita coincidência, e ele não pareceu muito chocado de ver a gente junto.

Isso o irrita, ainda que se sinta um pouco culpado; pensa na piscada que Jamie deu para ele, como se estivessem em um complô. Mesmo assim não consegue não responder:

— Sério? Ele literalmente disse "que surpresa".

Fiona estreita os olhos.

— Você está zoando com a minha cara?

— Não — diz Sam, enquanto saem do estacionamento. — Claro que não.

— Você vai me culpar por ser um pouquinho paranoica? Você não sai de cima de mim com essa história de *reboot* e aí de repente...

— Ah, é assim que você chama o que aconteceu no meu apartamento hoje de manhã? — corta Sam. E ele sabe, *sabe* que vai se arrepender, mas fala antes de conseguir se conter: — *Eu* estou em cima de *você*?

A boca de Fiona fica muito estreita.

— Tudo bem — diz ela baixinho.

Sam a visualiza colocando a plaquinha de proibida a entrada em cima da porta de sua vida.

— Quer saber, está tudo bem, a gente não precisa falar disso.

Sam suspira.

— Fiona...

— Eu disse que está tudo bem, Sam.

— Tá bom.

Ficam em silêncio por alguns minutos, os dois remoendo a situação, até que Sam de repente percebe que não sabe para onde está indo.

— Você ainda quer tomar café da manhã? — pergunta. Sua voz soa como se quisesse um não como resposta.

Fiona também ouve, ou talvez só não queira ficar perto dele por mais tempo do que o necessário.

— Eu preciso voltar — diz ela. — Posso pegar um Uber, se você quiser me deixar em algum lugar.

— Não seja ridícula — diz Sam, mal-humorado. — Eu te levo em casa.

Eles não falam durante todo o caminho de volta para a casa do pai dela. Fiona encara a janela do passageiro através dos óculos escuros que tirou da bolsa gigantesca. Sam a observa, mas o rosto dela é indecifrável, uma máscara.

— Olha — diz Fiona quando ele entra na rua de sua casa, soltando o cinto de segurança meia quadra antes para se preparar, enquanto Sam fica surpreso por ela ter dito alguma coisa. — Foi bom conversar. Espero que te chamem pro trabalho.

— Sim. Obrigado. — Sam franze o cenho. Pensa que devia deixar o assunto morrer, mas não quer. — Fiona. Você pode me explicar o que acabou de acontecer?

— O quê? — Fiona sacode a cabeça, fazendo-se de burra. — Nada. Foi divertido.

Definitivamente parece ser alguma coisa, mas Sam está irritado demais para insistir no assunto. Se ela quer agir feito uma louca irracional, que aja feito uma louca irracional. É problema dela. Não é como se ninguém o tivesse avisado.

— OK — diz ele. — Te vejo por aí.

— A-hã.

Sam a observa cruzar o gramado e entrar pela porta, os ombros encolhidos e os dedos retraídos. Pensa que Fiona talvez vá olhar para trás, mas ela não o faz. Ele permanece ali por mais um momento depois que ela entra, se sentindo um otário completo. Então pisa no acelerador e vai embora.

Adam liga à noite. Sam está comendo quinoa direto do pote enquanto assiste a *Roda a roda* na TV.

— Vou te falar uma coisa — diz Adam —, mas não quero que você surte.

Porra, é o pior jeito de fazer alguém não surtar, pensa Sam, o medo já desabrochando no peito.

— O que aconteceu?

— A mamãe está bem, mas ela meio que caiu.

Sam deixa o pote na mesa de centro.

— Como assim, *ela meio que caiu*?

— Ela desmaiou no estacionamento depois da consulta com o médico.

— Quero falar com ela.

— Sammy, estou dizendo, ela está bem...

— Me deixa falar com ela.

Ouve-se um barulho distante, e Adam diz algo que Sam não consegue entender. Ainda usam telefone fixo em casa.

— Estou bem — diz a mãe no telefone. — Fiquei atordoada, só isso. Vi um médico muito bonito e simplesmente desmaiei.

— Isso não é engraçado.

— Claro que não. Como você está?

"Que importância tem como eu estou?", pensa Sam. Ele sente que está prestes a chorar.

— Eu estou bem. Como você está se sentindo agora?

— Ora, querido, eu tenho câncer.

Ele deixa escapar um barulho engasgado, algo entre uma risada e um soluço. Quer voltar para casa, sentar na mesa da cozinha e perguntar a ela o que deve fazer para resolver todos os seus problemas, incluindo o "Minha mãe está doente". De uma forma bizarra, quer contar a ela sobre Fiona, apesar de não ter ideia do que diria.

Em vez disso, engole em seco.

— Eu te amo — diz por fim. — Passa pro Adam.

— Eu te disse — fala Adam um segundo depois.

— Acha que eu devo voltar pra casa?

– Você consegue arcar a viagem? – é a resposta de Adam, o que não é um "Claro que não, não se preocupe, ainda temos bastante tempo".

– Claro que sim. Por que você fica falando comigo como se eu estivesse falido?

– Sei lá. Não acho que você precise voltar ainda. Eu mando mensagem se alguma coisa mudar.

Sam desliga e observa seu apartamento estupidamente bonito, a poltrona cara e os abajures antigos idiotas, a guitarra autografada por Van Morrison que comprou quando *Cirurgião de corações* teve confirmada a produção de uma temporada completa. Ele nem sequer toca guitarra. Nem gosta de Van Morrison! Só comprou porque achou legal e pensou que as mulheres comentariam sobre ela quando as trouxesse para cá, o que geralmente faziam, apesar de Fiona não ter dito nada.

Porra, Sam não quer pensar em Fiona agora.

Pega uma cerveja na geladeira e fica um tempo no computador tentando descobrir como anunciar no eBay, mas se frustra em menos de cinco minutos e desiste. Não entende por que fica tão surpreso com o fato de que, no fim das contas, ela agiu exatamente conforme a internet a descrevia: temperamental e irracional e sempre na defensiva, basicamente acusando-o de ficar com ela só para convencê-la a fazer o *reboot*.

"Você *estava* ficando com ela para convencê-la a fazer o *reboot*", lembra uma vozinha em sua cabeça, e Sam se sente o maior escroto que já viveu na face da Terra.

Foi por isso que a visitou na gráfica, não? Só que não foi o motivo de tê-la chamado para sair ontem.

E definitivamente não foi o motivo de querer que ela ficasse.

"Nada disso importa", lembra a si mesmo, levantando-se e voltando para a cozinha. "Já acabou." Abre outra cerveja, tomando três goles longos e gelados sem saborear. E pega outra.

* * *

Quando acorda, já é de manhã e Erin está batendo na porta de seu apartamento. Sua boca está com gosto de cueca. A cabeça está dolorida.

– Vai com calma – diz Sam, abrindo a porta.

Erin franze o nariz.

– Está cheirando a peido aqui.

Sam esfrega uma mão no rosto.

– Você quer alguma coisa?

– Não surta – diz ela, e entra.

É a segunda vez em menos de doze horas que alguém começa uma conversa dessa forma, e Sam não gosta nada disso. Ele precisa de café. Precisa de água, e de um sanduíche de ovos e bacon, e do papel principal em um filme de ação/aventura dirigido por Steven Spielberg.

– Por que eu surtaria?

Erin mostra o celular a ele, praticamente enfia a tela em sua cara. Sam pisca, focalizando a página principal de um site de fofocas extremamente popular – o mesmo que era obcecado por Fiona alguns anos atrás, quando ela agia o tempo todo como uma ameaça pública.

"Pombinhos?", diz a manchete, logo acima de – ah, caralho! – quatro fotos diferentes de Fiona e Sam saindo do apartamento dele no dia anterior, a mão de Sam casualmente segurando a dela. "O velho é novo de novo! Parece que as coisas estão esquentando entre esses antigos parceiros de cena. Há um rumor de que um *reboot* do adorado megahit *Pássaros da Califórnia*, da emissora Family, está sendo considerado – presumindo, é claro, que Fiona St. James consiga não virar o ninho (pegou a piadinha?) de cabeça para baixo. Veja a seguir um compilado de fotos de todos os seus surtos públicos!"

– Puta que pariu! – diz Sam, andando pela sala e se jogando no sofá, os braços e as pernas incômodos e quentes.

Ele tem bastante experiência com sites de fofoca – houve toda uma celeuma envolvendo ele e a Taylor Swift há alguns anos, e certa vez ele foi erroneamente implicado num surto de herpes que chegou até um jogador do San Diego Padres. Ainda assim, há algo sobre esse acontecimento em particular que o faz se sentir como se tivesse sido pego pelado – não porque tiraram uma foto sua saindo de casa com uma mulher, percebe lentamente, mas porque a mulher é Fiona St. James, que outrora quebrou a janela de um restaurante em Beverly Hills com um pogobol que ela havia acabado de roubar de uma criança. E, OK, no outro dia ele meio que desejou que alguém tirasse uma foto dos dois almoçando, mas aquilo foi diferente. Afinal de contas, uma coisa é sair com ela com o intuito de tentar convencê-la a fazer o *reboot* de *Pássaros da Califórnia*; outra completamente diferente é... estar saindo com ela. Não é uma atitude que passe uma mensagem do tipo: *ator principal charmoso e de alta qualidade busca trabalho.*

"Foi você quem a convidou para sair", diz a si mesmo. "Foi você quem a convidou para o seu apartamento."

Ainda assim, estaria mentindo se dissesse não estar um pouco arrependido.

– *Como* você não contou isso? – pergunta Erin, sentando na poltrona do Dr. Evil e rodopiando como uma criança maravilhada. – A Riley Bird está aqui casualmente dando pra você, e você não diz nada? Que cavalheiresco da sua parte.

– Ela não está dando pra mim – diz Sam, passando as mãos pelo cabelo. – É uma situação meio... estranha.

– Eu que o diga! – concorda Erin alegremente. – Veja pelo lado bom: isso é bem mais interessante que o cancelamento da sua série. As pessoas provavelmente já esqueceram dele.

– Vai se foder – diz Sam em tom de brincadeira.

Sam sabe que se sentir envergonhado por isso faz dele um babaca, e também que, se ele se sente violado, Fiona deve estar muito mais. Lembra do dia na gráfica, quando ela disse que a imprensa finalmente a havia deixado em paz.

– Eu devia ligar pra ela – diz ele.

Estica a mão para pegar o celular, sabendo, mesmo enquanto digita, que ela não vai atender. De fato, o celular dela parece estar desligado. Ele encerra a chamada sem deixar recado na caixa postal, porque acredita que não vai adiantar, e também porque se sente estranho dizendo qualquer coisa carregada de sinceridade com Erin sentada bem ali, olhando para ele com a expressão que mulheres exibem quando acham que sabem de alguma coisa.

– Vai tomar um banho – diz ela assim que ele desliga. – Eu vou comprar um wrap nojento com recheio de clara de ovo pra você.

E então, quando Sam está atravessando a sala, ela complementa:

– E abre uma janela, tá? A casa está cheirando a lixão.

Sam mostra o dedo do meio antes de fechar a porta do banheiro.

CAPÍTULO ONZE — *Fiona*

É Claudia quem conta a ela sobre as fotos. Parte do acordo que Fiona fez com a terapeuta enquanto estava em tratamento consistia em parar de olhar o site de Darcy, e em grande medida tem conseguido. Claudia, por outro lado, ainda tem um Alerta Google com o nome de Fiona, uma forma de examinar meticulosamente o horizonte atrás de qualquer sinal de perigo, como os caras da Muralha em *A guerra dos tronos*.

— Não fala nada de ruim, sério — promete Claudia, inclinando-se no balcão da cozinha.

Brando paira no corredor como um jogador no banco de reservas à espera de ser chamado ao gramado.

— Só achei que você gostaria de saber.

Claudia tem razão: objetivamente, as fotos não são ruins. Afinal de contas, Fiona está inteiramente vestida, no comando de todas as suas faculdades mentais, e não ativamente assediando um pedestre inocente, o que significa que, de acordo com os padrões de Darcy, trata-se basicamente de ilustrações em aquarela de um livro infantil.

Ainda assim, a revista *Us* pagou pelas fotos, bem como meia dúzia de outros sites, e ver a si mesma tão vulnerável e exposta – a suavidade de sua expressão, o jeito bobo como sorri para Sam – faz Fiona se sentir como se alguém houvesse enfiado as mãos sujas dentro do seu tórax, deixando marcas borradas em todos os órgãos.

É claro que é possível que o motivo dessa sensação não seja apenas Darcy. Por dentro, ela é um completo emaranhado: Sam, Jamie, *Pássaros* – como se toda a merda da qual passou tentando se desvencilhar nos últimos cinco anos estivesse embolada novamente. Fiona sente crescer em seu interior a urgência de fazer algo inconsequente: machucar alguém, machucar a si mesma. Da última vez que se sentiu assim, acabou boiando pelada na piscina do JW Marriott em Playa del Carmen, com pouquíssima memória de como foi parar lá. Só que ela não faz mais esse tipo de coisa, então apenas se dirige ao trabalho, faz espaguete para a irmã no jantar e se deita na cama para escutar no celular uma meditação guiada por LeBron James.

Ela está se esforçando. Está se esforçando muito.

Por fim, desiste e joga um braço em cima do rosto, passando os dedos da outra mão sob o cós da calcinha boxer. Pensa no toque de Sam em seu quadril, suas coxas, sua barriga; pensa na boca dele, quente e rápida, em seus seios. Não é o bastante – nada disso parece ser o bastante –, mas ela chega lá mesmo assim, depois vira de lado e cai num sono inquieto e irritadiço.

Acorda arfando menos de uma hora depois, encharcada num suor frio de pânico.

– Porra – murmura, quando o coração para de palpitar, afundando-se nos lençóis úmidos e grudentos.

Hoje em dia ela tem pesadelos com menos frequência, mas, quando os tem, são sempre cruéis e vergonhosos de uma forma nada sutil: repentinamente, se vê trancada no trailer do set de filmagem, ou ouve Jamie batendo na porta da casa do seu pai, exigindo saber onde ela se meteu. Fiona esfrega o cabelo, pega o controle remoto e liga em *O mal entre nós*, mas, mesmo depois de assistir a um episódio e meio de assassinatos brutais, ainda sente os nervos estremecendo dentro do corpo, então levanta e segue para a cozinha para fazer um sanduíche.

Ela não se dá ao trabalho de acender a luz para pegar um prato do armário e algumas fatias de peru da geladeira. Coloca um pouco de maionese em uma fatia de pão e se obriga a se acalmar. Pam costumava dizer que focar uma tarefa concreta era um bom jeito de recuperar o controle, porém, quanto mais Fiona permanece quieta ali, mais sente que está prestes a alçar voo até a lua, a respiração arfante e o coração palpitante. Quando tenta cortar o sanduíche ao meio, olha para baixo e percebe que não está sentindo as mãos.

Xinga baixinho, o pânico e a raiva tempestuando em medidas iguais dentro de si. A faca cai na pia ruidosamente. Pensa com a menor frequência possível nos detalhes do tempo em que fazia *Pássaros*, mas lembra-se, de uma vez só, de ficar no set uma noite, na metade da filmagem da segunda temporada, que todo mundo dizia ser ainda melhor que a primeira: de repente estavam ficando famosos, reconhecidos pelo público, sendo convidados para festas e estreias. Tinham saído na capa da *Entertainment Weekly* algumas semanas antes, o braço de Sam pendurado nos ombros dela, a cabeça de Thandie jogada para trás numa risada.

Ela se achava sentada no chão, folheando *O mercador de almas*, recomendado por Estelle, os calcanhares cruzados, quando uma sombra alta e larga recaiu sobre a página.

– Aproveitando pra ler? – disse uma voz profunda.

Ela olhou para cima e, com um sobressalto, percebeu Jamie pairando ali, as mãos escondidas nos bolsos da jaqueta, o cabelo caindo em ondas no colarinho.

– Algo bom?

Fiona ergueu o livro de capa mole para que ele pudesse ver o título.

– É meio... pomposo – disse ela.

Jamie riu alto.

— Eu li na faculdade. Há um milhão de anos. Preciso reler. — Ele se apoiou contra a parede, de braços cruzados, olhando-a com curiosidade. — Está tarde. Você já acabou as cenas de hoje, não? Alguém vem te buscar?

Fiona negou com a cabeça.

— A Thandie vai me levar quando acabar — respondeu Fiona, esperando não soar patética.

Ela tirara a habilitação havia alguns meses; o pai sempre dizia que iriam comprar um carro, mas ele parecia ter perdido o interesse mesmo em atividades corriqueiras como ir ao mercado, e Fiona duvidava que comprar um automóvel fosse algo que fariam em algum momento próximo. A mãe se mudara fazia três semanas.

Jamie passou o olhar pelo set, onde os funcionários da iluminação reajustavam tudo pelo que parecia ser a vigésima vez, e revirou os olhos.

— A Thandie ainda vai ficar aqui por algumas horas — previu, cutucando-a no ombro com o joelho coberto pela calça jeans. — Vamos. Eu te levo.

Fiona sacudiu a cabeça. Já naquela época odiava pedir favores, a sensação incômoda de ficar devendo algo para alguém.

— Não precisa. Estou bem.

Jamie não deu bola.

— Eu quero te levar — disse. — Sério. Vai pegar suas coisas.

Ela disse um rápido tchau para Thandie e seguiu Jamie pelo longo e cavernoso corredor do estúdio até o estacionamento escuro. Era a temporada de incêndios florestais, e havia uma fina fumaça no ar. Quando Jamie virou a chave na ignição do enorme SUV, o rádio ligou numa estação de música country no volume máximo. Fiona riu em voz alta antes de lembrar que, tecnicamente, ele era seu chefe.

— Desculpa — disse ela, colocando uma mão na boca.

Jamie a encarou enquanto acenava para o funcionário do estacionamento.

— Pode rir — respondeu. — Vai lá contar pros seus amigos jovens e bacanas de Hollywood. É meu segredo vergonhoso.

— Quer dizer, não vou fingir que isso não é vergonhoso... — disse Fiona, sorrindo.

— As antigas não são! Já essas sobre cerveja, Deus e caminhão, essas, sim, admito.

— E você não gosta de cerveja, Deus e caminhão?

Jamie suspirou.

— Vou ser sincero com você, Fiona. Eu gosto das que falam de cerveja, Deus e caminhão também.

— A-hã.

Fiona se ajeitou no assento do passageiro. Não tinha passado muito tempo sozinha com Jamie desde que haviam começado a filmar, no ano anterior. Ele a intimidava às vezes com sua insistência na perfeição e o temperamento ocasionalmente tempestuoso, mas naquela noite estava de bom humor, batucando levemente no volante conforme se deslocavam pelo Vale.

— Como você está, St. James? — perguntou ele assim que alcançaram a rodovia, as luzes de segurança alaranjadas tecendo padrões no painel, o asfalto zumbindo sob os pneus. — Tudo certo?

— Tudo certo — ecoou ela, por reflexo. — Nenhuma reclamação.

Jamie ergueu uma sobrancelha.

— Por que sinto que você está mentindo pra mim?

Fiona sorriu. Ninguém falava tão diretamente com ela, à exceção, talvez, de Thandie.

— Meus pais estão passando por um momento difícil — admitiu ela, gesticulando com uma mão para fazer parecer algo menor do que era. — Mas vai passar. Sempre passa.

Jamie assentiu.

— Tenho certeza que sim. Mas, se não passar, pode falar comigo sobre isso. Sei que você é uma estrela de TV durona e que eu tenho, tipo, uns cem anos, mas ainda assim.

Fiona riu.

– Você não é *tão* velho assim.

Jamie inclinou a cabeça para o lado.

– Não – concordou com um sorriso torto, os cantos dos olhos enrugando. – Acho que não sou *tão* velho assim.

Ficaram em silêncio por um momento, ouvia-se somente o murmúrio do rádio e o ronco do motor. Fiona olhou de soslaio para Jamie. As mulheres da maquiagem sempre diziam que Jamie era um gato, que ele parecia o Harrison Ford jovem, sempre com os óculos escuros e a jaqueta de couro. Fiona nunca compreendia a referência, mas, olhando para ele no carro, entendeu mais ou menos o que elas queriam dizer: os ombros largos e a barba por fazer, as mãos espalmadas no volante. As janelas do carro tinham insulfim, mas Fiona imaginava que as pessoas nos outros carros conseguiam ver dentro mesmo assim. "Aquele é o Jamie Hartley", imaginava-as dizendo. "E a Fiona St. James!"

– Você mandou muito bem na cena com o Sam hoje – disse ele, esticando a mão e abaixando a música. – Gosta de trabalhar com ele?

Fiona olhou por cima do câmbio, tentando entender o motivo da pergunta. Às vezes ela se preocupava se a paixonite estúpida que tinha por Sam era evidente. Ocasionalmente visitava as páginas de fãs dedicadas a ele na internet, por isso sabia que ele era do signo de Peixes e que seu sabor favorito de sorvete era chocolate com marshmallow.

– É tranquilo – falou. – Ele é um bom parceiro de cena.

Aquilo não era bem verdade: Sam esquecia suas falas metade das vezes e se apoiava demais no fato de que a maioria das pessoas acreditava que ele era o máximo. Ainda assim, Fiona acreditava que o que sentia por ele fazia com que seu próprio trabalho ficasse melhor, mesmo que vivesse perpetuamente com o medo de que, um dia, alguém dissesse que as cenas de irmão e irmã passavam uma estranha sensação incestuosa por causa dela.

Jamie bufou.

– Que diplomático da sua parte, considerando que todo mundo sabe que você o carrega nas costas.

Fiona não soube o que responder, dividida entre a lealdade automática a Sam e o prazer culposo por ser elogiada por um superior.
– Todos nós carregamos uns aos outros, né? – respondeu por fim. – É o jeito *Pássaros da Califórnia* de ser, não?
– É o jeito *Pássaros da Califórnia* de ser. – Jamie abriu um sorriso. – Ele gosta de você, sabe?
Fiona emitiu um som suave e surpreso antes que conseguisse evitar.
– Não – disse ela, o rosto voltado para a janela do passageiro para que Jamie não pudesse vê-lo. – Não sei nada sobre isso, não.
– Por que ele não gostaria? Você é espetacular.
Ele falou isso como um fato empírico, como o nascer do sol pela manhã ou o trânsito na avenida. O corpo inteiro de Fiona se contorceu em prazer e curiosidade, mas, quando voltou a prestar atenção em Jamie, ele já tinha mudado de assunto – para os enredos que tinha em mente para o resto da temporada, o piloto em que estava trabalhando.
– O que você quer fazer, hein? – perguntou ele. – Depois que terminarmos nossas seis temporadas e fizermos um filme.
Fiona refletiu sobre isso. Pensou na peça que estava lendo mais cedo – como conseguia imaginar o cenário, os atores movendo-se pelo espaço. Como eles soariam. Os figurinos que vestiriam.
– Não sei. Teatro, talvez?
– Sério? – Jamie ergueu as sobrancelhas.
Fiona franziu a testa, imediatamente arrependida da resposta. Argh, ela deveria ter dito qualquer outra coisa: filmes artísticos, ou filmes do Michael Bay. Não sabia o que causaria uma boa impressão em Jamie e, por mais que odiasse admitir, queria causar uma boa impressão nele.
– O que tem de errado com teatro?
– Nada, nada mesmo. O teatro é ótimo, para alguns tipos de atores. – Jamie deu de ombros. – Só acho que você está destinada a coisas maiores.
Fiona sorriu, incerta. Era um elogio, não era? Afinal de contas, ele tinha dito que ela era espetacular. Ainda assim, havia algo na

forma como ele falou que a incomodou – como se ela fosse a Riley Bird e ele, o pai sábio e legalzão, como se a conhecesse melhor do que ela mesma.

Porém, ele atuava naquele ramo havia muito mais tempo do que ela. Provavelmente *sabia mesmo* mais do que ela.

Jamie fez uma careta, como se pudesse ler a mente de Fiona.

– Esquece o que eu disse. – A ponta de seus dedos pousou brevemente no braço dela como um pedido de desculpas. – Estou sendo escroto. Você é uma mulher crescida. Sabe o que quer.

Fiona se perguntou se sabia mesmo, perdoando-o de imediato. Às vezes sentia-se crescida, o tipo de pessoa capaz de percorrer um tapete vermelho sem dar risadinhas do absurdo da situação e de falar de maneira eloquente em entrevistas para revistas e apresentadores de TV. Já outras vezes ela se sentia como a mesma criancinha bobona que sempre foi, os cabelos arrepiados, curiosa e estranha perto de garotos.

– Não – disse ela. – Eu agradeço. Aceito toda a ajuda que puder receber.

– Conte sempre comigo para isso – prometeu Jamie, olhando por cima do ombro antes de dar seta para a saída. – Você é especial, Fi. Eu soube no instante em que te vi na sala de audição, com aquela mecha neon no cabelo. No segundo em que você entrou, pensei "Puta merda, essa é minha garota". Nenhum dos outros caras lá sabia o que estava fazendo. Mas, desde o começo, você foi diferente. – Ele esticou a mão e apertou o joelho dela rapidamente, antes de soltar e colocar a mão de volta no volante. – Mesmo naquela época, você já era uma adulta.

Fiona sorriu. Sabia que era apenas Jamie sendo Jamie – ele era generoso com comentários daquele tipo, o irmão mais velho e melhor amigo de todos. Mais cedo naquela manhã, ele dissera a Sam que o garoto era um príncipe entre os homens. No entanto, uma parte de Fiona sentia que aquilo era diferente – como se ele a *enxergasse* de verdade, os dois sentados ali no escuro.

– Eu moro aqui – disse ela quando chegaram à frente da casa, alguns minutos depois.

Repentinamente, ela se sentiu envergonhada pela pequenez monótona da casa e pensou na festa que Jamie dera em sua mansão quando a série fora aprovada pela emissora: o terreno, a piscina e a coleção de fliperamas antigos no porão, tudo muito glamoroso. A sua era apenas uma casa normal onde ela morava com os pais. Com o *pai*, corrigiu-se.

– Obrigada pela carona.

– Claro, sem problemas – disse Jamie, acenando. – Posso te trazer sempre que precisar.

– Ah, não precisa.

Ela não queria ser motivo de caridade, uma órfã triste da qual ele fosse obrigado a cuidar.

Só que Jamie não parecia pensar nela dessa forma.

– Vamos ver como as coisas andam. Vamos arranjar alguma coisa. Enquanto isso se cuida, tá? Nós precisamos de você. – Ele abriu um sorriso. – *Eu* preciso de você.

Fiona sorriu com a declaração, engolindo o repentino caroço que surgiu no fundo da garganta. Em um segundo de loucura, ela quase desabafou tudo: "Acho que meu pai está tendo uma crise séria de saúde mental. Minha irmã está fazendo xixi na cama de novo, mesmo já tendo sete anos. Alguém tirou fotos minhas de biquíni na praia há algumas semanas e agora estão espalhadas na internet, com um monte de caras velhos esquisitos dizendo em seus porões o que querem fazer comigo. E eu acho que não gosto de ser semifamosa, nem um pouco".

Em vez disso, ela revirou os olhos como se Jamie fosse bobo por se preocupar. Fiona era uma adulta, certo? Ele tinha acabado de dizer isso. Ela resolveria tudo.

– Pode deixar – prometeu tranquilamente. – Eu sempre me cuido.

Jamie a abraçou por cima do câmbio, robusto e sólido. Fiona fechou os olhos e segurou firme.

– Fiona, querida?

Fiona pisca e volta a si, o ar fresco da noite contra o rosto suado e corado. De repente percebe que está no quintal. Não se lembra de abrir a porta, nem de sair, mas só pode ter feito isso, porque ali está ela, com cacos de um prato quebrado e o sanduíche esparramado ao redor. E ali está Estelle, encarando-a preocupada do outro lado do gramado.

– Fiona, querida – diz novamente Estelle, de uma forma que faz Fiona se perguntar há quanto tempo a vizinha está tentando chamar a sua atenção –, você está bem?

Fiona sente a pele pinicar de vergonha. Não é a primeira vez que tem um episódio do tipo – o ano inteiro depois que a série foi cancelada não passou de um longo e contínuo episódio como esse –, mas faz tanto tempo que essas ocorrências deixaram de ser frequentes que ela começara a acreditar que eram coisa do passado, que tinham sumido de sua vida assim como a mecha neon no cabelo.

– Estou bem – promete a Estelle, sorrindo sob a escuridão de modo a tentar parecer convincentemente sã.

O diagnóstico oficial que recebeu de Pam foi de transtorno de estresse pós-traumático, o que Fiona considerou profundamente vergonhoso – ela era atriz em uma *série de televisão*, porra, não era como se tivesse servido duas vezes na Guerra do Iraque –, e até hoje acha tão ridículo e improvável que nunca o mencionou em voz alta. Ainda assim, de vez em quando, ao assistir num filme ou ler em uma notícia sobre algum pobre ex-militar perdendo as estribeiras no supermercado diante de tantas opções de cereal, ela pensa: "Estamos juntos, cara! Eu te entendo".

– Estou bem – repete ela, ainda sorrindo. – Eu só...

Só *o quê*, exatamente? Qual seria uma explicação válida por quebrar louça no pátio às duas da manhã?

– Só uns problemas amorosos.

Estelle se alegra ao ouvir isso, o que Fiona imaginou mesmo que aconteceria.

— Ah — diz sabiamente a mulher mais velha. — Bem, nesse caso, eu tenho uma louça da qual estou querendo me livrar, se estiver interessada.

Fiona ri, disfarçadamente escondendo as mãos ainda trêmulas nos bolsos da calça de moletom.

— Obrigada — diz —, mas acho que já tirei tudo do sistema.

— Está ótimo, amor. — Estelle sopra um beijo. — Só tome cuidado quando for limpar esses cacos, tá? — Ela olha para Fiona por mais um minuto e então se vira para o próprio quintal. — Não quero que você se machuque.

O dia seguinte é pior ainda, se é que isso é possível. Ela derrama café gelado sobre um lote recém-impresso de panfletos da Sociedade Humanista, depois imprime quatrocentos folhetos do arquivo errado e precisa jogá-los no lixo. Quando olha para o celular, vê que recebeu um e-mail de Thandie, que viu as fotos em algum tabloide europeu. **Você e o Sam???**, ela quer saber, a surpresa palpável a dez mil quilômetros de distância. **Quero todos os detalhes imediatamente, por favor e muito obrigada.**

Fiona estremece. É o primeiro e-mail que recebe de Thandie em séculos, e há uma parte de si que quer implodir como um castelo de cartas e contar tudo, contar sobre a risada profunda de Sam, sobre as planícies quentes de seu corpo, sobre o embrulhar vergonhoso que o estômago dela fazia cada vez que ele dizia seu nome. Entretanto, compreende como isso soaria para alguém como Thandie — que há mais de dois anos namora sigilosamente um advogado do ramo do entretenimento, sem que jamais tenham sido fotografados juntos —: como uma tentativa de recuperar a fama, uma jogada patética para voltar às manchetes. Desesperada.

"A Thandie é sua amiga", diz a voz da razão na cabeça de Fiona, que, estranhamente, soa como Pam. "Por que ela pensaria isso de você?"

Fiona franze o cenho, mexendo distraidamente no cabelo por um instante. Debatendo. "Fiquei assustada", imagina-se dizendo a Thandie, "com quanto eu gostava dele. Mas, enfim, não fazia diferença."

Só jogamos conversa fora, ela escreve por fim, acrescentando um emoji de batatas fritas para passar a mensagem. Ficamos juntos por vinte minutos e ele só falou sobre a aparição que faria como juiz convidado em *Guerra de bolos*. Se eu tentar sair com alguém de novo, me lembra de evitar qualquer um que tenha uma rotina de skincare mais complexa do que a de uma influenciadora de beleza.

E outra!, ela digita, esperando que soe como se o pensamento tivesse acabado de lhe de ocorrer, e não que estivesse remoendo a informação há mais de dois dias. É verdade que você disse pro Jamie Hartley que faria *Pássaros*?

O resto da manhã é indigno de nota. Fiona chega a considerar dar o dia por encerrado e ir ao cinema, mas os sinos acima da porta ressoam e uma mulher de meia-idade, com um penteado de cem dólares e lábios inchados e esticados que sugerem que a gordura de outra parte do corpo foi injetada em seu rosto num passado recente, entra rebolando.

— Vim buscar uns convites — anuncia ela. — O sobrenome é Taylor.

Dessa vez Fiona consegue finalizar o pagamento antes que aconteça:

— Ah, meu Deus! — exclama a mulher, largando as chaves da Mercedes no balcão com um barulho ruidoso. — Você não é a Riley Bird? — Antes que Fiona possa responder, ela continua: — Minha filha vai *morrer*, sério. Ela decorou todas as falas do especial de Natal. Nossa, *eu* decorei todas as falas do especial de Natal.

Ela tem a voz anasalada da namorada do Chandler de *Friends*. Até onde Fiona sabe, pode bem ser a mulher que atuou como namorada de Chandler em *Friends* e que ficou praticamente irreconhecível de tanta plástica. Ocorre a Fiona que talvez ela própria devesse considerar essa estratégia.

– Preciso ligar pra ela! – continua a mulher, tirando o celular de uma bolsa enorme da Louis Vuitton e fazendo uma ligação. – Maddie, querida… – diz, olhando para a tela. É claro que seria uma chamada de vídeo, e não uma chamada normal. – Você não vai acreditar em quem está aqui comigo! – A mulher gira o celular para que a câmera encare Fiona. – Diga oi para a Riley Bird!

Maddie, cujo rosto aparece levemente distorcido na tela borrada, pisca hesitantemente para Fiona. "Eu não concordei com nada disso", Fiona pensa em dizer. Ela se imagina arrancando o telefone da mão da mulher e arremessando-o longe.

Em vez disso, porém, sorri e acena.

– Oi, Maddie!

– Quase não te reconheci – diz a mulher na gráfica, olhando com curiosidade para Fiona. – Você ganhou peso? Maddie, você não acha que ela engordou um pouco? Não no mau sentido – acrescenta rapidamente, apesar de não parecer que está dizendo no bom sentido.

Fiona continua sorrindo.

Quando finalmente fica sozinha, Fiona senta atrás do balcão: não em uma cadeira, nem em um banquinho, mas no chão, que é onde Richie a encontra vinte minutos depois, quando volta do almoço. Fiona sente como se toda a sua energia tivesse sido sugada, como um astromóvel que ficou sem bateria e foi condenado a permanecer sozinho em Marte para sempre.

– Você está bem? – pergunta Richie.

Pelo cheiro, ele parece não ter almoçado – ficou no estacionamento da antiga locadora e fez do carro uma sauna de maconha.

– Tudo certo – assegura ela, inclinando a cabeça para trás. – Estou bem.

Richie assente e tira um pedaço de papel da lixeira de recicláveis, sentando ao lado dela e deixando uns quinze centímetros entre os dois. Ela o observa dobrar e redobrar o papel, as mãos se mexendo com uma confiança ágil e eficiente que Fiona crê nunca ter tido para nada na vida. Ela pensa em pedir a ele para lhe ensinar, mas seria só mais uma coisa que ela estragaria ou na qual seria ruim. Além disso, parece bem difícil.

Quando ele finalmente termina, tem o origami perfeito de um cachorro, que entrega a ela sem nenhuma cerimônia.

– Acabou o intervalo – diz ele, e se levanta do chão.

Fiona olha do cachorro para Richie e novamente para o cachorro. Depois se levanta e volta ao trabalho.

– Você não devia estar se aprontando? – pergunta Claudia, sentada à mesa da cozinha comendo um saco de pipoca sabor churrasco e fazendo uma tarefa de matemática que Fiona não entende. – Você não tem ensaio hoje?

Fiona dá de ombros. Tecnicamente, ela tem, sim, mas passou o dia todo pensando em furar. Permanentemente. Como disse a Sam no outro dia: é um teatro público, e só. Não é como se importasse de verdade. Fiona poderia simplesmente parar de aparecer, desaparecer no éter, e nunca mais ouviriam falar dela. Não seria a pior coisa que já fez.

Porém Claudia saberia, e no fim é isso que obriga Fiona a colocar uma barrinha de granola na bolsa e ir de mau humor até o carro.

Ela passa o caminho inteiro até o centro se preparando, pensando em como poderia explicar sobre as fotos – sobre ter mentido para eles durante quase dois anos, num enredo típico de um filme cafona. Devia saber que não poderia fingir para sempre. E *sabia*, no fundo ela sabia que sabia. Por outro lado, gostava muito de ser atriz do Teatro Angel City.

"Era um papel, apenas isso", convence a si mesma, estufando o peito e marchando teatro adentro. "E agora acabou."

No entanto, para a surpresa de Fiona, o único assunto sobre o qual todo mundo quer conversar é o cenário que o técnico começou a construir, se é feio ou não, o que definitivamente é.

— Frances! – grita Larry, irritado, enquanto Georgie cutuca o cenário de madeira compensada. – Nós somos atores dramáticos de verdade ou um bando de amadores do caralho? Que tipo de imbecil você contratou pra fazer essa coisa?

Fiona abre um sorriso.

— O tipo que trabalha de graça – diz, e o alívio que a inunda é mais forte do que qualquer droga que já experimentou. – Nós vamos consertar.

Nesta noite, fazem o primeiro ensaio completo. É uma grande porcaria – as falas sem enunciação, as transições desgovernadas, uma cadeira bamba da loja de artigos de segunda mão se desfaz quando Hector senta nela no meio do segundo ato. Ainda assim, é o ensaio mais divertido que Fiona faz em muito tempo. Ela sente que se livrou de alguma coisa. Se sente quase... *leve*. Quando, ao final, Nora bate a porta, Fiona já nem lembra o motivo de sua agitação inicial – afinal de contas, é só meia dúzia de sites de fofoca idiotas. Ela nem é mais tão famosa assim. Talvez seja verdade o que Claudia e Estelle sempre dizem: a única pessoa que ainda se preocupa com o seu passado é ela mesma.

"Dane-se", pensa Fiona enquanto guarda o roteiro na bolsa. Pode até estar sentindo uma pontada de saudade cada vez que se lembra da forma como Sam a olhou na outra noite, mas não é como se fosse acontecer algo real entre os dois. Ele provavelmente está na casa de Kimmeree neste exato instante, conferindo a hashtag do próprio nome no Instagram, bebendo cerveja de baixa caloria. Francamente, só de pensar nisso, Fiona sente vontade de comer um cheeseburguer com bacon.

— Vocês estão com fome? – pergunta ela quando estão saindo do teatro. – Querem comer alguma coisa?

Hector lhe lança um olhar suspeito.

— Sério? – pergunta.

— Sério – diz Fiona, franzindo a testa. – Por que a surpresa?

— Não sei. – Ele tem seus trinta e poucos anos, trabalha em uma firma de marketing durante o dia e tem duas filhas que moram com a mãe no Vale. – Você normalmente é mais na sua.

– Ah. – Fiona é obrigada a concordar. – Bem, esta sou eu... na de outras pessoas.

– Eu vou – diz Pamela, enrolando um lenço preto ao redor do pescoço, e Georgie e DeShaun assentem amigavelmente.

– Eu comeria – concorda Larry.

Fiona sorri e tenta pensar em um restaurante nas proximidades que não transmitirá hepatite ao elenco. Tem um bar que serve uns hambúrgueres decentes, ou o restaurante mediterrâneo em que ela às vezes passa para pegar comida na volta para casa. Só que DeShaun tem uma questão com glúten, Fiona se lembra vagamente, e Larry é vegetariano...

Está tão ocupada pensando no assunto que não nota o fotógrafo debruçado no capô do seu carro até que seja tarde demais.

– Fiona – chama ele.

Embora nunca tenha sido assaltada, ela imagina que seja essa a sensação, o corpo todo endurecendo, gélido.

Por um instante, Fiona só o encara.

– Como você está, querida? – pergunta ele, acenando para ela como se fossem velhos amigos.

É um dos caras de Darcy, Fiona o reconhece, e a lente da gigantesca câmera pisca como um inseto-robô mutante de *Jogos vorazes*. Tem insetos-robôs mutantes em *Jogos vorazes*? Fiona não sabe. O homem está acompanhado de outro cara mais jovem, um reforço, que segura um celular.

– Parabéns pelo *reboot*!

– Não tem *reboot* nenhum – diz ela, o que é idiota, porque a pior coisa a fazer é engrenar uma conversa com esses caras, e Fiona sabe disso. – Quer dizer...

– Frances? – É DeShaun, a voz suave cheia de questionamentos. O resto do elenco observa em silêncio. – Está tudo bem?

Fiona acena com uma mão.

— Tudo certo — diz ela automaticamente, fazendo um movimento para desviar do fotógrafo, que lança os ombros largos de modo a impedi-la de passar por ele na calçada, a câmera ainda emitindo cliques.

— Você não precisa guardar segredo, querida — continua ele como se os dois estivessem tendo uma conversa. — Pelo que ouvi, já está em produção. Aliás, você está ótima naquelas fotos no apartamento de Sam na outra noite. É bom ver você feliz depois de todo esse tempo.

Fiona balança a cabeça. Tinha esquecido — ou tentado esquecer — os monólogos desses caras, agindo como se fossem amigos.

— Já chega — diz ela, o rosto ardendo enquanto olha para a expressão curiosa de seus colegas de elenco. — Você já tirou suas fotos, dá pra...

— Acho que ela pediu pra você parar. — É Georgie, que se ergue até ficar alta e majestosa.

Pamela está ao lado dela como um guarda-costas pálido e gótico.

Só que o fotógrafo nega com a cabeça, os dentes brilhando em um sorriso lascivo.

— Acreditem em mim — assegura. — Ela quer isso.

É aí que Fiona perde a paciência.

Mais tarde ela não se lembrará de ter conscientemente tentado arrancar a câmera do cara, mas deve tê-lo feito porque, quando dá por si, Hector e Larry a seguram enquanto ela se debate, braços e pernas sacudindo em todas as direções. Fiona tem a impressão de acertar Hector bem no nariz.

— Vai se *foder*! — grita ela, e por um segundo nem sabe com quem está gritando.

— Frances — diz Larry —, calma, está tudo...

— Esse não é meu nome — interrompe Fiona, ainda lutando, desvencilhando-se deles de uma vez por todas. Não quer que ninguém a toque. Não quer que ninguém a toque nunca mais. — Já chega! — diz quando finalmente a soltam, esticando a mão e batendo na câmera mais uma vez. – Já chega! É isso que você queria? Parabéns, eu sou uma psicopata! Você ganhou!

É um furacão, barulhento e furioso: DeShaun e Georgie tentam acalmá-la, o fotógrafo grita que vai processá-la. O garoto com o celular gravou tudo. E ali está Fiona, no olho do furacão, como sempre, deixando uma trilha de caos e destruição por onde passa.

Por fim ela respira fundo, passa as mãos pelo cabelo e ajeita a postura. Ela não vai, não vai, *não vai* chorar.

– Vou deixar o jantar pra outro dia – consegue dizer baixinho.

Então entra no carro e vai embora.

CAPÍTULO DOZE

— Tipo — diz Erin na manhã seguinte, os dois encarando de olhos arregalados o vídeo borrado no laptop —, ela tem um dom para o drama. É quase uma pena que não atue mais.

— É — diz Sam, distraído, passando uma mão pelo cabelo enquanto Erin aperta o play mais uma vez, o rosto feroz de Fiona, de olhos saltados, preenchendo a tela do computador.

Ela parece um animal selvagem — as mãos sacudindo como pássaros dementes, o cabelo gigantesco —, porém, mais do que isso, Sam só consegue pensar que ela parece *assustada*.

— Quer dizer, ela meio que ainda atua, mas... não importa. — Ele sacode a cabeça. — Vamos sair? — pergunta, fechando o laptop com mais força do que o necessário e ficando em pé. — Vem, vamos.

Erin o leva para tomar um café da manhã com cerveja no barzinho na esquina do apartamento dela: um lugar sombrio e fresco e um pouco encardido, com o chão levemente grudento. É cedo, e eles são as únicas pessoas no balcão; em uma mesa no canto, um bêbado simpático risca raspadinhas da loteria, e, na TV, um apresentador de um programa matinal tagarela sem parar – é um talk show, Sam nota com alguma demora, e estão passando repetidas vezes a filmagem de Fiona no lado de fora do teatro. FIONA ST. JAMES FAZ SEU RETORNO EM NOVO VÍDEO, lê-se na chamada.

– Pelo amor de Deus. – Sam bebe a cerveja em dois longos goles. – Oi – diz em voz alta, gesticulando para o bartender antes mesmo de entender o que está fazendo –, desculpa. Você pode desligar isso?

O bartender o encara desconfiado.

– Você tem algo contra o *The View*? – pergunta.

– Não, não tenho nada contra o *The View*, só... Algum esporte, talvez? Tem que ter algum esporte em algum canal, né? Sempre está passando algum esporte.

O bartender revira os olhos, mas obedientemente muda para a ESPN2, onde está passando um campeonato de boliche. Quando Sam se vira novamente para Erin, vê que ela o encara, os olhos arregalados e triunfantes.

– Puta merda – diz ela baixinho –, você está caidinho pela Riley Bird.

Sam termina de beber a cerveja em vez de responder.

– É melhor não chamá-la de Riley Bird perto dela – diz, por fim. – Ela vai comer o seu fígado se ouvir você falando isso.

Erin sacode a cabeça.

– Não tenta mudar de assunto.

– Não estou tentando fazer nada – responde Sam, ciente da irritação em sua voz. – Nós saímos algumas vezes, só isso. Eu mal a conheço.

– Dá pra deixar de conversa fiada, cacete? – pergunta Erin, pousando o copo no balcão. – Tipo, agora que estou olhando para a sua cara, percebi que fui meio escrota sobre essa coisa toda, então provavelmente te devo um pedido de desculpas, mas, deixando isso de lado por um instante, não se trata de uma competição pra ver quem é o cara mais legal de Hollywood. Se gosta dela, e você claramente gosta, e se ela está passando por uma fase difícil, o que – Erin gesticula para a TV –, porra, claramente está, então o que você está fazendo aqui sentado comigo? Seja um ser humano decente e vá ver se está tudo bem com ela.

– Não é... – Sam se interrompe. – Quer dizer, a gente... – Ele suspira. – Ela não me atende, tá? Eu tentei ontem à noite, e de novo hoje de manhã, mas ela não quer falar comigo. É isso que você quer ouvir?

– Na verdade, sim. – Erin sorri, esticando a mão para pegar o copo de novo antes de dar um chutezinho na canela de Sam. – E me desculpa. Eu não teria te zoado se soubesse que era, tipo, uma coisa de verdade.

– Não é – diz Sam, por reflexo. – Se poderia ser? – Ele joga a cabeça para trás. – Não faço ideia.

– Mentiroso – diz Erin animadamente.

Sam pede outra cerveja.

Quando volta para casa, ele encontra à sua espera um cheque com o restante de um pagamento por um filme de TV que fez há uns anos, o que o alegra por um instante. Porém, depois de fazer o pagamento mínimo da fatura do cartão de crédito para poder continuar a usá-lo, volta à estaca zero. Sam franze o cenho. Não fica sem dinheiro assim desde que morava com Erin, fazia abdominais no tapete nojento no apartamento que dividiam e pagava dez dólares no corte de cabelo. Não consegue acreditar que se colocou nessa situação de novo.

Caminha de um lado a outro do apartamento por um tempo. Come meio pacote de cenourinhas parado ao lado da pia. Pensa em tirar um cochilo, mas não consegue sossegar, mesmo depois de se masturbar e de assistir a dois episódios de uma série de tribunal, e verifica se Russ mandou algum e-mail sobre a coisa do bombeiro – não mandou. Assiste mais uma vez ao vídeo de Fiona. Lembra de uma noite, durante a terceira ou quarta temporada de *Pássaros*, de uma grande festa em um hotel chique em Malibu – a emissora sempre dava uma festa dessas na semana de coletivas de imprensa da Associação de Críticos da Televisão, quando todo mundo vinha a Los Angeles para assistir aos pilotos das próximas temporadas e tirar selfies cafonas na frente do letreiro de Hollywood. Traje de gala, velas flutuando na piscina e garçons em smoking passando apressados, equilibrando bandejas de canapés e champanhe. Thandie e Fiona costumavam chamar a festa de Formatura Sem-Sexo.

Apesar de a participação não ser obrigatória, era fortemente recomendada, e, ainda que Sam tenha comparecido obedientemente todos os anos, nunca se acostumou a ver os grandes nomes da emissora se misturando: o protagonista secundário de uma série histórica vagamente racista sobre uma corajosa enfermeira dando em cima da apresentadora de um programa matinal que era conhecida por apresentar novas e diferentes receitas de carne moída todos os dias. Sam tentava chamar a atenção do protagonista de uma série dramática sobre o xerife de uma cidadezinha – que tinha acabado de conseguir um papel em um filme dos irmãos Coen, e Sam queria saber como – quando viu Fiona perto da piscina, falando com duas mulheres mais velhas do time de executivos, um copo de uísque numa mão e, na outra, um pratinho com uma montanha de frutas pescadas na tábua de queijos. A julgar pela expressão no rosto de Fiona, ela estava seriamente considerando se afogar no lado raso da piscina.

– Aí está você – disse Sam, andando a passos largos e passando o braço ao redor dos ombros de Fiona antes de se dar conta do que estava fazendo. – Estava te procurando. A gente vai tirar fotos na cabine. – Ele abriu o seu melhor sorriso para as executivas. – Desculpe, senhoritas. Preciso achar um boá de penas e um par de óculos escuros para essa garota aqui.

Assim que ficaram sozinhos, Fiona sentou violentamente na borda de um gigantesco vaso transbordante de flores tropicais e tomou um gole da bebida.

– Que porra foi essa? – perguntou ela. – O que faz você pensar que eu não estava morrendo de vontade de falar com aquelas mulheres?

Sam ergueu a sobrancelha.

— E você estava?
— Não.
Ela usava um vestido curto de franjas e saltos altíssimos, e, nos dedos, vários anéis pesados. E, embora estivesse mantendo a pose muito bem — sem mencionar o fato de que tinha apenas dezoito anos —, Sam tinha quase certeza de que Fiona estava bêbada. Ela já tinha começado a ser mencionada em sites de fofoca naquela época — umas baladas suspeitas em West Hollywood e um lance público com um pop-star de segunda, cujo maior hit consistia no refrão "minha pica, minha pica" repetido diversas vezes. Quando Fiona e o cara terminaram, Sam tinha despretensiosamente perguntado sobre o assunto a Thandie, que lhe lançara um olhar extremamente suspeito e dissera que, se ele estava interessado na vida pessoal de Fiona por alguma razão particular, podia perguntar diretamente a ela.
— Mas poderia estar — disse Fiona.
— Poderia, e eu peço desculpas.
— Eu te perdoo — respondeu ela, educada.
— Que magnânimo da sua parte — provocou Sam, roubando uma uva de seu prato.
Ele *não* estava interessado na vida pessoal de Fiona por nenhuma razão particular. Só tinha curiosidade.
— Está com medo de pegar escorbuto? — perguntou ele, indicando o prato de frutas.
— Que fofo. — Fiona revirou os olhos, os dedos roçando os dele ao pegar um morango e jogá-lo para dentro da boca. — Tecnicamente, eu estou de dieta.
— Sério? — Isso o surpreendeu. — Por quê?
— O Jamie falou que estou ficando gorda.
— Você está brincando! — Sam hesitou. Não parecia algo que Jamie diria. Certamente nunca dissera isso a *ele*, e Sam tinha dificuldades de imaginar a cena. Ele se perguntou se talvez Fiona entendera errado, mas achou melhor não entrar em detalhes. — Como assim, cara?!

Fiona deu de ombros.

— Por sorte — disse ela, erguendo o copo para um brinde —, vodca tem poucas calorias.

Sam abriu um sorriso — encantador, mesmo sem a pretensão de ser.

— Quão bêbada você está?

— Não fode! — disse ela, mas estava sorrindo. — Quão bêbado *você* está?

— Moderadamente — admitiu ele, e Fiona riu.

Sob a luz do terraço, ela estava — ele tentou pensar em outra palavra, mas não conseguiu — *radiante*, a boca cheia, os cílios compridos e algo vagamente brilhante espalhado pela clavícula. Então, de uma só vez, o rosto dela se desmanchou.

— Isso aqui — disse ela baixinho, depositando o copo na borda do vaso — não é uma boa ideia.

De imediato, Sam se sentiu corar, como se tivesse sido pego fazendo algo que não deveria. E, OK, tudo bem, havia uma parte minúscula dele que estava pensando em perguntar a ela se queria vazar dali, uma parte que estava de fato mais do que vagamente interessada na vida pessoal de Fiona e que se indagava se havia nela um lugar para ele. Ainda assim, não achou que sua intenção estivesse tão evidente a ponto de ela precisar dar um fora antecipado nele.

Só que Fiona não parecia estar falando de quaisquer intenções que poderiam ou não estar se formando nas profundezas da mente de Sam. Na verdade, não parecia estar falando dele. Ela passou uma mão pelo cabelo, os anéis se enganchando nos cachos.

— Estou ferrando com tudo — disse ela, tão baixinho que poderia estar falando consigo mesma.

— Quê? — Sam sacudiu a cabeça, sem entender. A conversa havia tomado um rumo inesperado enquanto ele se achava distraído, e Sam não sabia como reconduzi-la. — Por quê? Só porque está bêbada na Formatura Sem-Sexo? Ninguém vai perceber.

Fiona sacudiu a cabeça.

– Não. Não é disso que estou falando. Estou falando de...

– Você está bem – disse ele automaticamente, as palavras saindo de sua boca antes que se desse conta da idiotice contida nelas.

As palavras o fizeram lembrar da mãe correndo pelo parquinho depois que ele caíra do trepa-trepa quando tinha sete anos.

– Você está bem – prometera ela, talvez para que ele não se assustasse.

Só que aí ele olhou para baixo e viu que o braço estava em um ângulo estranho, a mão contorcida e frouxa tal qual um passarinho morto. Ele não estava bem, e – via agora na expressão de pânico de Fiona – ela também não. Sam repentinamente se sentiu infantil e burro e inadequado; ficou aliviado ao erguer o olhar e ver Jamie cruzando o terraço na direção deles.

– Crianças – cumprimentou, os lábios curvados para cima. – Estão planejando uma fuga? – Ele vestia um jeans escuro e um paletó de smoking, os óculos escuros que usara de tarde pendurados no bolso frontal. Com a cabeça, indicou a bebida de Fiona.

– Espero que seja água.

Em um piscar de olhos, Fiona voltou a si, irônica e atrevida. Deu um longo gole e gesticulou com o copo na direção de Jamie.

– Meu guardião – disse ela, sorrindo docemente.

– O próprio – respondeu Jamie, semicerrando os olhos. – Você consegue se controlar? – perguntou, tirando o copo da mão dela e depositando-o na bandeja próxima de um dos garçons que passavam em um borrão preto e branco. – Ou devemos ir embora?

Fiona deu de ombros e respondeu com animação:

– Só há uma forma de descobrir!

Ela se desequilibrou levemente ao levantar, e por um segundo aterrorizante Sam achou que Fiona cairia na parte funda da piscina, mas ela acabou consertando a situação com uma graciosidade impressionante, improvisando uma dancinha animada.

– Vejam só! – disse, o sorriso deslumbrante. – Não estou trocando as pernas.

– Ótimo – disse Jamie, nada impressionado. – Ainda assim, acho que é a sua deixa.

Fiona franziu o cenho.

– Estou me divertindo! – protestou ela. – Estou curtindo com o meu amigo Sam.

O olhar de Jamie pousou em Sam por um instante e depois voltou a Fiona.

– Estou vendo – disse Jamie. – Também estou vendo que basta meio copo de vodca para você fazer papel de boba na frente de todos os repórteres do ramo de entretenimento dos Estados Unidos, e talvez um ou dois canadenses. Então sugiro mais uma vez que chegou a hora de irmos.

– Ah, é isso que você está sugerindo? – Fiona o olhou com uma expressão maldosa. – Sabe, James, você não é meu pai de verdade.

Jamie não reagiu, apesar de Sam ter tido a impressão de ver sua mandíbula se contrair.

– Não – concordou Jamie. – Certamente não sou. – Então suspirou, a voz ficando mais branda. – Vamos lá, querida – disse ele, passando uma mão ao redor do cotovelo dela. – Está na hora.

– Jamie, cara – disse Sam, as palavras saindo antes que pudesse parar para considerar se aquela era ou não uma situação na qual queria se envolver. Um minuto antes, ficara aliviado ao ver Jamie, o chefe de ambos, um adulto, uma pessoa racional, mas agora se sentia um dedo-duro. – Ela disse que está bem.

Tanto Jamie quanto Fiona pareceram vagamente chocados com a declaração, e Sam pensou que não podia culpá-los. Afinal de contas, tinha bastante certeza de que era a primeira vez na vida que contrariava Jamie. Ainda assim, algo no comportamento de Fiona um minuto antes o fazia querer protegê-la – e, por isso, Sam ficou ainda mais surpreso quando ela fez que não com a cabeça.

– Não – disse, num tom de rendição. – Ele está certo. Eu preciso ir.

Jamie assentiu.

— Boa garota — disse, o alívio audível na voz. — Vamos dar o fora daqui. Sammy, garotão, você está no comando. Faça com que escrevam algo legal sobre a gente, tá?

Sam assentiu vagamente, ciente de que perdera algo importante, sem fazer ideia do que seria esse algo. No fim das contas, não deveria importar tanto. Jamie estava certo — a última coisa de que eles precisavam naquela altura era a manchete do dia seguinte em todos os sites de fofocas ser FIONA ST. JAMES TOMA UM PORRE NA FORMATURA SEM-SEXO. Ele estava fazendo um favor a todos.

— Vou me esforçar ao máximo — disse Sam por fim, embora nenhum dos dois o tenha escutado.

Já haviam desaparecido em meio à multidão.

Agora, sete anos depois, Sam se levanta do sofá, troca de camiseta e confere os dentes no espelho do banheiro.

— Você está cometendo um erro — diz para o reflexo e então pega as chaves na mesa ao lado da porta.

Parte dele espera encontrar a casa de Fiona escura e deserta, como se a família dela tivesse empacotado tudo e dado o fora da cidade no meio da noite, como o circo itinerante de um livro de fábulas antigo, mas Claudia abre a porta dez segundos depois que Sam toca a campainha.

— Eu não sei se essa é uma boa hora — diz ela, espiando a rua por cima do ombro dele antes de cruzar os braços como uma segurança de balada.

Ela está vestindo uma saia larga e florida e botas de caubói, o cabelo arrumado em uma trança complexa caindo sobre o ombro.

Sam assente, tentando engolir a decepção alojada na garganta.

— Eu entendo — diz.

Gosta dela, dos óculos grandes e da expressão séria. Ela se parece com Fiona há dez anos — se Fiona se fantasiasse de Stevie Nicks.

– Eu não quero piorar a situação – continua. – Mas, se você puder dizer a ela que passei aqui...

É neste instante que Fiona surge no corredor.

– Clau? Porra, quem foi que tocou a... Oi – diz ela, os olhos se arregalando.

Está usando um top esportivo e bermuda masculina de basquete grande demais para ela, os cabelos longos molhados do banho. Coloca a mão nas costas da irmã, olhando para a rua da mesma forma que Claudia fez há alguns segundos – procurando por fotógrafos, Sam finalmente percebe, sentindo-se um imbecil completo. Não lhe ocorreu verificar. Fiona aperta o ombro de Claudia.

– Está tudo bem. Eu cuido disso.

Claudia não parece convencida.

– Tem certeza?

Fiona assente, dando um passo para o jardim e fechando a porta. Está descalça e parece mais nova com o rosto limpo. Tem cheiro de xampu barato.

– Oi – diz Sam.

– Oi.

– Pensando em entrar pra NBA?

– Estou considerando. – Ela observa as próprias roupas. – Acho que meu arremesso pode melhorar.

Sam assente.

– Talvez o Michael Jordan possa te dar umas dicas quando vier buscar o short dele.

Fiona ri, mas em seguida seu rosto se transforma, desmorona. Antes de se recompor, ela parece prestes a cair em lágrimas.

– Sam...

Sam respira fundo.

– Quer dar uma volta?

Agora ela ri de fato, sacudindo a cabeça e olhando para o Tesla na calçada.

– Não no seu carro.

Aquilo o faz sorrir.

— Justo.

Eles se olham por um longo momento. Sam percebe que ela está considerando algo em pensamento.

— Espere aqui — diz Fiona, e então se vira e entra em casa.

Sam enfia as mãos no bolso e dá uma olhada na vizinhança: algumas crianças brincam de estátua, um homem careca arrasta a lata de lixo pela calçada oposta. Duas mulheres usando roupa de academia passam rápido por ele e, três casas adiante, fazem uma meia-volta repentina e novamente passam trotando por ele. Quando está começando a se questionar se Fiona voltará mesmo ou se planeja deixá-lo ali indefinidamente para ser comido por coiotes como vingança pelo outro dia, a porta se abre mais uma vez.

— Vamos — diz ela, gesticulando com as chaves do carro. Fiona trocou de roupa, colocou um short jeans e uma camiseta branca, a gola V revelando o bronzeado das clavículas e a correntinha dourada no pescoço. A armação vermelha dos óculos escuros tem formato de coração. — Eu dirijo.

Assim que se afastam do meio-fio, Fiona desliza as janelas para baixo e aumenta o volume do rádio, presumivelmente para que Sam não faça nenhuma loucura, como tentar conversar com ela. Sam gosta de observá-la dirigindo. Ele não é idiota a ponto de perguntar para onde estão indo, mas logo percebe que ela está seguindo na direção da praia de Zuma, para além dos turistas e dos carrinhos de lembrancinhas, lá onde o céu é enorme e a areia é fria e vazia. As ondas estão enormes. Sam não conhecia o mar antes de se mudar para a Califórnia, e, mesmo depois de todos esses anos, a visão do oceano ainda o deixa inquieto — por causa de sua enormidade, acredita, mesmo reconhecendo a cafonice do pensamento. A pequeneza de todo o resto diante dele.

— Acho bom já avisar — diz Fiona assim que os dois se sentam lado a lado no capô do carro. — Se você quer um pedido de desculpas, não vai receber.

Sam a olha de soslaio.

– Por que eu iria querer um pedido de desculpas?

Fiona dá de ombros.

– Pelo que fiz no teatro. Por te meter nisso. Por ser eu mesma, sei lá. – Ela suspira. – Foi boa a sensação de perder o controle com aquele cara. O pico de adrenalina e tudo o mais. Fazia bastante tempo que eu não me permitia fazer algo do tipo. – Ela olha para a água, observa as ondas quebrarem. – Às vezes me pergunto se é isso que é ser um viciado. Se eu estava me recuperando esse tempo todo da minha... personalidade, sabe?

– Vivendo um dia de cada vez? – pergunta Sam com um sorriso, mas Fiona não ri.

– Estou falando sério.

Sam nega com a cabeça.

– Não tem nada de errado com a sua personalidade. Aquele cara foi um escroto.

– Ah, eu sei que sim. Posso passar o dia discursando sobre consentimento, ou o que você aceita ou não quando é uma criança nesse ramo, enfim. Só que o resultado é sempre o mesmo.

– E qual é o resultado?

– Todo mundo que me chamou de desastre ambulante vai dormir tranquilo esta bela noite pensando que a avaliação que fizeram de mim estava correta.

– OK. – Sam sai do capô, virando para encará-la na luz da tarde. – Vou dizer uma coisa pra você, e não quero que isso suba à sua cabeça, tá?

Fiona ergue uma sobrancelha.

– Tá...?

– Eu acho que você é bem incrível.

Ela ri alto, jogando a cabeça para trás com a graça da constatação.

– Tá bom – diz, erguendo as mãos. – Olha, Sam, só porque a gente se pegou um pouquinho não significa que você precisa...

– Dá pra parar? – Sam sacode a cabeça, irritado.

A verdade é que a parte pública do trabalho nunca o incomodou – na realidade, é o contrário. Às vezes pensa que gosta mais da atenção que recebe do que de atuar. Porém, é fato que nunca recebeu o mesmo escrutínio de que Fiona foi vítima, e lhe ocorre que nunca parou para pensar no que isso tinha causado a ela – a opressão incansável de um milhão de crueldades indiferentes, o país inteiro dizendo a mesma merda venenosa sobre ela até que finalmente não houvesse mais nada que Fiona pudesse fazer a não ser ela própria acreditar. Sam se sente um completo cuzão.

– Eu acho isso, sim. Acho que você é ranzinza pra caramba, e na maior parte do tempo não faço ideia do que se passa na sua cabeça, mas você é incrível. Inteligente e talentosa e bonita e... – Ele se cala, envergonhado. – Dane-se. É isso que eu penso. – Ele ergue as sobrancelhas. – E não sei que régua você está usando pra medir, mas a gente se pegou mais do que um pouquinho.

Fiona sorri de leve.

– Tá bom. Bastante.

Sam sobe de volta no capô e se recosta no para-brisa para encarar o céu, o calor do vidro passando pelo tecido fino da camiseta – um calor desconfortável, mas não o suficiente para que precise fazer algo sobre isso. Não parece incomodar Fiona de forma alguma.

– Minha mãe está doente. – Ele se ouve falando.

Não pensa no que vai dizer até as palavras já terem saído, altas e dolorosas contra o ar salgado. Não contou a ninguém de LA, nem mesmo a Erin. Em sua cabeça, se mantivesse esse fato em segurança em Wisconsin, a milhares de quilômetros de distância, ele não estaria acontecendo de verdade.

– Ela tem câncer de mama.

– Cacete, Sam. – Fiona se vira para ele, puxando uma perna para baixo de si, erguendo os óculos escuros até o cabelo. Os olhos estão arregalados e sérios. – É... Quer dizer, ela vai ficar bem?

– Provavelmente não.

Dizer em voz alta é como ficar com um pedaço de pipoca preso na garganta em um cinema escuro, é como estar engasgado e tentar não fazer barulho.

Fiona fica em silêncio por um instante, absorvendo a informação.

– Ela me deu um absorvente uma vez – diz por fim. – Na audição final de *Pássaros*. Você lembra?

– Da minha mãe te dar um absorvente?

Fiona faz uma careta.

– A audição final, seu idiota.

Sam se lembra. Tinha dezesseis anos na época; ele e a mãe haviam voado de Milwaukee no meio de janeiro, carregavam os pesados casacos de inverno nos braços quando pousaram no aeroporto de Los Angeles. A audição final foi mais como dançar quadrinha no Ensino Fundamental, ou como um acampamento de férias, uma dúzia de crianças em uma sala de ensaio fazendo jogos teatrais, trocando de parceiro de cena até que sobrassem só alguns poucos. Fiona tinha uma mecha rosa-choque no cabelo, e Sam acha que foi daí que Jamie tirou a ideia para Riley.

– Claro – responde Sam.

– Eu menstruei bem naquele dia. Tipo, pela primeira vez. A Caroline que tinha me levado, e fiquei com vergonha demais pra contar pra ela, então fiquei no banheiro feminino tentando pensar no que fazer, e aí sua mãe entrou, me viu, e pronto. Ela passou uma caneta removedora de mancha na minha calça e me mandou de volta pra sala, como uma fada madrinha da higiene feminina. – Fiona sorri. – Ela sempre me pareceu uma boa mãe.

– É – concorda Sam, passando uma mão no cabelo. – Ela é, sim. E eu devia estar lá com ela, mas em vez disso estou aqui tentando ser uma estrela de cinema, um motivo de chacota.

Fiona nega com a cabeça.

– Você não é.

– Não? – Ele ri melancolicamente. – Então o que eu sou?

Sam espera que ela diga "um cadáver gostoso", mas Fiona parece pensar no assunto, o joelho nu roçando o jeans que recobre a coxa dele.

— Você é um ilusionista.

Sam olha para ela sob o crepúsculo dourado e rosado: a boca, os cílios, o cabelo frisado agora que secou. Quer dizer que tem medo de falar quanto gosta dela. Quer dizer que tem medo de ficar sozinho. Quer dizer que sente muito, que não estava sendo sincero quando disse da última vez que não ia falar da série, mas que agora não vai mesmo, esse assunto morreu. Que para ele isso não vale mais do que o que potencialmente pode acontecer ali, com ela.

— Vamos pra minha casa — é tudo o que sai da boca de Sam.

Fiona ergue uma sobrancelha, a possibilidade se abrindo diante deles como o primeiro dia de verão.

— Promete que não vai dar em cima de mim de novo?

— Não — diz Sam baixinho.

Fiona o encara por um bom tempo. Por fim assente.

— Tá bom — diz. Ela pega as chaves no capô, o metal reluzindo no sol poente. — Vamos.

CAPÍTULO TREZE *Fiona*

Sam segura sua mão enquanto sobem os degraus para o apartamento dele, a pele do braço e das costas se arrepiando ao contato, o dedão dele roçando levemente a parte interna de seu pulso. Ela sente cheiro de eucalipto, jasmim e mais alguma coisa, um cheiro típico da noite de Los Angeles, que sopra quente do deserto. Um dos vizinhos de Sam está dando uma festa, e ela ouve o som de risadas enquanto Nancy Wilson ressoa ao fundo.

– Quer uma bebida? – ele pergunta quando já estão dentro do apartamento.

Fiona nega com a cabeça.

Assim que entraram, ela gravitou em direção à estante e apoiou as costas de leve contra as prateleiras.

– Não particularmente – responde ela.

Os dois permanecem em silêncio por um minuto. Fiona ouve a torneira pingando na pia da cozinha. Gostaria de dizer: "Eu não transei com tanta gente quanto as pessoas acham que transei". Quer sugerir que coloquem um episódio de *Casadas e armadas*.

Sam a observa do outro lado da sala.

— Merda — diz, esfregando uma mão na nuca, sorrindo tímido. — Não sei por que estou tão nervoso.

Fiona dá de ombros.

— É normal ficar nervoso da primeira vez — diz.

Sam bufa.

— Vai se ferrar. Vem aqui.

Só que é ele quem cruza a distância entre os dois e a beija, e de repente Fiona esquece a tensão.

Ela coloca os braços ao redor dele, passando os dedos pelo cabelo escuro e macio em sua nuca. Seu cheiro já é familiar — o sabonete, o xampu, a pele.

— Oi — murmura Sam contra a boca de Fiona, as mãos passeando embaixo da camiseta dela enquanto ele os faz girar e andar de costas na direção do corredor estreito.

— Oi pra você também.

O quarto fica nos fundos do apartamento, um tríptico de pôsteres minimalistas de filmes emoldurados na parede oposta, os galhos densos de uma figueira visíveis através da janela acima da cômoda. A parede atrás da cama é de um cinza fechado e sombrio.

— Faz dois dias que estou pensando nos seus lençóis — confessa Fiona, a parte de trás dos joelhos encostando na lateral da cama.

— Meus lençóis? — pergunta Sam, erguendo a cabeça para encará-la. — Só neles?

— Sim — diz ela, afastando a gola da camiseta dele para morder a saliência do osso. — Você nunca esteve nos meus pensamentos.

Sam assente como se não estivesse surpreso.

— Faz sentido — responde, empurrando-a com o quadril e o peito até que ela caia sentada no colchão. — Não consigo um papel que seja pra dar um jeito na minha vida.

Fiona sorri, deslizando a mão sob a camiseta de Sam e passando-a pelo abdômen, sentindo os músculos tensionarem sob seus dedos. Ele tem o formato de um Ken, cheio de curvas agudas e vales, e, quando ela passa a unha na saliência de seu quadril, sente o corpo todo dele estremecer.

– Coitadinho de você – diz ela.

– Coitadinho de mim – concorda Sam.

Ele coloca um joelho ao lado dela na cama, beijando-a até que ela se deite no travesseiro, puxando a camiseta dela por cima da cabeça. Em seguida se dedica ao sutiã, abrindo com dois dedos o fecho e abaixando as alças pelos braços dela, depois senta para olhá-la na semiescuridão.

– Você – diz lentamente, esticando a mão para tocá-la com um dedo cauteloso – é muito linda.

Fiona faz uma careta, sentindo as bochechas corarem.

– Você não precisa me elogiar – avisa, afastando o ímpeto ridículo de cruzar os braços sobre o peito. Não que não queira que ele olhe para ela. É mais como se tivesse medo do tanto que gosta quando ele o faz. – Eu vou transar com você independentemente disso.

Só que Sam não está rindo.

– Estou falando sério – diz ele, se erguendo para ficar ajoelhado e passar uma perna por cima do quadril dela. Ainda está inteiramente vestido. – Você pode me insultar quanto quiser, eu gosto disso. Mas você é linda.

Fiona engole em seco.

– Não tanto quanto você, Cirurgião de Corações e tal.

Sam faz uma careta de exasperação, e por um momento Fiona teme tê-lo afastado demais, teme que ele pare o que está fazendo por causa da atitude de merda dela, então arqueia as costas embaixo de Sam, enganchando uma perna na dele e puxando seu ombro até que ele fique próximo o suficiente para ela se esfregar contra seu corpo. Sam grunhe, e ela sorri secretamente em seu ombro.

Depois disso, tudo não passa de flashes: ela tira a camiseta de Sam, jogando-a no tapete. Sam abaixa o short dela. É como se ele instintivamente soubesse como tocá-la, passando os dedos sob os seios, acariciando as dobras do cotovelo, mordiscando as costelas até a pele ficar tensa e quente, o corpo inteiro zumbindo. Quando ele engancha um dedo no elástico da calcinha e solta-o para estalar gentilmente contra o quadril, Fiona precisa se controlar para não gemer.

Ainda assim deixa escapar o nome dele:

– Sam.

Fiona está prestes a dizer a ele que não precisa fazer *aquilo*, mas Sam adivinha o que ela vai falar, pois deposita a testa contra o abdômen dela, a barba por fazer arranhando a pele sensível da parte interna da coxa.

– Fi – diz, a respiração quente soprando no tecido da calcinha –, me deixa, tá?

Então ela deixa.

Ele demora o tempo necessário, as mãos, a boca e o corpo pressionando-a contra a cama, o calcanhar dela deslizando contra suas costas. Ele é minucioso. Fiona agarra o próprio cabelo, os ombros dele, o colchão, tentando não emitir uma quantidade vergonhosa de ruídos.

Ela provavelmente se controla demais, porque, depois de alguns minutos, Sam a olha com o cenho franzido, como que preocupado que ela esteja repassando as falas de *Casa de bonecas* na cabeça. Ele está com dois dedos curvados dentro dela e desenha círculos deliberados e lentos com a parte chata da língua.

– Está bom? – pergunta contra a pele de Fiona.

Fiona assente para o teto.

– Não é horrível – admite, sem fôlego, e então fecha os olhos com força e imediatamente se desfaz sob o toque dele.

Quando os abre novamente, Sam está sorrindo para ela, o cabelo espetado para todos os lados.

– Você...? – pergunta ele, parecendo abertamente satisfeito consigo mesmo. – Quer dizer, você acabou de...?

– Talvez – diz Fiona, já o puxando pelos ombros.

O prazer a percorre loucamente, como se o corpo inteiro estivesse preenchido por água salgada. Ela quer agarrá-lo como a uma boia e segurá-lo ali.

– Vem aqui.

– Já vou – diz Sam, ainda sorrindo o seu sorriso torto contra a coxa dela e...

Porra, o jeito como ele *olha* para ela.

– Quero aproveitar isso.

– Tenho bastante certeza de que você vai aproveitar – promete Fiona, torcendo para soar mais confiante do que se sente.

Por mais que tenha passado os últimos dias tentando convencer os dois do contrário, a verdade é que se sente deslumbrada por ele, por Sam Fox com sua série em um dos grandes canais, o sorriso e o tanquinho, todas as mulheres lindas com as quais ele provavelmente está saindo. Tem medo de acidentalmente ter seu coração partido. Tem medo de deixá-lo saber que pode fazer isso com ela.

Sam ainda está de jeans, a ereção pressionada contra ela conforme se move pelo colchão. Fiona estica uma mão desajeitada para o zíper e puxa a calça para baixo junto com a cueca.

Ao menos ela espera tirar a cueca antes de perceber que ele não está usando nenhuma.

– Meu Deus – diz ela, e de repente não está mais deslumbrada. Meu Deus, ele é ridículo. – Sério mesmo que você é um desses caras que se acha legal demais pra usar cueca?

Sam dá um suspiro teatral.

– Não sou *legal demais* pra nada. Eu só...

– Estou confusa, sabe, porque na outra noite você estava usando cueca. Então é um mistério.

– Sim, melhor chamar o Sherlock Holmes. – Sam a encara com um olhar seco. – Quer dizer que você teria passado aquela noite aqui se eu tivesse deitado pelado pra tirar um longo cochilo?

Fiona assente.

– Tem razão.

Ela está com as mãos ao redor dele agora, acariciando experimentalmente. Sua pele é muito, muito quente.

– Então é porque você é contra lavar roupa ou...

– Meu Deus, vai se foder – diz Sam, que está se esfregando na palma dela e por isso acha que não está assim tão irritado pelo comentário. – Só pra você saber, o Brad Pitt não usa cueca.

Fiona cai na gargalhada.

– Como é que você sabe disso? Quem te disse? Sam, eu acho que isso não é verdade.

– É verdade – responde ele com firmeza.

Ele se inclina para a frente e vasculha a mesa de cabeceira até encontrar uma camisinha, rasgando a embalagem com os dentes e colocando-a. Fiona afunda os dentes no lábio inferior enquanto observa – as mãos dele no pau, o músculo do abdômen tenso, a forma como ele se alinha perto o bastante para que ela o sinta de leve. Ele permanece ali por um tempo considerável, provocando-a, apenas roçando o ponto onde ela o quer. Fiona tenta se mexer, mas ele é mais forte do que parece.

– Quer continuar me zoando? – pergunta ele baixinho, a sombra de um sorriso repuxando os cantos da boca. – Porque, se quiser, a gente pode parar e ir tomar um sorvete, e aí você pode continuar testando seu repertório de piadas hilár...

– Cala a boca – murmura Fiona, feroz. – *Sam*.

Sam sorri e continua.

Dessa vez ela geme: o tamanho e a extensão, o peso dele sobre ela.

– Tudo bem? – murmura Sam contra o cabelo dela.

– Sim.

Está mais do que tudo bem – a forma lenta e deliberada com que ele se move dentro dela, como se não quisesse estar em nenhum outro lugar no mundo. Fiona reposiciona o quadril.

– Eu... *Assim*.

Sam sorri mais abertamente, ou assim parece pelo som que faz.

– Tá.

Continua por um tempo, sua boca na mandíbula de Fiona, as mãos percorrendo todos os pontos do corpo, a cintura, as coxas, o cabelo.

– Quero te ver – diz ele, rolando na cama para que ela fique em cima, e, antes que Fiona pense em algo para dizer em resposta, os dedos de Sam estão entre as pernas dela novamente, e ela goza de novo, sem aviso, chocada pela intensidade e velocidade daquilo.

– Meu Deus! – diz ela. – Meu Deus, Sam! – Ela arfa, erguendo a cabeça para olhá-lo. – Não vai ficar convencido.

Sam ri para ela, os cantos dos olhos enrugando.

– Estou um pouquinho convencido.

– A-há. – Fiona engole em seco. – Continua – murmura, movendo o quadril para encorajá-lo.

De perto, ele não é inteiramente perfeito: uma minúscula cicatriz de acne perto da linha do couro cabeludo que Fiona nunca notou, o indício de pés de galinha ao redor dos olhos. Ela alcança e puxa as mãos dele, que passeavam pelo seu corpo, fechando os dedos ao redor de seus pulsos e pressionando-os contra o travesseiro. Os olhos de Sam escurecem.

– Fiona – diz ele, a voz instável parecendo de um desconhecido. – Fiona, *por favor*.

Fiona assente.

– Eu menti – confessa ela, abaixando a cabeça para que a boca fique pressionada diretamente contra o ouvido de Sam. – Quando disse que só pensei nos lençóis.

– *Porra* – diz Sam, e então acontece para ele: o corpo inteiro fica tenso, o rosto vulnerável e franco como ela jamais viu.

Fiona se sente a pessoa mais poderosa no mundo.

Assim que acaba, Sam a puxa para cima de si, o peito de um pressionado contra o do outro, o rosto de Fiona aninhado no pescoço salgado dele enquanto as respirações se desaceleram. Depois de um tempo, ela começa a se perguntar se ele dormiu e morde de levinho sua clavícula para checar.

– Eu vou querer jantar em algum momento – diz Fiona baixinho, acariciando com o dedão o mamilo de Sam. – Só pra te avisar.

Sam ri, e o som satisfeito ecoa por todos os membros de Fiona.

— Eu te dou um jantar — promete ele, os dedos percorrendo preguiçosamente as costas dela. — Puta que pariu, Fi. Eu te dou o que você quiser.

Fiona fecha os olhos, embora Sam não consiga vê-la. Só por um segundo, ela se deixa acreditar que ele está falando a verdade.

CAPÍTULO CATORZE — Sam

Sam acorda cedo – a luz do lado de fora da janela não passa de um tom levemente azulado – e encontra Fiona deitada de costas ao seu lado, encarando o teto com uma mão emaranhada no cabelo.

– Dessa vez eu escondi mesmo seus sapatos – anuncia ele, rolando para o lado e passando a palma da mão pelo abdômen nu dela, o dedão entrando no umbigo.

Na noite passada, pediram delivery e comeram no sofá assistindo a um documentário de duas partes sobre o Ted Bundy, depois transaram de novo na cozinha antes de se arrastarem de volta para a cama de Sam e brincarem mais um pouco por lá. Sam gostava de ouvir os sons que ela fazia.

– Para o caso de você tentar se esgueirar como no desastre que foi a última vez.

Fiona estreita os olhos.

– Não foi um *desastre* – protesta ela, virando-se para encará-lo e se apoiando em um cotovelo.

Sam lança um olhar desconfiado.

– Você parecia uma manada de búfalos tentando abrir uma embalagem de bala na ópera.

– Que imagem completa.

– Você fez o motor de uma locomotiva parecer o vagão mais silencioso de um trem-bala.

Ela sorri. Seu rosto é doce e sonolento, a boca manchada dos beijos, o cabelo com mais do que o dobro do volume normal. Na verdade, Fiona parece uma pintura renascentista, porém Sam sabe que não deve dizer em voz alta nada do tipo, então continua apenas tocando-a – delineando seus lábios, a ponta do nariz e a curva da orelha, conectando os pontos de três ou quatro furos de piercing fechados, até chegar na pequena pérola presa firmemente na orelha.

– São da minha mãe – admite Fiona, os dedos roçando no dele ao esticar a mão para mexer no brinco.

Sua voz é bem baixa.

– Ah. Eu estava me perguntando isso.

– Ela trabalha em um estúdio de cerâmica em Seattle. – Fiona revira os olhos como se o requinte subentendido a ofendesse profundamente. – Ela se mudou pra lá para, tipo, encontrar o seu verdadeiro eu depois que largou meu pai.

– Quando foi isso?

– Faz tempo. Na segunda temporada da série, acho – diz, deixando-se cair de costas, com os ombros nos travesseiros. – Eu tinha dezesseis anos.

Sam assente, tentando não parecer curioso. Ela quase nunca fala da família.

– Foi um choque?

– Sim e não – admite Fiona, ainda falando para o teto. – Não me entenda mal, meus pais sempre tiveram os problemas deles. Acho que tiveram a Claudia como uma tentativa mais ou menos explícita de consertar o casamento, e aí ficaram espantados e chocados quando isso não funcionou. Mas admito que fiquei *um pouco* chocada quando ela sentiu a necessidade de mudar de estado e ficar longe pra se sentir em paz. – Ela sorri. – E isso foi quando eu ainda era basicamente normal! Imagina se ela tivesse esperado um ano ou dois? Ela precisaria ir pra Nova Zelândia cuidar de alpacas numa fazenda.

Sam não sabe se ri ou não. Fiona usa o mesmo tom de quando falou de *Weetzie Bat* na outra noite, como se estivesse brincando, mas não tanto assim.

– Vocês ainda conversam? – pergunta ele.

Fiona balança a cabeça.

– Não. Tenho certeza de que isso será um choque pra você, que se beneficia tanto das minhas excelentes habilidades para conversa, mas eu e ela normalmente não temos muito a dizer uma à outra.

– Nem quando as coisas estavam, tipo... – A voz de Sam some.

– Não. Definitivamente não naquela época.

Sam não diz nada por um instante. Não pela primeira vez, pensa em perguntar o que diabos estava acontecendo com ela na época em que *Pássaros* foi cancelada, por que ela estava tão determinada a destruir sua vida inteira, mas ele tem bastante certeza de que, no que dependesse dela, ao fazer isso ele estaria comprando uma passagem só de ida para a Rodoviária Vai Se Foder, e Sam não quer isso. Pode ainda não saber o que exatamente está acontecendo entre eles, mas sabe que não quer estragar nada.

– Deve ser difícil – é tudo o que diz.

– Não tanto quanto você pensa. – Fiona dá de ombros. – Ela que se dane, sério. Por outro lado, eu me apeguei estupidamente a esses brincos, então tire suas próprias conclusões.

– E seu pai?

Fiona sorri.

– Meu pai é um cara bem decente, mas tem muitos problemas que não consegue ou se recusa a pedir ajuda para resolver. – Ela ergue as sobrancelhas. – Eu sempre digo pra ele que algumas semanas na ala psiquiátrica curariam tudinho.

Sam estica a mão pra colocar uma mecha do cabelo de Fiona atrás da orelha dela.

— Sua irmã tem sorte de ter você — diz ele, mas Fiona imediatamente sacode a cabeça.

— É o contrário, cara. O contrário.

Já amanheceu por inteiro, o céu se tornando rosado e amarelo e quente sobre o pátio. O sol raia pelas janelas, realçando o dourado no cabelo de Fiona. Essa garota é uma maravilha. Essa *mulher*. Sam quer dizer isso para ela também, mas a) acha que ela nunca o deixaria esquecer; e b) tem um pouco de medo desse sentimento, a força com que está tomando seu peito. É demais, rápido demais.

Felizmente, Fiona parece cansada de falar de si mesma.

— E você? — pergunta ela, se deixando cair na cama novamente.

Sam vê a silhueta escura de seus mamilos através do algodão branco do lençol.

— Pai bom? Pai ruim?

— Eu não sei, na verdade — admite ele, deitando-se novamente ao lado dela e colocando um braço atrás da cabeça. — Eles se divorciaram quando eu era bem pequenininho. Só o vi meia dúzia de vezes. Então, por princípio, é um pai ruim, certo?

Fiona franze o cenho.

— É verdade isso? — pergunta ela, levando um dedo inquisitivo ao bíceps dele. — Ou é tipo uma historinha triste que você conta pra todas as garotas pra elas transarem com você?

Sam fica boquiaberto.

— Vai se ferrar! — diz ele, dando uma gargalhada. — Eu acabei de ser muito legal com sua história de pais fodidos!

Isso a faz sorrir.

— Foi mesmo — admite, se aproximando um pouco mais, pressionando-se contra a lateral dele. — Você foi muito legal.

— E, aliás, alguns diriam que o fato de a minha história sobre meu pai ruim te deixar com tesão diz mais sobre você do que sobre mim.

Fiona deixa a cabeça tombar para um lado.

— Pode ser mesmo. — Ela passa uma perna por cima do quadril dele e se inclina para beijá-lo. — Também diriam que você ficou ofendidinho *demais* para alguém que expõe na sala uma guitarra do Van Morrison que diz "veja como sou profundo, garota". Até onde eu sei, seu pai pode estar em Wisconsin neste exato momento fazendo panquecas de chocolate e vestindo um jeans horroroso, se indagando por que você o difama por aí.

– Ah, claro. – Sam estremece involuntariamente contra o corpo dela. Ele está a caminho de uma ereção desde que acordou. – Até onde você sabe, eu posso ser um prodígio na guitarra.

Fiona se arrasta para cima dele, provocante.

– É mesmo?

Sam engole um grunhido.

– Não – admite, engolindo em seco conforme ela abaixa a cabeça para mordiscar sua mandíbula –, mas poderia ser.

– Poderia – concorda Fiona, e então estica a mão para a mesa de cabeceira e pega uma camisinha.

Quando terminam, eles cochilam mais um pouco, uma brisa quente sacudindo as cortinas, os pássaros cantando do lado de fora da janela. Sam continua esperando pela familiar pontada de arrependimento ou impaciência, uma vontade de que ela vá embora – mais comum do que incomum sempre que leva alguém para casa, apesar de não ser um traço da personalidade de que goste particularmente, porque o faz se sentir como um meme, ou como um personagem cafajeste em uma comédia romântica de baixo orçamento –, mas, em vez disso, só está feliz por ela estar ali.

Em dado momento, seu estômago começa a grunhir, e ele a cutuca com um joelho sob as cobertas.

– Sabe – diz baixinho –, a gente nunca foi comer aqueles ovos.

Assim que as palavras saem de sua boca, Sam *de fato* se arrepende, um pouquinho – como se estivesse tentando arrastar o encontro para além de seu prazo de validade, transformá-lo em algo que não é. Por outro lado, "vamos comer ovos?" não é exatamente um pedido de casamento. Sem mencionar que, pelo histórico, Fiona não é do tipo que recusa um convite para tomar café da manhã.

E também: ele ainda não quer dizer adeus.

Se Fiona acha que ele está apelando ou soando desesperado, não parece incomodada.

– Eu comeria uns ovos – é tudo o que diz.

Ela afasta as cobertas e segue pelo corredor na direção do banheiro, sem se dar ao trabalho de colocar as roupas. Sam aproveita a visão – o declive elegante das costas, a curva alta e redonda da bunda. Ela não olha para trás até chegar ao banheiro, então coloca uma mão ao redor da maçaneta e o chama do corredor:

– Sam? Seu pai é um baita otário, e, se ele não quer ficar com você todos os dias, é total azar dele – diz quase distraída, coçando a parte de trás de um joelho com o pé oposto.

Então entra no banheiro e fecha a porta, a fechadura estalando atrás dela. Sam encara o corredor vazio.

Para o café da manhã, eles vão a um lugar que Sam conhece, com um pátio pequeno nos fundos, trepadeiras serpenteando o caramanchão que recobre as bambas mesinhas redondas e música folk animada soando na minúscula caixa de som. Sam pede uma tigela de açaí com mirtilo e linhaça. Fiona pede três ovos e bacon.

– É você! – diz a garçonete, encarando Fiona de olhos arregalados. – Eu li na internet que você tinha morrido.

Fiona assente e abre um sorriso doce.

– Eu morri.

A garçonete não reage.

– Meu irmão tinha um pôster seu no quarto. Aquele meio vulgar, você nua com o lagarto...

Fiona continua sorrindo, sacudindo a cabeça.

– Não conheço esse – diz.

A garçonete franze o cenho, confusa, e então evidentemente decide que não está interessada em seguir com a conversa.

– Tigela de açaí, bacon e ovos – repete ela, olhando para a caderneta, então se afasta, mal-humorada.

Quando ela vai embora, Sam ergue as sobrancelhas para Fiona.

– Isso acontece bastante?

Fiona sacode a cabeça.

– Ah, isso não foi nada – diz, prendendo o cabelo em um coque sem precisar de um elástico. – Às vezes são bem mal-educados.

Sam toma um gole do seu *latte* de coco.

– Preciso perguntar – diz ele. – A coisa com o lagarto.

Fiona se ilumina.

– Ah, eu amo esse pôster! – diz imediatamente, batendo palmas como uma criança animada em uma manhã de Natal. – Saiu exatamente como eu queria! Uma visão artística desde o princípio. Aliás, se você entrar na minha casa, vai ver uma versão em tamanho real emoldurada acima da lareira, com aquelas luzes especiais de museu, para que todo mundo possa admirá-lo com a reverência necessária cada vez que passar por…

– Tá – diz Sam, erguendo as mãos em um ato de rendição. Ele sabia que seria um erro perguntar. – Tá, já entendi.

Fiona fica em silêncio por um momento, como se questionasse quanto quer dizer a ele. Por fim suspira, recostando na cadeira e passando as mãos ao redor da caneca de café. Tem mãos delicadas, uma parte de seu corpo que ela não conseguiu disfarçar inteiramente.

– Me falaram que a Annie Leibovitz faria as fotos – conta, a voz tão baixa que Sam precisa se inclinar sobre a mesa para escutar. – E seria essa coisa artística com pássaros… como um balé, um *Lago dos cisnes*, sei lá. – Ela faz uma careta. – Teve um momento em que eu quis recomeçar, sabe? Em que eu tentei fazer as pessoas me levarem a sério de novo.

– Entendi – responde Sam, se sentindo levemente nauseado.

– O que aconteceu?

– Bom, caso você nunca tenha visto, Samuel, posso garantir que não foi a porra de uma foto artística de bailarina com cisnes tirada pela Annie Leibovitz. – Fiona dá de ombros violentamente, o corpo repentinamente anguloso. – Quando apareci no dia das fotos, disseram que ela tinha tido um problema. Depois alguma coisa aconteceu com os cisnes... Tipo, eles não *morreram* nem nada, só estavam indisponíveis no dia, provavelmente tinham sido reservados para o casamento de uma pessoa famosa de verdade, e acabou que o assistente de iluminação era, tipo, um cara que curtia répteis. – Ela suspira. – Você já viu aonde essa história vai dar.

Sam tinha visto. Escutá-la contar a história é como ver um filme de terror em que uma loirinha ingênua e magrela esgueira-se por um corredor escuro em direção a um fim inevitável e gritar "não faz isso!", mesmo sabendo que ela não pode ouvi-lo.

– A-há.

– Eu poderia ter dito não – diz ela, passando o dedão pela borda da caneca, sem devolver o olhar de Sam. – Eu *devia* ter dito não, o que, como você vai notar, era uma questão meio recorrente da minha vida naquela época, mas eu apenas pensei "Dane-se, as pessoas já estão aqui mesmo, e fui eu que me enfiei nessa". Então fui lá e fiz. Cerrei os dentes, me obriguei a pensar em outra coisa e fiz. E agora, pelo resto da minha vida, quando as pessoas escutam meu nome, é nisso que elas pensam.

Sam abre a boca para dizer que isso não é verdade, mas logo a fecha. Fiona provavelmente está certa – *é* verdade, ao menos em parte. Um passado como o dela não é o tipo de coisa que os outros costumam esquecer. Ele olha por cima do ombro de Fiona em vez de encará-la, tentando ignorar a repentina suspeita de que estar ali com ela é a pior coisa que pode estar fazendo com a própria carreira e reputação e desejando, não pela primeira vez, não ser uma pessoa que se importa com esse tipo de coisa. Ele *é* esse tipo de pessoa, no entanto, sempre foi, e a verdade é que não sabe por quanto tempo vai conseguir fingir o contrário.

Felizmente, a garçonete chega com os pedidos neste instante, colocando-os na mesa sem delongas e marchando para longe.

– Você esqueceu de dizer a ela que ela é demais e que você a adora – observa Fiona docemente.

– Não esqueci nada. Coma seus ovos.

Fiona precisa comprar um presente de aniversário para a irmã, então, depois do café da manhã, ela e Sam seguem para uma lojinha no mesmo quarteirão, um lugar cheio de cristais e pulseiras de couro e aquelas flâmulas de feltro que as garotas gostam, com dizeres sobre café e feminismo. Tem cheiro de *patchouli* e frutas cítricas, um pouco como a própria Fiona.

– Qual deles? – pergunta ela, erguendo dois colares dourados, cada um com uma conta do tamanho da unha do dedão de Sam. – Jade ou olho de tigre?

Sam passa uma mão por uma cesta de pins esmaltados em formato de abacate.

– Olho de tigre – decide ele, apesar de não saber qual é qual. Apenas gosta da forma como ela diz as palavras.

Fiona paga pelo colar, e compra também um pin de abacate e um cartão com o desenho de um avestruz usando um chapéu de festa. Quando estão voltando para o carro, o celular de Sam apita com uma mensagem de Erin. **Acabei de mandar aquela matéria gigantesca da** *Vanity Fair*, relata ela. **Vou me pagar um almoço bêbado. Está a fim?**

Sam hesita. Almoço Bêbado é uma tradição comemorativa que os dois têm desde os dias em que moravam juntos, quando ainda tinham dificuldade de conseguir qualquer tipo de trabalho. Na época, isso normalmente significava dividir um hambúrguer e o máximo de shots baratos que podiam pagar e por fim desmaiar no meio da tarde assistindo a episódios antigos de *Bones*. **Boa, parceira**, ele manda de volta. **Não posso te encontrar agora, mas fico devendo uma garrafa de gim barato.**

CHATO, reclama Erin. **Ocupado demais com a Riley Bird?**

Sam pisca, o olhar instintivamente indo na direção de Fiona. A estratégia mais segura seria uma negação rápida, mas parte do que faz Erin ser tão boa no trabalho é sua habilidade de detectar o mais suave aroma de mentira, até mesmo por mensagem, de modo que Sam manda apenas um emoji de olhinhos e espera que seja confissão o bastante para satisfazê-la.

Não é. **Puta merda, ela responde de imediato. Você está com ela agora??? Traga-a até mim imediatamente.**

Então, um instante depois: **a não ser que você esteja tipo...** Ela manda três emojis de berinjela.

Sam bufa.

— Pelo amor — murmura, enfiando o celular de volta no bolso quando chega ao carro.

Fiona o observa, curiosa.

— Que foi? — pergunta ela.

Sam abre a boca com a intenção de inventar algo inofensivo.

— Você não quer encontrar minha amiga Erin, quer? — deixa escapar.

Dessa vez o arrependimento é arrebatador. Ele imediatamente deseja pegar as palavras no ar e enfiá-las de volta na boca. É rápido demais, tem muita coisa em jogo, e, pela forma como Fiona fica tensa, Sam sabe que ela sente o mesmo.

Para ser justo, porém, Fiona só precisa de um momento para se recuperar.

— Não precisa mentir — diz ela levemente. — Você não tem amigos.

— Ah, você é de matar. — Sam sorri, aliviado. — Sério, se o teatro comunitário não for pra frente, você devia fazer stand-up. Aposto que o Jerry Seinfeld amaria aprender algumas dicas com você.

Fiona ergue as sobrancelhas.

— Desculpa, o Jerry Seinfeld é o seu padrão de comediante hilário?

Sam franze o cenho.

— O que tem de errado com o Jerry Seinfeld?

Fiona balança de leve a cabeça, olhando para ele por cima do teto do carro. Sam percebe que ela está maquinando algo — medindo todos os resultados possíveis, catalogando as formas como aquilo pode dar errado. Então Fiona respira fundo.

— Claro – diz, e, ah!, como ela soa tão, tão tranquila. – Vamos lá. Merda.

— Tá – ele responde de imediato.

Se estão jogando um jogo para ver quem se acovarda primeiro – e Sam tem quase certeza de que estão –, ele definitivamente não vai ser a pessoa a piscar antes, ainda que preferisse raspar as sobrancelhas ou competir no *Dança dos famosos*. Porra, não existe a menor possibilidade de isso não acabar de um jeito explosivo.

— Vamos – diz ele.

Erin está sentada numa mesa de canto no lugar de sempre, lendo o *Paris Review* com um copo de bourbon, um sanduíche pela metade na mesa.

— Ah, meu Deus, vocês vieram – diz, ficando em pé e esfregando as mãos em um guardanapo de papel.

Está vestindo jeans e uma camiseta com os dizeres O FUTURO É NÃO BINÁRIE, o cabelo escuro em uma trança lateral por cima do ombro.

— Achei que vocês iam me dar um bolo.

— Quase demos – Sam e Fiona dizem em uníssono, e então se viram para olhar um para o outro, abertamente horrorizados.

Erin arregala os olhos.

— Ah, vocês dois já são nojentos.

Sam a ignora.

— Fiona St. James – diz ele, gesticulando entre elas. – Erin Cruz.

— Por que tenho a impressão de conhecer esse nome? – pergunta Fiona quando as duas apertam as mãos.

— Erin é jornalista – explica Sam.

Assim que as palavras saem de sua boca, ele sente um medo irracional de que Erin tenha escrito algo horrendo sobre Fiona – puta que pariu, como não pensou em pesquisar isso? –, mas o rosto de Fiona logo se ilumina.

— Foi você que escreveu aquela matéria no *Times* uns meses atrás – diz, sentando de frente para Erin. – Sobre aquele professor nojento na St. Anne's.

Sam olha surpreso para ela. Ele sempre lê as coisas que Erin escreve, mas porque ela é sua melhor amiga e lhe manda tudo; Sam não tomava Fiona por conhecedora do jornalismo investigativo impresso.

– Eu mesma – diz Erin, abaixando a cabeça, mas Sam percebe que ela está satisfeita de um jeito abobado por ter sido reconhecida.

Ela é mais parecida com ele do que gostaria de admitir.

– Aquela matéria é *incrível* – diz Fiona, o rosto aberto e sincero.

De fato... Sam nunca a achou tão sincera quanto agora.

– Posso perguntar uma coisa? Quando você está escrevendo uma coisa desse tipo, as fontes vão até você, ou...?

– Funciona de vários jeitos – diz Erin. – Daquela vez, eu recebi a dica de uma amiga de uma amiga que trabalhava na escola e sabia que a administração estava tentando varrer tudo pra baixo do tapete.

– É claro que estavam – responde Fiona. – Você leu a matéria que saiu no *Cut* sobre o acampamento de equitação...

– ... em Greenwich – conclui Erin, assentindo animada. – Uma amiga minha que escreveu.

Aparentemente, Sam estava preocupado por nada. Quando terminam a primeira rodada de bebidas, Erin e Fiona estão profundamente absortas em uma conversa sobre o *New York Times*, o TikTok e o achatamento das mídias, enquanto Sam se encontra totalmente alheio.

– Sinceramente, é só questão de tempo até eu precisar começar a vender matérias via vídeos virais na internet – diz Erin, seca.

– Me avisa se precisar de algumas dicas – responde Fiona, abrindo um sorriso. – Eu meio que sou especialista no assunto. – Então, olhando por sobre a mesa para Sam e parecendo só então perceber que ele ainda está lá, diz: – Outra rodada, bartender, por favor.

Ela desliza o copo vazio na direção dele.

Bom. Sam sabe onde não é bem-vindo. Ele se levanta e vai até o bar, observando as duas com as cabeças próximas, tentando se convencer de que isso é menos estranho e menos estressante do que a alternativa. Está esperando o bartender tirar o olho do que parece ser o Grindr quando o próprio telefone vibra no bolso.

– Oi! – diz ele, atendendo rapidamente quando vê o nome de Russ na tela. – Como está aí em Tulum?

– Horrível – diz Russ. – Quente pra cacete, minhas duas filhas me odeiam, e o wi-fi do resort é um lixo.

– Soube algo do treco do bombeiro?

– Quê?

Sam franze o cenho.

– A coisa do outro dia. Minha audição?

– Ah – responde Russ, como se tivesse esquecido aquilo. – Não, ainda não. Estou ligando sobre *Pássaros da Califórnia*.

– Ah. Hum. Pode esperar um segundo?

Sam olha por cima do ombro para Fiona e Erin, nenhuma das duas prestando atenção nele, antes de atravessar a porta do bar.

– Já era, né? – pergunta quando chega ao estacionamento, piscando na claridade crua do sol do meio-dia. – Quer dizer, depois do que aconteceu com a Fiona e aquele fotógrafo...?

– Era de imaginar, não é? – Russ soa triunfante. – Mas acabei de falar com o Arkin, e, acredite se quiser, eles querem mais ainda agora.

– Espera. – Sam sente o sangue esvair do rosto. – Sério?

– Toda publicidade é boa publicidade e coisa e tal. E, de acordo com o Bob, estão querendo uma audiência mais velha na plataforma de *streaming*. Mais sofisticada, mais ousada. O lado sombrio da emissora, ou alguma merda do tipo.

– Esse é... um jeito horrível de anunciar. Parece que todas as séries vão ser sobre vampiros incestuosos a partir de agora.

– Puta que pariu, Sammy. – Russ faz um som impaciente. – Pode focar um pouco, por favor? Eu estou de férias. A parte importante é que ele e Hartley querem saber se você fez algum progresso com a garota.

– Progresso?

– Hartley disse que encontrou vocês dois no estúdio da emissora. E não pense que não vi as fotos de vocês se acariciando do lado de fora do seu apartamento. – Ele dá uma risadinha. – Você levou a sério mesmo o meu pedido, hein, garotão?

Sam estremece.

– Não é nada disso.

Ele olha por cima do ombro mais uma vez, sentindo-se levemente histérico. É cafona, mas a verdade é que esqueceu por completo do *reboot* no instante em que Fiona apareceu na porta da casa dela ontem. A última coisa que Sam deseja é que ela saia do bar e o escute conversando sobre o assunto.

– Parecia uma coisa de verdade, camarada. – Russ soa alegre, embora Sam imagine que talvez seja devido aos daiquiris ilimitados incluídos no pacote do resort da vez. – Não me leve a mal, não estou reclamando. A coisa toda é propaganda das boas. Francamente, queria eu mesmo ter pensado nisso.

O estômago de Sam revira.

– Somos amigos, só isso. E, pra ser sincero, não sei se amo a ideia de convencê-la a fazer uma coisa que ela deixou claro que não quer fazer.

Russ gargalha.

– Essa garota não sabe o que quer – declara ele com uma certeza tão espontânea que Sam fica sem fôlego. – Agora, se *você* não quer fazer...

– Não, não é isso – diz Sam rapidamente. – Eu quero, é só...

– Tem certeza? Porque, se você não estiver interessado no trabalho, eu tenho muitos outros clientes aos quais posso me dedicar duro pra...

– Não, não é isso.

Sam hesita, esfregando uma mão no cabelo. Merda. Não é como se não precisasse de um emprego – a essa altura, seria maluco de não se dedicar de corpo e alma a qualquer coisa que Russ arranjasse, ainda que fosse a participação imaginária em *Dança dos famosos*. Só que uma parte dele havia ficado enormemente aliviada com a possibilidade de o *reboot* ter sido esquecido no fim da fila, pois assim ele e Fiona poderiam continuar fazendo... o que quer que estavam fazendo sem o fantasma de *Pássaros* respirando pesadamente na mesa entre eles. Sam não gosta de mentir para Fiona, mas é tarde demais para dizer a verdade.

– Estou trabalhando nisso, tá? É que é uma situação delicada.

– É, aposto que sim. – Sam percebe a ironia na voz de Russ. – Escuta, Sammy, preciso ir. A Cara se inscreveu para fazer aulas de mergulho. Falo com você logo, a não ser que me afogue misteriosamente, e nesse caso você saberá que ela enfim cumpriu o que prometeu.

Russ desliga sem dizer adeus. Sam enfia o celular no bolso e volta para o bar, apertando os olhos na sombra. Quando a visão clareia, vê que Fiona e Erin, ainda tagarelando, pegaram lugar no balcão.

– Nós mesmas conseguimos – diz Fiona, erguendo o copo quando o vê –, já que somos duas mulheres independentes.

– Pegamos um pra você também, apesar de você não merecer – acrescenta Erin.

– Como sempre digo, vocês são mulheres de primeira. – Sam pega o copo e bebe a cerveja em dois longos goles, sentindo-se inquieto e deslocado. Está preocupado que a conversa com Russ esteja estampada em seu rosto de uma forma que Fiona consiga notar, que ela vá sentir o cheiro, como um perfume barato. – Sobre o que estavam conversando?

– Sobre o que as garotas sempre conversam – diz Fiona imediatamente.

– Gel de banho hidratante – brinca Erin, e Fiona sorri.

– OK, eu mereci essa – diz Sam, que olha com surpresa para o copo vazio. – Mais uma rodada?

Quando ele e Fiona se despedem de Erin, uma hora depois, Sam está com aquele entorpecimento típico de quem fica bêbado durante a tarde – confuso pelo sol, pelo fato de que ainda é dia.

– Eu estava nervoso – explica quando Fiona o encara com sobrancelhas erguidas –, acabei bebendo demais.

Fiona assente. "Não brinca", parece dizer.

– Por que estava tão nervoso?

Sam abre a boca e a fecha de novo. Poderia simplesmente confessar, pensa, um pouco vagaroso. Poderia simplesmente falar a verdade.

– Por muitos motivos – diz ele.

Fiona considera sua fala por um instante.

– É – diz por fim. – Eu também.

Sam a empurra contra a porta do motorista, colocando uma mão em sua nuca, a boca em sua boca. Fiona emite um murmúrio de surpresa. Sam espera que ela lhe diga para se controlar – ela parece o tipo de pessoa que não encoraja demonstrações de afeto públicas, particularmente na luz do sol, para todo mundo ver –, mas, em vez disso, deixa que ele a beije por um ou dois minutos, encaixando o quadril no dele, abrindo as pernas para receber a coxa de Sam enquanto ele grunhe em sua boca.

– Tá – arfa ela, empurrando-o gentilmente. – Chega.

Sam assente, desgrudando dela e colocando as mãos nos bolsos. Porém, não é o suficiente. Não é nem de longe o suficiente.

– Vamos – diz Fiona. – Eu te levo pra minha casa pra você buscar seu carro. Talvez eu até deixe você passar a mão em mim quando a gente chegar.

No entanto, Sam sacode a cabeça.

– Espera – diz, entrelaçando os dedos nos dela e apertando. – Tem um outro lugar pra onde deveríamos ir.

– Devo dizer, Samuel – diz Fiona vinte minutos depois, desacelerando o carro na frente de uma parede de densos arbustos na região verde e silenciosa de Hollywood Hills –, que estou um pouco confusa sobre o que posso ter dito ou feito que te passou a impressão de que sou o tipo de pessoa que gosta de surpresa.

– Tá, tá. – Sam aponta com o dedo. – É aquela ali.

Ele tira o cinto de segurança e se inclina sobre Fiona, sentindo o aroma do cabelo enquanto estica o braço para fora da janela do motorista e digita o código no teclado. Um instante depois, o portão de aço elegante e minimalista se abre.

Fiona encara o para-brisa conforme dirige pelo asfalto, os olhos estreitos como se tentasse enxergar através de uma nevasca. Ela se mantém atrás conforme Sam sai do carro e destranca a porta da frente, pronta para correr por sua vida, caso seja necessário.

– De quem é essa casa? – pergunta ela baixinho.

– Do meu agente – admite ele.

– Quem mais ele representa além de você?

– Que grosseria – diz Sam, mas sorri enquanto gesticula para que ela entre.

Fiona, maravilhada, passa o olho pela casa. A casa de Russ parece saída de uma série da HBO: toda de madeira e pedra e metal, com o pé-direito alto e modernos acabamentos angulosos. O chão é de concreto polido, os móveis são severos, arquitetônicos e, francamente, parecem desconfortáveis. A parede dos fundos da casa é feita inteiramente de vidro.

– Ele deixa você... vir aqui dar um rolê?

– Eu sei que provavelmente é difícil pra você entender isso – diz Sam –, mas a maioria das pessoas gosta de mim.

Fiona dá de ombros, sem olhar para ele.

– Não é tão difícil assim entender.

Sam dá uma risada, impelindo-a para a frente e atravessando a casa cavernosa.

– Isso foi um elogio?

– Aproveite. É o único que vai receber de mim hoje.

– Vou escrever no meu diário pra não esquecer.

Ele a guia pelas portas deslizantes até o deque da piscina, onde o ar é carregado do aroma de hibiscos, de citrus e das enormes suculentas nos vasos de terracota. A água está parada sob a luz rosada do fim de tarde, e é possível ver os montes abaixo. É o tipo de lugar em que ninguém deveria morar de fato. O tipo de lugar onde daria para se esconder por muito tempo.

Fiona tira os sapatos e testa a água da piscina com o dedão, e então olha para Sam abertamente desconfiada.

– Tem certeza de que a polícia não vai aparecer?

Sam sorri.

– Tenho certeza de que a polícia não vai aparecer.

– Tudo de que eu não preciso é Fiona St. James sendo presa por invadir uma mansão em Hollywood Hills.

– A Darcy Sinclair amaria.

– Já paguei pela escola particular dos filhos da Darcy umas seis vezes – ela o lembra. – Não estou a fim de fazer mais nenhum favor a ela.

– A-hã.

– Só estou falando, eu devia no mínimo estar recebendo royalties.

– Entra na piscina, duquesa.

Fiona faz uma careta para ele, o ceticismo estampado no rosto, como se Ashton Kutcher estivesse prestes a aparecer na janela do segundo andar e anunciar que ela caiu numa pegadinha. Por fim, ela tira a blusa e o short jeans e mergulha na água, mal provocando respingos. Emerge um momento depois, os cabelos molhados, a água grudando nos cílios e se acumulando na pele macia acima do sutiã.

Sam a observa boquiaberto e quase tropeça nos próprios pés, com a pressa de tirar a calça.

Fiona ergue uma sobrancelha.

– Ah – provoca ela –, *agora* você está de cueca, né?

– Isso vai ser hilário pra você pra sempre, não importa o que eu faça?

– Desculpa! – Fiona ri. – Não é minha intenção te constranger por andar por aí como Deus te fez...

– A-hã – diz Sam, e se joga como uma bomba na parte funda da piscina.

Eles boiam de costas por um tempo, o vento quente sacode as folhas das palmeiras, uma libélula zumbe preguiçosamente no terraço.

— Eu amo ficar na água — confessa baixinho Fiona. — Eu era da equipe de natação no Ensino Fundamental, antes de abandonar.

Sam olha para ela.

— A equipe de natação?

— Não, a escola.

— Você pensa em voltar?

— Pra escola? Acho que fiquei um pouco alta demais.

— Ha, ha, ha! — Sam se endireita. — Você pegou o diploma do supletivo, não pegou? Você poderia fazer faculdade.

Fiona bufa.

— Eu pareço a Elle Woods pra você?

— Você é inteligente — responde ele, dando de ombros.

Ele espera uma resposta birrenta, mas Fiona inclina a cabeça para o lado e diz:

— Obrigada.

— De nada. É a verdade.

— Eu gostaria de fazer do jeito certo — confessa ela —, se fosse fazer isso. Tipo, um campus de verdade, frequentar a biblioteca, cursar as matérias básicas chatíssimas. Tudo isso.

Pela forma como ela fala, Sam percebe que Fiona já pensou nisso antes.

— Bacharel em Teatro?

— Literatura — diz Fiona de imediato, abrindo um sorriso. — Com especialização em Teatro.

— Você pode.

— Talvez.

— Sem essa de talvez.

Ele quer dizer que ela é capaz de fazer o que quiser: estrelar uma série de TV vencedora do Emmy, ou fundar uma empresa, ou concorrer à presidência. Sam quer dizer que ela o faz sentir como se ele também fosse capaz de fazer qualquer coisa. Em vez disso, diminui a distância entre os dois, curva a mão ao redor da cintura dela sob a água e puxa-a para perto.

— Eu só quero te beijar — promete ele baixinho, o que é mentira. Todas as vezes que olha para ela, tem vontade de fazer tantas coisas que não consegue nem enumerar. — Não vou fazer mais nada.

Fiona sorri.

— Ah, que pena — diz e então o empurra contra a lateral da piscina e abaixa a cueca.

Sam respira fundo, todo o sangue do corpo imediatamente descendo para o pau.

— O que você está fazendo?

— Dando em cima de você é que não é — brinca ela, fechando os dedos ao redor dele e acariciando-o.

Sam estremece. Deixa escapar um grunhido quando ela o toca, os olhos fechando ao sentir o ímpeto de prazer.

— Bela tentativa — diz Fiona, soltando-o e dando um passo para trás. — Olha pra mim.

Os olhos de Sam se abrem novamente, os olhares se encontrando.

— Assim — diz ela baixinho, e volta a fazer o que estava fazendo.

Ela faz no próprio tempo, experimentando — aprendendo o que ele gosta, Sam percebe com atraso, como se talvez seja algo que ela tem a intenção de fazer novamente no futuro. Esse pensamento o faz cerrar os punhos no cabelo dela.

— Por favor — murmura. — Fiona. Por favor.

Fiona sorri, provocante.

— Por favor o quê?

— Por favor, não para.

Fiona não para. Tecnicamente, nem é sexo, e ainda assim é um dos momentos mais íntimos da vida de Sam: o toque firme e quente dela, os olhos salpicados de mel e dourado. Ele sente como se Fiona pudesse enxergar através de sua pele.

— Fi — murmura Sam por fim, um aviso. — Eu vou...

Fiona sorri de canto de boca.

– Esse é o plano – diz ela, e continua.

Sam mantém os olhos nela o máximo que consegue antes que a testa tombe para apoiar no ombro de Fiona, a respiração pesada e ofegante contra seu ouvido. Fiona acaricia sua nuca até ele terminar, o vento quente soprando nas palmeiras muito acima deles.

CAPÍTULO QUINZE — *Fiona*

Eles voltam para a casa de Fiona assim que as sombras começam a se alongar – a luz do sol adquirindo o tom dourado e nítido do fim de tarde, as palmeiras sendo apenas silhuetas em um azulado profundo.

– Então, hum – diz Sam quando o carro para na frente da casa, parecendo repentinamente envergonhado. – Eu te mando mensagem…? Quer dizer, se você quiser…

Fiona pressiona os lábios para não rir. O cabelo ainda está molhado da piscina, um peso úmido contra os ombros. A boca ainda está inchada e sensível, uma pulsação profunda e deliciosa entre as pernas.

– Claro – diz ela tão naturalmente quanto consegue. – Seria ótimo.

Então ela cerra as mãos na camiseta de Sam e o puxa para beijá-lo.

Dentro da casa, Fiona encontra Claudia comendo um lanchinho pós-escola, o qual consiste em batatinhas fritas com manteiga de amendoim, e assistindo a *Nosferatu* no celular.

– Oi – diz Fiona, abrindo a geladeira para ver se há algo ali que poderia virar um jantar. – Como foi seu dia?

Claudia ergue as sobrancelhas, enfiando uma batatinha na boca.

– Que demora – é tudo o que diz.

Fiona dá de ombros.

– Trânsito – retruca ela, e então fracassa completamente em se manter indiferente, dando um sorriso abobado.

Claudia sorri de volta.

Apesar disso, quando termina de preparar um macarrão e segue para o quarto para trocar de roupa para o ensaio, o bom humor de Fiona despenca abaixo do nível do mar. Passar o dia ignorando as responsabilidades e dirigir por aí com Sam foi uma boa distração, mas, agora, a ideia de voltar ao Teatro Angel City depois daquele barraco lhe dá vontade de pular do píer de Santa Monica. Não falou com ninguém do elenco depois de partir a toda velocidade com o carro na outra noite. Pareceu mais fácil esquecer o que aconteceu, deixá-los com o choque e as fofocas. Pensa novamente em desaparecer, tornar-se uma história de fantasma que eles contariam nas festas do elenco: "Você lembra quando a Riley Bird participou das nossas peças por um tempo, e não é que ela era tão louca quanto todo mundo dizia que era?".

Seria mais fácil assim, imagina Fiona. Mais decente. Menos humilhante.

Só que, encarando o reflexo no espelho da penteadeira, fica surpresa ao perceber que não quer fazer isso.

É claro que há uma parte dela que se sente na obrigação de terminar o que começou. E, sim, também não quer que a irmã pense que é uma covarde. A verdade mais simples, porém, é que ama aquele teatro idiota – o cheiro de graxa e suor, as luzes diminuindo no dia da estreia – mais do que jamais amou trabalhar em *Pássaros da Califórnia*. Mais do que amou trabalhar em qualquer outra coisa. Não vai permitir que lhe tirem isso, nem mesmo – e especialmente – Darcy Sinclair.

Então ela vai ao ensaio.

Quando abre a porta do teatro, o elenco inteiro já está aglomerado no palco como uma revoada de flamingos tentando escapar de um furacão. Faz-se um silêncio enquanto ela atravessa o corredor central, as expressões cautelosas. Fiona sente que está prestes a vomitar.

– Oi – diz ela por fim, erguendo uma mão tímida.

O cenário está melhor, ela nota, apesar de ainda precisar de um pouco de refinamento.

– Preciso pedir desculpa pra vocês.

Nenhum deles diz nada a princípio, um silencioso jogo de batata quente se desdobrando no palco.

– Por quê? – DeShaun pergunta após um tempo.

– Como assim? – Fiona passa uma mão pelo cabelo. – Acho que é meio óbvio, não é?

Outro momento de silêncio se estica. Merda, bem pode ser o mais longo período de tempo pelo qual eles ficam de boca fechada desde que Fiona entrou na companhia. Então Hector pigarreia.

– Primeiro, aquele otário mereceu – diz, surpreendentemente enfático. – E segundo... não é como se tivesse sido um choque gigantesco.

Fiona sente os olhos estreitarem.

– Como assim?

– Frances – diz gentilmente Georgie, que veste calça larga e um quimono culturalmente apropriado, o cabelo preso em um pequeno coque grisalho e loiro no topo da cabeça. – Fiona. A gente sabia.

Fiona hesita.

– Como assim, vocês *sabiam*?

Ela balança a cabeça, olhando para o círculo com um misto de horror e humor sombrio.

– Tipo, o tempo todo?

– É claro que sabíamos – Pamela fala. – Somos atores de teatro, não toupeiras.

– Eu sei disso – fala Fiona, apesar de ter usado algo bem próximo de "toupeira" para descrevê-los para Sam outro dia. – Eu só...

– Não nos subestime tanto – diz Larry, empoleirado no braço do sofá dos Helmer como um pai legal.

Vão precisar de algumas almofadas, nota Fiona distraidamente.

— Durante uns três anos, você esteve semanalmente na capa de todas as revistas de fofoca dos Estados Unidos — conclui ele.
— Meu filho tem a sua foto com o crocodilo — diz Georgie.
— Li no Twitter um rumor de que você tinha morrido — acrescenta DeShaun.
— Certo — diz Fiona, erguendo as mãos. — Talvez eu não precise de tantos detalhes. — Ela sacode a cabeça. — Vocês todos só... decidiram em conjunto que não falariam nada pra mim?
— Você parecia estar precisando de um pouco de privacidade — diz Hector, dando de ombros. — Acho que todos nós sabemos como é querer ser outra pessoa por um tempinho.

Fiona assente, observando o espetacular grupo de esquisitões — Pamela tediosamente roendo o resto de esmalte preto da unha, Larry fazendo uma careta sob as sobrancelhas grossas e espessas. Ela é preenchida por uma emoção que chega a ser física, como se algo se inflasse dentro de seu peito. Alguns instantes depois, ela compreende que é amor. Quer dizer isso a eles, mas não sabe como, e é brega pra cacete, então engole o nó na garganta e bate palmas.

— Bom, nesse caso — diz, alegre —, vamos fazer uma peça.

As semanas seguintes passam em um borrão. Fiona trabalha na gráfica. Vai aos ensaios. Quando o dia termina, em vez de voltar para casa e assistir a *Homicide Hunter* na cama, vai para o apartamento de Sam, onde eles escutam música na ridícula caixa de som, bebem cerveja no terraço e se pegam.

Com um engradado de cerveja, vão ver um filme no cemitério Hollywood Forever. De café da manhã, comem burrito na praia. Vão para o show de ska do Richie em uma balada no centro da cidade, a qual definitivamente está prestes a ser fechada pela vigilância sanitária; nenhum dos dois tem ideia de como dançar aquela música, então só ficam pulando para cima e para baixo por um tempo, de mãos dadas para não se separarem na multidão, e uma hora depois saem suados, o cabelo úmido, rindo, uma empolgação estranha zumbindo nas veias de Fiona.

– Vocês vieram! – diz Richie após tocar, abrindo um sorriso para os dois.

Ele aperta Fiona em um abraço fedorento e, dando de ombros como quem pensa "Ah, por que não?", abraça Sam também. Pela primeira vez, Richie parece cem por cento sóbrio.

– Cara fofo – diz Sam assim que Richie é absorvido pela multidão e outra banda toca no palco.

Sam gosta de pessoas. Essa é uma coisa que Fiona notou. Ele é amigável com todo mundo, desde seu agente até sua personal, passando pela garçonete na cafeteria perto do apartamento dele.

– Richie? Ele é mesmo – concorda Fiona. – Bem, ele é basicamente meu melhor amigo. – Então sente-se estranhamente envergonhada. – Tem a Thandie, óbvio, tirando ela.

Sam assente.

– Como ela está?

– Ótima! – responde de imediato Fiona, sentindo-se murchar um pouco sob o peso da mentira. Ela nega com a cabeça, apoiando-se contra um poste de metal. – Na verdade, não tenho ideia. Faz anos que não tenho uma conversa de verdade com a Thandie.

Ela percebe que isso o surpreende.

– Sério? Vocês duas eram, tipo, inseparáveis.

– É – concorda ela, lentamente lembrando-se de tudo: a risada alta de Thandie, a mão firme passando o delineador, o quanto ela amava museus de arte e palitinho de queijo. No décimo oitavo aniversário de Fiona, Thandie alugou um conversível vintage, e elas dirigiram pela costa até San Luis Obispo, onde comeram costela e coquetel de camarão no salão rosa do Madonna Inn. – Nós éramos.

– O que aconteceu?

Fiona hesita, olha para a multidão fervilhante. Ocorre-lhe que, se continuar contando sobre as pessoas que fugiram de Los Angeles para não passar nem mais um segundo que fosse na presença dela, Sam vai acabar entendendo que há um único curso lógico de ação e se mandar para Wisconsin na calada da noite. Um adeus à moda de Milwaukee.

— Acho que nós duas ficamos ocupadas — diz ela com leveza. — Sabe, ela tinha prêmios da Associação de Atores para receber, e eu precisava revisar e imprimir folhetos informativos sobre gonorreia para a clínica gratuita do centro.

Sam lhe lança um olhar que diz suspeitar que ela está mentindo, mas não a pressiona, o que Fiona aprecia. Ele então segue para o bar para pegar mais uma rodada para os dois, mas possivelmente encontra um conhecido, pois demora uma eternidade, e o calor denso da balada começa a ficar opressivo, o barulho incessante, a dar nos nervos. Fiona não suporta passar muito tempo nesses lugares. Está prestes a ir ao encontro de Sam para dizer que quer ir embora quando uma mão pousa no seu ombro.

— Fiona St. James! — diz uma voz grave atrás dela. — Achei que era você.

Fiona estremece com o contato inesperado, se vira e dá de cara com um homem vagamente familiar, de óculos e com uma camisa desabotoada até a metade do torso magrelo.

— Sou eu — concorda ela, tentando localizá-lo na memória.

Talvez um ator da UBC, ou um membro secundário do grupo com que ela costumava sair? Também é possível que nunca o tenha encontrado e ele esteja tentando enganá-la; isso também já aconteceu. Ela gostaria de se lembrar melhor dos anos seguintes ao cancelamento da série, exceto pelo fato de que não quer se lembrar de nada daquilo.

— Eu queria ter te mandado mensagem — diz o cara, abaixando a cabeça para mais perto de modo que ela possa ouvi-lo. — Depois do...

— Ah.

De uma vez só, a lembrança volta: uma sessão de pegação úmida e desengonçada na cabine de um clube em West Hollywood, a mão dele subindo pela parte interna de sua coxa. Josh, ela acha. Ou talvez Joss?

– E aqui estava eu, esperando do lado do celular esse tempo todo. Joss/Josh curva o lábio.

– Tudo bem – diz ele, se aproximando mais. – Eu mereci.

"Você não merece nada", pensa Fiona, o temperamento esquentando. Ele pode não ter mandado mensagem para ela, mas definitivamente ligou para Darcy Sinclair para contar tudo sobre a noite selvagem com a jovem atriz mais famosa da emissora Family. A manchete, se ela bem se lembra, era PÁSSARO NO CIO.

– É bom te ver por aqui – Joss/Josh diz, mas é difícil ouvi-lo acima do batuque incansável da música e do zumbido entorpecente que preenche a mente de Fiona. – Com quem você veio?

Fiona sacode a cabeça.

– Quê? – pergunta ela, registrando só metade das palavras.

Pam uma vez pediu a ela que tentasse descrever como seu cérebro funcionava quando algo assim acontecia, a raiva subindo rápida e poderosa, sobrepujando as sinapses nervosas.

– Não parece com nada que eu conheça – disse Fiona na ocasião. – Tudo não passa de um barulho ensurdecedor.

– Eu *disse* – repete o cara, curvando os dedos ao redor da cintura dela, apertando um pouco –, com quem você veio?

É a gota d'água.

– Que *porra* você acha que está fazendo, cara? – explode Fiona, afastando-o no instante em que Sam finalmente aparece, segurando uma garrafa de cerveja Pacifico em cada mão. – Não toca em mim!

Sam arregala os olhos.

– Hum – diz, o olhar indo de um para o outro. – Está tudo bem aqui?

Fiona gira os calcanhares para encará-lo.

– Por que todo mundo pensa que tem o direito de tocar em mim? – exige alto o bastante para ser ouvida acima da cacofonia da balada. – Por exemplo, você chegaria no *sir* Ian McKellen e daria um beliscão na bunda dele? Porra, claro que não, então eu não entendo por que...

– Epa, epa, epa! – interrompe Joss/Josh, erguendo as mãos para Sam, olhando suplicante para ele. – Parça, eu definitivamente não belisquei a bunda dela!

– Não se dirija a ele! – grita Fiona.

Ela tem a vaga noção de que as pessoas estão começando a olhar para eles, porém não se importa.

– Há dois segundos você estava bem feliz de falar comigo, então, pra mim, o mínimo que você pode fazer é...

– Está bem – interrompe Sam, olhando nervosamente para o segurança, que os encara de seu lugar perto da porta. – Acho que é hora de picar essa mula, você não acha?

– Sério? – pergunta secamente Fiona. – Mas eu estava me divertindo tanto.

– A-hã. – Ele entrega as garrafas de cerveja para Josh/Joss. – Oferta de paz – anuncia com uma continência que a enfurece. – Tenha uma boa noite, cara.

– Não dê as cervejas pra ele! – protesta Fiona, repentina e profundamente irritada pela necessidade patológica de Sam de ser o melhor amigo de todo mundo o tempo todo. Pela recusa em defendê-la, ainda que saiba que o teria feito se arrepender se ele tivesse tentado. – Por que caralhos você está dando as cervejas pra ele?

– Acho que não vão deixar a gente sair com elas – diz Sam, pegando a mão dela e a puxando na direção da porta.

Fiona se desvencilha bruscamente, mas o segue, borbulhando com a euforia estranha que sempre a inunda depois que ela perde a cabeça. De repente se sente muito, muito calma.

– Aquele filho da puta – diz, sacudindo a cabeça assim que irrompem pela porta e saem para a noite fresca. – Estou tão cansada de caras como aquele filho da puta que me dá vontade de vomitar.

– Ele tentou mesmo beliscar sua bunda?

– Se ele... – Por um segundo, ela pensa em contar para ele sobre Josh/Joss e Darcy. Por fim, nega com a cabeça. – Você acha que essa é a questão, Sam?

– Não! Claro que não é, eu só estava... Você pode abaixar o tom de voz, por favor?

– Abaixar o meu... – Fiona franze a testa, parando no meio da calçada. – Ah, minha nossa. Você está com *vergonha*? – diz, virando-se para ele. – Sério? Por causa do showzinho que eu dei na frente de um aspirante a roteirista ou qualquer merda assim?

– Quê? Não! – responde Sam, mas empalidece ao dizer.

Já não está encarando o olhar de Fiona.

Ah, ela não consegue acreditar.

– Você está mesmo – acusa ela conforme anda a passos rápidos pelo estacionamento. A raiva e a vergonha florescem em seu peito como flores do deserto, contorcendo sua coluna. – Seu escroto de merda.

– Primeiro, dá pra maneirar nos xingamentos? – diz Sam, irritado. – Segundo, eu acabei de dizer que não estou com vergonha, embora *pudesse* argumentar que você fez um showzinho pra muito mais gente além de um simples aspirante a roteirista. Além do quê, como você sabe que ele era um aspirante a roteirista? Pelo que você sabe, ele poderia ser assistente do Martin Scorsese...

– Você está preocupado com o que o *Martin Scorsese* pensa sobre você?

– O Martin Scorsese é possivelmente o maior diretor de todos os tempos!

– E agora ele nunca mais vai te chamar pra um filme por causa disso?

E Sam – ela não pode acreditar – *enrubesce*.

– Só estou falando que não entendo por que você precisa pegar um lança-chamas pra lidar com cada ponte que encontra.

– E eu não entendo por que você precisa ser um lambe-saco, mas cá estamos nós.

– Uau. – Sam arregala os olhos, a expressão magoada. – Vai se foder, Fiona.

– Vai se foder, Sam! – É tão, tão bom ficar com raiva! É familiar e energizante, e muito menos amedrontador do que os demais sentimentos que nutre por Sam, quaisquer que sejam, que lhe dão a sensação de que suas entranhas vão despencar no meio da principal avenida da cidade, diante de todo mundo. – Você acha que é a primeira pessoa, ou melhor, o primeiro *cara* a ficar com vergonha de mim? Entra na fila, porra! Pode ligar pra Darcy Sinclair e contar que eu sou uma psicopata, que tal? Fala com ela sobre isso. Acredite em mim, já ouvi isso o suficiente por uma vida inteira. Não preciso ouvir de você também.

Sua voz estremece perigosamente na última parte, e Fiona cerra a mandíbula. Não vai permitir que ele a machuque. No mínimo, não vai deixá-lo saber que fez isso.

Ela se vira para se afastar e chamar um Uber – argh, precisa começar a ir de carro para os lugares se pretende continuar dando escândalos –, mas Sam a segura pelo braço.

– Sinto muito – diz, puxando-a contra si, enterrando o rosto nos cabelos dela. – Não tenho vergonha de você. Eu sou um idiota. Eu gosto de você, e isso está me assustando, sei lá.

Fiona respira fundo e fecha os olhos. Há uma parte sua que quer continuar lutando – acabar com isso agora, terminar de uma vez por todas –, porém, para sua surpresa, há outra parte, ainda maior, que só quer segurar firme.

– Eu não te culparia – confessa, a voz abafada pela camisa dele. – Quer dizer, não é verdade, eu te culparia até o dia da minha morte, eu encontraria alguém pra te amaldiçoar, e eu começaria um boato de que você é horrível de cama, mas não é como se eu não fosse entender. – Ela dá de ombros, ainda no abraço. – Sei que posso ser demais.

Sam sacode a cabeça.

– Você... é uma quantidade perfeita, na verdade.

Ela ri do ridículo da fala.

– Desculpa por ter te chamado de lambe-saco.

– Eu sou um lambe-saco, não que isso tenha adiantado muito.

Ele abaixa a cabeça para beijá-la – só uma vez, tão rápido e leve que ela quase não sente. Fiona não sabe se é sua imaginação ou se ele de fato olha em volta para se certificar de que ninguém os viu.

– Quer ir fazer as pazes?

Fiona ergue as sobrancelhas.

– A gente não acabou de fazer isso?

Sam entrelaça os dedos nos dela, puxando-a na direção do Tesla.

– Ainda não.

Ele a leva para seu apartamento e a beija nas costas até os dois estarem na cama, e depois a vira e a chupa até que ela gema silenciosamente contra o travesseiro, os dedos tensionando e relaxando nos lençóis. Depois eles comem a sobra do delivery em tigelas de cereal, sentados de pernas cruzadas nas cobertas amassadas, enquanto, do outro lado do pátio, os vizinhos jogam uma rodada barulhenta de mímica.

– Como você começou a atuar? – pergunta Sam.

– Ah, meu Deus, não pergunte. – Fiona sorri, colocando uma mão envergonhada no rosto. – Fui descoberta – confessa, olhando para ele entre as frestas dos dedos.

– Cala a boca. – Sam dá uma risada. – Não foi assim.

Fiona assente.

– Foi, sim. Eu tinha o quê, uns treze anos? Estava estorvando na gráfica quando a Caroline foi buscar uns convites para um chá de panela. Ela era assistente na LGP na época, provavelmente mais nova do que eu sou agora. Ela perguntou aos meus pais se podia fazer um vídeo meu no celular dela, e cá estou eu.

– Cá está você – diz Sam, passando um dedo pela pele sensível e fina da parte interna do braço de Fiona. – Você queria fazer isso?

– O quê, atuar? Bem, claro. – Ela dá de ombros. – Ou… eu acho que não pensei naquilo como uma escolha na época. E quando finalmente entendi o suficiente para ter uma opinião… – Ela para de falar. – Enfim. E você? – pergunta, garfando o último pedaço de brócolis do resto de macarrão e colocando a tigela de lado. – Saiu do útero e imediatamente entregou uma foto de perfil e fez um monólogo de um filme do Aaron Sorkin?

— Mais ou menos isso — diz Sam, se jogando ao lado dela. — Sei que essa informação vai ser chocante pra você, mas eu gostava de ser o centro das atenções.

— Você? — pergunta ela, sentindo os lábios se erguerem. Há alguns poucos pelos no peito de Sam, os quais ela acaricia distraída com um dedo — sentindo a textura ouriçadamente suave, a estranha intimidade do ato. Tenta não pensar na expressão dele mais cedo na balada, o pânico instantâneo nos olhos, como se repentinamente houvesse percebido ter entrado numa fria e precisasse sair de perto dela o mais rápido possível. Fiona sente o coração de Sam batendo sob a pele. — Eu nunca teria adivinhado.

Sam olha para baixo, observando-a.

— Eu me depilo com uma mulher húngara chamada Renate — confessa ele, cobrindo a mão dela com a sua. — Das primeiras vezes, gritei como naquela cena de *O virgem de quarenta anos*, mas agora me comporto muito estoicamente.

Fiona se apoia em um cotovelo.

— A Renate te dá um pirulito ao fim da sessão e te fala que você é um jovenzinho corajoso?

— É o tipo de reforço positivo que preciso, então sim.

— Foi o que eu pensei — diz Fiona com um sorriso, e sobe nele mais uma vez.

— Você sabia que a Eartha Kitt fez um *ménage* com o Marlon Brando e o James Dean? — pergunta Claudia numa manhã de sábado.

Estão sentadas no quintal de Estelle, com máscaras hidratantes para os pés, as quais Estelle comprou pela Amazon e prometem remover camadas de pele morta, deixando os calcanhares tão macios quanto os de um bebê.

Fiona ergue a sobrancelha.

— Onde você ouviu isso?

— Ela não foi a única — diz Estelle ao mesmo tempo.

Fiona e Claudia se viram para encará-la e então se entreolham.

— Conte mais sobre *isso* — Claudia ordena a Estelle, e Fiona abaixa a cabeça novamente para continuar escrevendo o cartão de agradecimento.

Do outro lado do quintal, dentro da casa dela, há uma linda orquídea no parapeito da janela da cozinha, acima da pia, junto com um bilhete de Thandie que diz que ela espera que Fiona esteja se cuidando. Não menciona o vídeo — Thandie jamais faria isso —, mas Fiona já está trabalhando na resposta há mais de uma hora, tentando encontrar o equilíbrio entre a gratidão e "na verdade, isso é completamente desnecessário, pois estou extremamente bem e sã". É uma situação mortificante, mesmo sabendo que a intenção de Thandie é genuína. É mortificante, mesmo sabendo que Thandie só está sendo uma boa amiga.

— Certo — diz Fiona por fim, se inclinando e removendo as botinhas de algodão descartáveis dos pés, que agora estão gosmentos. Ela não faz ideia do que tem na máscara, porém a embalagem contém um aviso em letras garrafais para não usar se estiver grávida ou amamentando.

— Preciso me arrumar pro ensaio.

— Você volta pra casa hoje? — pergunta Claudia. — Ou vai dormir na casa do Sam?

Isso chama a atenção de Estelle.

— Ela anda dormindo muito na casa do Sam? — pergunta, cruzando os calcanhares elegantes, olhando com interesse para Fiona.

— Três noites por semana — relata Claudia.

Fiona fica boquiaberta.

— Claudia!

— Bom, é verdade. — Claudia dá de ombros.

— Que bom, Fiona — diz Estelle, erguendo um copo cheio de suco de tomate para brindar. — E quanto a você, *principessa* — ela se vira para Claudia —, você sabe que Brando e eu sempre ficamos felizes em ter sua companhia caso se sinta muito solitária do outro lado.

Fiona franze a testa.

– Você está? – pergunta. Tem se preocupado com a irmã sozinha em casa apenas com a companhia do pai, embora Claudia tenha sido muito clara quanto a se formar dali a alguns meses e não precisar de uma babá. – Se sentindo solitária?

– Desesperadamente – diz Claudia, o rosto de raposa ficando sério. – Na verdade, queria falar com você sobre isso. Estou seguindo por um mau caminho. Algumas das outras crianças que ficam sozinhas em casa me viciaram em chantili, e sinto que estou a um passo de me esgueirar no seu quarto de madrugada para roubar seu prêmio do Kid's Choice Award da Nickelodeon e vender pra conseguir dinheiro pro creme de leite batido.

Fiona bufa.

– Entendi – diz, limpando os pés grudentos com uma toalha e levantando. – Você foi muito clara.

– Eu gosto do Sam – declara Estelle, tomando um gole do suco, que, ao examinar com mais atenção, parece ser composto apenas de vodca. – Ele parece *extremamente* viril.

Fiona consegue manter o rosto impassível, mas por pouco.

– Eu vou avisar pra ele que você pensa isso.

– Ele disse algo sobre a série? – pergunta Claudia.

Fiona balança a cabeça.

– Não – admite, um pouco relutante. – Ele falou que não faria isso, e não fez.

– Quase como se quisesse passar tempo com você apenas porque gosta de passar tempo com você – diz Estelle.

Fiona sente um formigamento, mas não decifra o motivo.

– Quase – concorda.

– Estou feliz por você, *ma cherie* – continua Estelle. – Você merece.

– Melhor esperar pra escolher a louça do casamento – responde Fiona. – Nós mal nos conhecemos.

– Como assim? – Claudia parece surpresa agora, o tom de brincadeira se esvaindo da voz. – Fiona – acrescenta baixinho –, você é meio apaixonada por ele desde que tinha uns quinze anos.

– Eu... Quê?! – Fiona engasga, as bochechas ardendo. – Não mesmo!

– Vai com calma – diz Claudia, erguendo as duas mãos. – Não estou falando isso pra ser cuzona.

Fiona a encara.

– Não?

– Não – diz Claudia em tom firme, sentada perfeitamente imóvel na espreguiçadeira. – Estou dizendo porque acho que é, tipo, verdade.

Ainda segurando as ridículas botas de algodão, Fiona olha para a irmã por um longo momento.

– Eu vou me atrasar – é tudo o que diz.

CAPÍTULO DEZESSEIS — Sam

Sam achou que Russ telefonaria quando voltasse de Tulum, mas, como uma semana se passa e ele não recebe notícias, liga para o agente e deixa uma mensagem com Sherri, que promete dar o recado.

– Não é nada urgente – diz Sam, tentando não soar desesperado ou sem fôlego. Imaginava que já teria recebido uma resposta da série de bombeiros a essa altura. – Eu só, sabe, queria notícias.

Ele dá um pulo na sua antiga escola de atuação no Vale para dar um oi. Passa bastante tempo na academia. Entra no YouTube e assiste a trechos antigos de *Pássaros da Califórnia*, o que é estranhamente agradável – no fim, era uma série bem boa, com diálogos inteligentes e alguns momentos de pastelão, além de ter o dom para sequências de arrancar lágrimas ao som de versões acústicas de rocks clássicos. Sam tinha esquecido que Fiona era uma comediante nata quando queria, com o *timing* perfeito, expressiva, sempre entregando piadas certeiras.

Sam expira, recostando a cabeça no sofá e passando as mãos pelo cabelo. Sabe que precisa ser sincero com ela, falar sobre *Pássaros*, mas não confia que ela não vá querer matá-lo no segundo em que ele tocar no assunto. A última coisa que quer é perdê-la, mas a sensação é de que está correndo contra o tempo.

Ainda assim, Sam lembra a si mesmo que, por mais que tenham ficado famosos no papel de adolescentes precoces, nenhum deles é mais criança. Eles podem ter conversas difíceis. Vai chamá-la para sair, é o que decide – para algum lugar legal com toalha de mesa branca e iluminação agradável, do tipo que chama batatas fritas de *pommes frites*.

Não sabe como vai pagar, mas tudo bem, ele dá um jeito.

Fecha o laptop com um clique confiante e pega o celular que enfiou entre as almofadas do sofá. **Quer sair hoje?**, pergunta por mensagem.

Não dá, ela responde. **Hoje é aniversário da Claudia.**

Sam pensa por um instante, e se pergunta, não pela primeira vez, quanto está disposto a mergulhar naquilo. **Eu gosto de aniversários**, digita e então envia a mensagem antes de se convencer do contrário.

Sério? A resposta é imediata: **Você quer vir no aniversário da minha irmã?**

Agora ele se sente um idiota. Mas quem sai na chuva é pra se molhar. **Quer dizer, só se você quiser. Não vou pular o muro nem nada assim.**

Os três pontos que indicam que ela está digitando aparecem, então desaparecem e reaparecem. Quase um minuto inteiro se passa antes de a resposta chegar. **Tá bom**, diz ela. **Quero que você venha.**

Ele espera encontrar meia dúzia de adolescentes, mas estão presentes apenas Fiona, o pai e Estelle, com Sam Cooke tocando no rádio e a porta do quintal aberta para deixar a brisa quente entrar. Claudia está vestida com uma longa saia de tule rosa que parece algodão-doce, um cropped e tênis.

– Samuel – diz ela, soando exatamente como Fiona. – Que bom te ver de novo.

– Hum, você também. – Ele não fazia ideia do que comprar de presente, mas não queria aparecer de mãos abanando, então passou numa loja de fantasias em West Hollywood e comprou uma tiara de plástico por cinco dólares. – Feliz aniversário – diz, entregando o presente.

Claudia abre um sorriso e a coloca na cabeça.

– Ela vai festejar com os amigos também – assegura Fiona, passando uma jarra de limonada aromatizada com manjericão e gengibre e indicando o quintal. – Minha família é trágica, mas não *tanto* assim.

Sam sacode a cabeça.

– Não parece trágico – diz ele, e está sendo sincero.

Colocaram uma toalha na mesa do terraço, acenderam velas, penduraram pequenas lâmpadas brancas nas árvores. No centro da mesa, há jarras com arranjos de ervas e flores, junto de um enorme bufê de comida: frango, homus, pão pita e vários tipos de picles.

– Isso é incrível! – diz Sam quando se serve pela segunda vez, ainda que tecnicamente só possa comer umas mil e quinhentas calorias por dia. – Vocês que cozinharam tudo?

– Ah, não – diz Fiona, pegando um pouco de tabule. – É do finado frango.

– Finado frango?

– O cara que era o dono do restaurante colocou um terno de seda branco um dia e matou a mãe e a irmã – explica Claudia num tom agradável, assentindo e colocando um pouco de homus no pão. – Depois ele deu um tiro na própria cabeça.

Sam para de mastigar.

– Espera... o *quê*?

– Ei – diz o pai de Fiona, com um sorriso que parece cansado, apontando uma coxa de frango na direção de Sam. – Foi você que perguntou.

– Eu perguntei – admite Sam. Não sabia exatamente o que esperava do pai de Fiona, mas ele é legal, apesar de quieto e um pouco abatido. – E o restaurante não fechou depois disso?

Claudia dá de ombros.

– Veja, é um frango bem gostoso.

Sam sacode a cabeça, olhando para Fiona do outro lado da mesa.

– Bom, esse restaurante é *mesmo* a sua cara.

– O aniversário é dela, tá? – diz Fiona, indicando a irmã com a cabeça.

Sam gosta de vê-las juntas: como se dão bem, como ficam confortáveis na presença uma da outra, como são engraçadas. Adam e ele se dão bem, mas não é nada parecido.

– Eu só dei uma ótima sugestão – conclui ela.

Sam ajuda na limpeza depois do jantar, guardando o finado frango em um pote de plástico e colocando os pratos na lava-louça. Enquanto armazena o que sobrou do bolo, Fiona passa um dedo traiçoeiro na cobertura, mas, antes que possa lambê-lo, Sam pega sua mão e coloca na boca dele, sentindo o doce enjoativo misturado com o sal da pele dela. Fiona engole em seco, os músculos na garganta visíveis.

– Era meu – protesta baixinho.

– Ops – diz Sam, e volta para o quintal a fim de pegar os pratos restantes.

O pai de Fiona desapareceu dentro da casa, e Claudia e Estelle estão tirando fotos na luz do crepúsculo, murmurando sobre a hora mágica. Sam está juntando os copos quando Estelle coloca uma mão em seu braço.

– Sam, querido – diz baixinho. Ela está usando um vestido longo brilhante e um par de sandálias com um salto tão alto que ele só consegue se preocupar com os tornozelos da velha senhora. – Escute o que eu vou falar.

Sam se vira para encará-la. Seu tom de voz o faz prever o tipo de discurso que o personagem de Jamie faria para um dos namorados em potencial de Riley em *Pássaros da Califórnia*: "Se você machucá-la, vou cortar o seu pinto e batê-lo no liquidificador junto com a vitamina" ou algo do tipo. Bem, o personagem de Jamie não teria dito isso exatamente – a Family tinha regras muito rigorosas sobre vulgaridades de qualquer tipo –, mas a moral da história seria mais ou menos essa. Talvez o diálogo venha a ser mais picante na Emissora Family Sombria.

Ele olha para Estelle e ergue as mãos num gesto conciliador.

— Seja lá o que for dizer — apressa-se em falar —, eu sei que todos vocês só querem proteger a Fiona. E com razão. Ela passou por muita coisa. Mas eu me importo muito com ela e não faria nada para machucá-la de propósito. Então, não precisa se preocupar com isso.

Estelle o observa por um instante, um sorriso sábio e divertido passando nos lábios pintados com um batom alegre.

— As taças de champanhe não podem ir na máquina, docinho — diz ela. — São de cristal.

Sam se sente corar dos dedões do pé ao topo da cabeça.

— Ah — diz, assentindo vigorosamente. — Hum, bom saber.

— São de cristal de verdade, e são delicadas. — Ela ergue as sobrancelhas. — Era só isso que eu ia dizer.

A certa altura, Sam atravessa o corredor a caminho do banheiro para mijar e na volta se detém na porta do quarto de Fiona. Não sabe o que esperar — caos, talvez, coisas espalhadas para todos os lados —, porém o ambiente é organizado e tranquilo, uma colcha pálida esticada sobre a cama queen size e vidrinhos de óleos essenciais enfileirados na cômoda. Na parede, há fotos dela e da irmã, além de uma de Fiona e Thandie com os braços ao redor uma da outra, tão jovens que parecem estar indo para um baile do Ensino Fundamental. O aroma de baunilha e sândalo perdura no ar. Ele está a caminho da estante quando ouve a voz de Fiona:

— Procurando drogas?

Ele se vira para ela, no batente, os braços cruzados e um meio sorriso estampado no rosto, como se soubesse o que ele quer.

— Na verdade, armas.

Fiona assente, séria.

— As armas ficam no quarto da Claudia.

— Eu ia olhar lá assim que acabasse aqui.

Sam se vira de volta para a estante, o olhar passando pelos títulos: na maior parte, peças, mas há também uma quantidade considerável de ficção, com uma ou duas coletâneas de ensaios. A estante está abarrotada, curvando-se um pouco pelo peso. Não é de espantar que ela e Erin tenham se dado tão bem.

— A-ha! — grita ele, tirando um exemplar de *O alquimista* que estava entre um livro de *true crime* e uma maltratada edição em capa dura de um livro infantil. — O que temos aqui?! — Ele ergue o livro, vitorioso.

Fiona revira os olhos.

— Eu nunca disse que não li — diz ela, cruzando o quarto e tirando o exemplar das mãos dele antes de jogar o livro na cama. — Já li muitas coisas.

— Eu sei disso — diz Sam baixinho.

Ele se vira para a estante e passa os dedos pelas lombadas até chegar a *Weetzie Bat*, que pega e mostra para Fiona.

— Posso pegar emprestado?

Ela estreita os olhos.

— Por quê?

— Por que você acha? — pergunta ele. — Você leu o meu. Quero ler o seu.

Fiona o examina por um longo momento, como se estivesse esperando o anúncio da pegadinha.

— Tudo bem — diz ela, quando se convence de que não é isso. — Se você prometer que vai me devolver.

Ele sorri.

— Você quer escrever seu nome na primeira página antes?

— Talvez — diz ela, mas, antes que Sam responda, já o está beijando, enganchando os dedos no passante da calça dele e o puxando para perto.

Sam grunhe baixinho contra a boca de Fiona — deixando o livro de lado e passando as mãos ao redor da cintura dela, roçando os dedos na pele macia acima do cós da calça dela. Ele tenta recordar a última vez que desejou tanto alguém, e não se lembra. Quer entregar uma caneta permanente para ela e esticar o braço para em seguida ver PROPRIEDADE DE FIONA ST. JAMES marcado em sua pele na caligrafia dela.

Ele começa a levá-la para a cama, as mãos subindo, mas Fiona o para quando a parte de trás de suas pernas encosta no colchão.

– Aqui não – murmura.

Sam grunhe baixinho, os lábios ainda colados nos dela.

– Por que não?

Fiona arqueia as costas e gentilmente o afasta.

– Porque minha família inteira está assistindo a *The Bachelor* na sala do lado, seu pervertido.

– Ah. – Sam engole em seco. – Entendi.

Ele fica parado por um instante sem conseguir resolver o dilema, aturdido e tonto pelo desejo. Finalmente Fiona ri, esticando a mão e enlaçando os dedos nos dele.

– Quer sair daqui? – murmura ela.

Sam quer, sim.

Eles não conversam conforme percorrem o Laurel Cânion em direção ao apartamento de Sam, as janelas do carro abertas e o vento quente da noite soprando os cabelos de Fiona. Uma parte de Sam deseja continuar acelerando até Palm Desert, deitar Fiona em uma canga e admirar a imensidão das estrelas. Outra parte quer dirigir para o norte e ver as florestas de sequoias, andar pela Golden Gate. Faz quinze anos que Sam mora na Califórnia e nunca fez nada disso, mas, com Fiona no assento de passageiro, ele pensa que gostaria.

Então ela desliza a mão pelas coxas dele e aperta seu pau por cima do jeans, e Sam esquece completamente de qualquer coisa que não seja ela pelada em sua cama.

Demora uma eternidade para encontrar uma vaga. Eles dirigem pelo que parecem horas, e Sam se sente cada vez mais desesperado enquanto dão voltas e mais voltas na quadra.

— Não acredito que você estaciona a porra do seu Tesla na rua — diz Fiona, parecendo quase histérica. — Sério, tipo, como é que ninguém furou seus pneus?

— Eu fiquei tão empolgado com o apartamento que esqueci de perguntar se tinha garagem — diz ele, abrindo um sorriso amarelo. — E depois era tarde demais.

— Então você não pensou em alugar uma vaga ou...

— Normalmente tem um monte de vagas aqui!

Por fim ele encontra uma que é pequena demais, e mexe o volante de um lado para o outro enquanto tenta encaixar o carro.

— Quer que eu faça? — pergunta Fiona, a voz um pouco alta demais.

Sam faz uma careta.

— Você por acaso é uma especialista em baliza, é?

— Na verdade, sim. Meu pai cresceu no Queens, então é questão de orgulho para ele. — Fiona olha pela janela. — Você definitivamente não vai conseguir.

— Eu vou conseguir! — Sam insiste.

Ele consegue, embora não antes de gentilmente encostar o para-choque do Tesla no carro de trás.

— Não foi nada — decide ele, olhando superficialmente para o dano causado antes de agarrar a mão de Fiona e levá-la para o apartamento, os dois praticamente tropeçando escada acima.

A porta mal se fecha quando pulam um no outro, Sam agarrando a bunda dela e a erguendo, as costas de Fiona contra a parede enquanto, com as pernas, ela abraça a cintura de Sam.

O quarto está longe demais, então ele a deposita no sofá e se coloca por cima, arrancando a camiseta dela e abaixando o bojo do sutiã em vez de se dar ao trabalho de abrir o fecho. Fiona arfa. É como se as mãos dela estivessem por todo o corpo de Sam: os dedos arranhando o peito e as costas e a barriga, esticando-se para abrir os botões do jeans.

Assim que os dois finalmente estão nus, Sam se enterra o mais fundo que consegue e então só permanece ali — apoiando os cotovelos nos ombros de Fiona, afastando os cabelos dela da testa. Os dois se encaram por um momento, em silêncio. Sam morde a língua para evitar dizer algo que não poderá retirar.

— Sam — sussurra ela por fim, os olhos escuros de prazer.

Ela está se contorcendo sob ele, inquieta, as mãos apertando os bíceps e os cabelos.

— *Sam*.

Sam pisca para ela, atordoado.

— Hum?

Fiona abre um sorriso.

— Ninguém nunca passou a chave no seu carro? — pergunta ela, erguendo uma mão, fazendo uma mímica de arranhão. — Sério? Nem um pouquinho?

Sam grunhe e a vira de bruços, passando um braço ao redor da cintura para encontrar o clitóris com dois dedos. Ela ri até que se desfaz nas mãos dele.

Eles transam de novo no chuveiro, e então mais uma vez na cama, os cabelos molhados de Fiona encharcando o travesseiro, a pele quente e úmida do banho.

— Você já foi a Palm Springs? — pergunta ele quando terminam, se apoiando em um cotovelo.

— Na verdade, não. — Fiona ergue uma sobrancelha. — Lá não tem apenas influencers e, tipo, um ou outro cacto?

— Talvez — diz Sam, dando de ombros. — Quer descobrir?

Ele acha que ela vai dizer não, porém Fiona pensa um pouco e assente, os olhos brilhando como os de um gato na escuridão.

— Tá — diz ela. — Vamos.

— Tá — diz ele, e se deixa acreditar que ela está falando a verdade. — Vamos.

Sam cai em um sono satisfeito e suado assim que os olhos se fecham e se sobressalta ao acordar desorientado no que parece ser o segundo seguinte. Sam pisca no escuro por um momento e então olha para Fiona, que se revira violentamente na cama, murmurando algo que Sam não entende. O relógio mostra que já passa das duas.

Sam senta na cama.

— Fiona — chama baixinho, incerto do que fazer. Seu instinto é tocá-la, mas, por alguma razão, acha que não é uma boa ideia. — Fiona.

— Quê...? — Ela se sobressalta ao despertar de uma só vez, aturdida, sacudindo a cabeça e olhando em volta como se não soubesse onde está. Seus olhos se estreitam, como se Fiona nunca o tivesse visto antes. — O que está acontecendo? — diz ela, se afastando.

— Sou eu — responde Sam, erguendo as mãos. E afirma, só para garantir: — O Sam. Acho que você estava tendo um pesadelo.

Fiona pisca hesitantemente na escuridão e então relaxa.

— Ah — diz, passando uma mão no rosto. O cabelo é um grande emaranhado. — Sinto muito.

— Não, está tudo bem.

Ele sente vontade de perguntar a ela com o que estava sonhando, mas isso também parece uma má ideia, e ao mesmo tempo há uma pequena parte sua que não quer de fato saber. Sam sorri e alisa o braço dela. Fiona sorri de volta — ao menos ele acha que ela o faz, é difícil distinguir no escuro — e se deita ao seu lado.

Sam não tinha a intenção de fazê-lo, mas adormece mais uma vez, e, quando acorda, ela não está ali, o colchão frio a seu lado. Sai da cama e vai até a sala, onde a encontra em posição fetal no sofá, assistindo a *Vivendo com o inimigo* na TV.

— Oi — diz ele, sonolento, esfregando uma mão no cabelo. — O que você está fazendo?

Fiona não olha para ele, apenas dá de ombros e gesticula para a TV.

– Meio óbvio, não?

Sam franze o cenho.

– Você está bem?

– A-hã.

– OK.

Está acostumado com ela sendo evasiva, mas Fiona parece verdadeiramente irritada, e ele não entende o motivo.

– Quer conversar?

– Quê? – Fiona o encara com expressão vazia. – Não tem nada pra conversar. Estou bem.

– Você... não parece bem – diz Sam com cautela.

Ela não parece mesmo: está com olheiras escuras, o cabelo amassado. Ele se pergunta quanto tempo ela passou se revirando na cama antes de desistir e vir para a sala.

Fiona dá uma risada vazia.

– Valeu mesmo.

– Não, não foi isso... – Sam se interrompe.

A mandíbula de Fiona está cerrada, os ombros arqueados quase na altura das orelhas. Sam percebe que ela está fechando a lojinha, tão certo quanto as luzes piscando nos shoppings de sua cidade natal.

– Não quer voltar pra cama?

Ela faz que não com a cabeça.

– Pode ir – diz, indicando o quarto. – Vou ficar vendo TV.

Em vez disso, ele cruza a sala e senta na outra ponta do sofá. Os pés dos dois se roçam, mas ela se recolhe, dobrando os joelhos, mantendo os olhos fixos na televisão.

– Fi – diz Sam, olhando para ela na penumbra. Então, mesmo sabendo mais ou menos como essa conversa vai se desdobrar, pergunta: – Você costuma ter pesadelos?

E, é claro, se desdobra como ele imaginou.

– Sam – diz ela, cortando-o, tão previsível quanto o inverno em Wisconsin. – Deixa pra lá, tá? Posso voltar pra casa se estiver te mantendo acordado.

– Quê? – Sam se surpreende. – Não, não é isso que eu quero.

– Tá. – Fiona dá de ombros. – Então tá bom. Me deixa ver isso, tá?

– Tá.

Ele não dorme por muito tempo, e percebe que ela também não. Ficam naquele silêncio desconfortável, a luz da TV reluzindo no tapete.

Quando ele acorda na manhã seguinte, ela está fazendo panquecas.

– Alguma coisa vagamente parecida com panquecas – diz ela quando Sam entra na cozinha, se erguendo na ponta dos pés para dar um beijo alegre na boca dele.

Ela está vestindo calcinha e uma camiseta dele, o cabelo preso em um coque no topo da cabeça.

– Tem café.

– Eu… obrigado.

Sam esfrega a nuca, cauteloso. Fiona nunca fez café da manhã desde que passaram a ficar juntos. Sam nem sabia que tinha café em casa.

– Uau.

– Eu só tenho ensaio à noite – continua ela, parecendo ocupada na cozinha. – Quer fazer alguma coisa? Uma trilha?

Sam ergue uma sobrancelha.

– Desde quando você gosta de trilhas?

– Eu gosto de trilhas! Ou, tipo, eu poderia gostar, talvez. Nunca fiz uma. – Ela dá de ombros. – Mas essa é uma coisa que pessoas normais fazem, né? Com as pessoas com quem estão realizando diversas e múltiplas atividades sexuais?

Sam sorri.

– Acho que é uma coisa que as pessoas fazem, sim. – Seu cérebro, porém, se prende a essas palavras, "pessoas normais", como se fosse um fio solto de um suéter de caxemira. Não consegue afastar a sensação de que ela está atuando, como se acidentalmente houvesse deixado cair uma máscara importante e agora precisasse se redimir.

– Fiona. Sobre ontem à noite.

– É – diz ela, com um sorriso autodepreciativo. – Desculpa. Eu não durmo bem às vezes, e acabo sendo uma cuzona.

– Você não foi uma cuzona.

– Você sabe o que estou dizendo. – Ela abana uma mão, como se o fato de ele tê-la encontrado em estado semicatatônico na sala fosse uma fumaça de cigarro que Fiona pudesse afastar. – Vou tomar um banho.

– Espera. E as panquecas?

Fiona encolhe os ombros, como se não importasse.

– Não estou com fome, na verdade. Só queria fazer alguma coisa. Mas você devia comer.

– Tá...? – Sam franze a testa. – Tomamos banho ontem à noite, sabe?

– Bem...

Fiona pressiona outro beijo na boca dele, embora Sam fique com a impressão de ser um pouco forçado.

– Não acho que conte se não envolver sabão.

– Nós usamos sabão.

– Não para nos lavar.

Ele sorri.

– Justo – admite.

Fiona segue pelo corredor, arrancando a camiseta no caminho. Sam observa a linha comprida das costas nuas, os músculos flexionando sob a pele macia. Ele apenas fica lá depois que ela se vai, enfiando algumas panquecas na boca, distraído. Definitivamente não tinha os ingredientes certos, e a consistência é meio arenosa. Ainda assim, há anos ninguém fazia café da manhã para Sam.

"Foda-se", pensa ele, deixando uma panqueca semicomida no balcão. Está sendo um babaca. Todo mundo tem o direito de ter uma noite ruim de vez em quando – sem mencionar que, quando se considera a história completa dos surtos de Fiona St. James, a noite passada mal conta. Sam só está pensando demais porque se sente culpado de estar mentindo para ela, só isso. É hora de colocar tudo em pratos limpos.

Está prestes a pisar no corredor quando seu celular toca no balcão. Sam franze o cenho. É um número que ele não reconhece – o papel dos bombeiros, percebe repentinamente, o coração quicando no peito. E, sim, algo desse tipo passaria antes por Russ, mas é possível que queiram falar diretamente com Sam...

– Sam Fox – diz.

– Sam! – A voz do outro lado é familiar. – Jamie Hartley.

Sam se sobressalta. Jamie não liga para ele faz... bom, na verdade, Jamie nunca ligou para ele.

– Hum, oi. – Ele olha por cima do ombro para a porta do banheiro. – Posso ligar pra você depois?

– Não – responde Jamie alegremente. – É importante. Questão de vida ou morte aqui, parceiro. Olha, falei com o seu agente e ele disse que você está tão empolgado quanto eu pra fazer essa coisa acontecer. E sei que você tem feito progresso com a nossa garota.

Sam chega a imaginar a cara de Fiona se ouvisse Jamie se referindo a ela como *nossa* de alguma forma.

– Não sei se eu diria isso – diz Sam, tentando manter a voz baixa, mas sem chegar ao ponto de sussurrar. – E, cara, preciso dizer, me parece que qualquer negociação que você está tentando ter com ela deveria se dar entre vocês...

– Vejam esse rapaz! – Jamie ri. – Tá, cara, você não quer falar sobre isso, eu respeito. Acho classudo da sua parte. Mas, escuta, por que nós três não saímos pra almoçar, pelo menos? Vamos a um lugar legal, bebemos alguma coisa, você e eu podemos fazer nossa tentativa em pessoa. E, se não der certo, a culpa é minha. No mínimo, você pode dizer a Fiona que ela vai ganhar um almoço. Sério, sem compromisso.

– Eu... – Sam precisa admitir que parece uma oferta razoável. Até mesmo divertida, se não fosse o fato de que Fiona arrancaria suas bolas à mera sugestão daquilo. – A-hã, talvez. – Recorda que Jamie o levava para comer hambúrgueres ao final de cada temporada de *Pássaros da Califórnia*. E lembra que precisa pagar o aluguel dali a onze dias. – Tá bom – diz por fim, passando uma mão no cabelo. Ele iria contar a verdade para ela de qualquer forma, não iria? Isso só vai ser... parte da resolução. – Olha, Jamie. Você sabe tão bem quanto eu que nada que eu diga vai convencê-la a fazer algo que ela não quer. Mas vou falar com ela sobre isso, tá? E vou continuar tentando convencê-la.

– Bom garoto. Que tal à uma da tarde amanhã? Vou falar pra minha assistente fazer a reserva e te mandar os detalhes.

Sam perde a determinação.

– Espera. Eu não disse...

Só que Jamie já desligou.

Sam xinga baixinho, encarando a tela escura por um momento. É só depois que abaixa o celular no balcão que percebe que a água do chuveiro parou de cair em algum momento em que não estava prestando atenção.

– Convencê-la a fazer o quê? – pergunta Fiona.

Sam fecha os olhos por um instante, e os abre de novo. Quando se vira, lá está ela, parada na entrada do corredor, de toalha, o olhar firme. O cabelo está molhado, o rosto, lavado. Ela parece muito, muito jovem.

– Fi – diz ele, depois fecha a boca.

Seu primeiro instinto é mentir. Falou o nome dela na conversa com Jamie? Acha que não. Poderia muito bem dizer que estava falando de outra pessoa. Porra, poderia falar até que era outro Jamie, alguém que ela não conhece e de quem nunca ouviu falar, alguém que queria saber sobre algo que não tinha nada a ver com...

– Ele quer que almocemos juntos – murmura Sam. – Nós três. Pra falar da série.

Fiona assente, lentamente absorvendo a informação. Então sorri.

– Esse tempo todo, hein?

– Espera, o quê? – Sam sacode a cabeça, sem entender. – Não, eu...

– O que você achou exatamente? – A curiosidade de Fiona parece sincera. – Que, se me comesse o bastante, eu iria fazer o que você quisesse? Ou o sexo era só um bônus pra você?

Sam estremece.

– Eu... não. Claro que não. Não é nada disso. O que nós temos...

– Tínhamos – corrige Fiona.

– Quê?

– O que nós *tínhamos*. – Ainda está sorrindo. Ela parece... satisfeita, na verdade, como se estivesse esperando por esse momento, aliviada por ele finalmente ter chegado. – Acabou.

Para Sam, é como um golpe no estômago.

– Fi – repete, a voz rachando. – Qual é... A gente pode só...

– A gente pode só o *quê*? – Os olhos de Fiona contêm um brilho perigoso. O sorriso desaparece. – Falar um pouco mais dos supostos méritos de um projeto no qual, como falei muito claramente, eu não tinha nenhum interesse? Ir a um almoço agradável com uma pessoa que você sabe *muito* bem que eu odeio pra caralho? Esquecer o fato de que você mentiu na caradura pra mim desde que começamos a ficar juntos? – Ela inclina a cabeça. – O que você quer especificamente que eu faça, Sam?

Sam pisca, pego de surpresa.

– Espera – diz ele estupidamente antes de conseguir se impedir –, você acha que eu sou caradura?

– Meu Deus do céu. – Fiona solta uma risada aguda e malvada. – Tá, isso é ridículo. E sabe o que é pior? Eu *sabia* que era ridículo, todos os dias eu falava pra mim mesma "Fiona, isso é ridículo pra cacete", e ainda assim me deixei... – Fiona se interrompe, sacudindo a cabeça, incrédula. – Esquece. Vou me vestir.

Ela se vira na direção do quarto.

– Desculpa, o que nisso tudo é ridículo? – Sam dá um passo na direção dela, alcançando o braço de Fiona. – Porque, preciso dizer, você não parecia achar ridículo quando estava...

Fiona se livra do braço dele.

— Não toque em mim.

— Tá. — Sam ergue as mãos de imediato. — OK.

Ele sabe que está errado nessa história, óbvio. Sabia que era inevitável isso acontecer, da mesma forma que sabia que era inevitável que sua série fosse cancelada, ainda que nunca se permitisse pensar no assunto. Tem perfeita consciência de que o único curso de ação para se redimir é se prostrar diante de Fiona, implorar por seu perdão e torcer para que um dia ela esqueça o que aconteceu.

Em vez disso, escolhe brigar.

— Você sabe o que eu quero de você, na verdade? — pergunta, as mãos ainda erguidas. — Quero que a gente tenha uma conversa adulta de verdade pela primeira vez no nosso relacionamento. Sobre o *reboot*. Porque acho que você me deve isso.

— Primeiro que o *nosso relacionamento* inteiro tem, tipo, três semanas — bufa Fiona. — E, segundo, eu não devo nada pra você, nem pra ninguém.

Isso machuca — a ideia de que ele entrou mais de cabeça do que ela, de que ele está tentando tornar isso algo maior do que de fato é.

— Ah, entendi — diz Sam, colocando a mão na cabeça em um gesto teatral. — Desculpa. Por um segundo, esqueci que você ama ser o lobo solitário. Não vou cometer esse erro de novo. Embora eu desconfie que os lobos solitários não têm o conforto da empresa da família pra se escorar quando fodem por completo a carreira.

Os olhos de Fiona se arregalam.

— Ah, é *isso* que você acha que eu estou fazendo?

— Eu acho que você está na posição de não precisar se esforçar. Isso é óbvio.

— Me *esforçar*? — Fiona solta uma gargalhada. — Olha só seu apartamento, Sam! Olha só a porra do seu carro! Vai tentar me convencer que está sofrendo por grana?

— Eu estou completamente quebrado, Fiona!

— Quê?

Ele nota que a informação a surpreende.

– Não está, não – teima ela.

– Sim, estou. – É ao mesmo tempo nojento e bom dizer isso, como arrancar uma casca de ferida. – Sério mesmo, como você passou praticamente todos os momentos das últimas três semanas comigo e não notou? Parabéns, você estava certa, eu sou tão idiota quanto você sempre soube que eu sou. Eu tenho dezenas de milhares em dívidas no cartão de crédito. Não faço ideia de como vou pagar o aluguel mês que vem. Minha mãe está morrendo – ele quase engasga nessa palavra –, e eu estou desesperadamente tentando dar um jeito na minha vida enquanto ela ainda está aqui pra ver meu sucesso.

Fiona sorri, sarcástica.

– E fazer o *reboot* de *Pássaros da Califórnia* no *streaming* é o que vai convencê-la de que você chegou lá?

Sam sente o corpo todo corar, de vergonha e raiva.

– Vai se foder.

– Vai se foder *você* – retruca ela de imediato. – Eu sou a única pessoa na sua vida que se recusou a ser manipulada por você, e você não conseguiu lidar com isso, por isso passou um mês mentindo na minha cara.

– E você vai me culpar? Você nem considerou participar. E não só não considerou como nem fez o favor de me contar o motivo.

– Já te dei muitos motivos!

– Nenhum que não fosse merda. O que era pra eu ter feito?

– Ora, não sei. – Fiona olha para ele como se fosse um imbecil. – Quer dizer, você poderia ter sido a primeira pessoa nos Estados Unidos a respeitar a porra do meu limite. Só pra começar.

– Seu *limite*? – Neste ponto, Sam chegou ao limite *dele*. – Pode parar, Fiona. Você ama fingir que a Darcy Sinclair ou sei lá quem começou a perseguir você aleatoriamente, mas, tipo, você *fez* todas aquelas merdas. Você fez! Me desculpa, mas, se você quisesse que as pessoas parassem de prestar atenção em você, não deveria passado cinco anos da sua vida agindo como se estivesse num circo!

Fiona não diz nada por um instante. De imediato, Sam entende que foi longe demais.

– Fiona...

– Bom! – ela o interrompe. – Se sente melhor agora que finalmente tirou isso do peito?

O estômago de Sam se revira.

– Me desculpa – fala, passando as duas mãos no cabelo. – Eu não queria...

Vê na expressão de Fiona que acabou de confirmar algo para ela, um medo secreto que ela guardava e que tentou ignorar ou se convencer de que era mentira. Ele tem, sim, vergonha dela, ao menos um pouco – mais do que um pouco em certas ocasiões – e, a julgar pela forma como ela o encara, há uma parte de Fiona que sempre soube disso. Sam nunca se sentiu tão covarde em toda a sua vida.

– Eu não devia... Olha. Nós dois estamos irritados, obviamente. Por que a gente não...

– O que vai acontecer agora é o seguinte – diz secamente Fiona.

Ela definitivamente não está mais sorrindo, mas nada nela parece fora de controle. Mais do que tudo, ela parece... vazia.

– Eu vou ao banheiro colocar minhas roupas. Você vai para a varanda e esperar lá até eu ir embora.

– Fiona...

– Eu nunca mais quero te ver – diz calmamente. – E gostaria que a parte do *nunca* comece o quanto antes. Então, por favor, vá.

Sam a encara por um longo momento, a boca abrindo e fechando inutilmente. Fiona não espera a resposta para se virar e se afastar.

CAPÍTULO DEZESSETE — *Fiona*

Fiona já está no pé da escada quando lembra que foi Sam quem os levou até lá ontem, os dois se apalpando como adolescentes no estúpido carro chique dele. Parece ter passado uma eternidade, como se tivesse acontecido com outra pessoa — as mãos dele no corpo de outra pessoa, o ruído surdo do motor embaixo dos joelhos de outra pessoa. Ela tira o celular da bolsa, chama um Uber e espera do lado de fora do apartamento de Sam por três intermináveis minutos, torcendo para que ele não venha atrás dela. E torcendo um pouquinho para que venha, sim.

Ele não vem.

Fiona pensa em ir para um bar e encher a cara até ver tudo borrado. Pensa em ligar para Richie e perguntar se ele pode arranjar alguma droga para ela. Pensa em fazer algo tão estranho e público e fodido que acabará de volta no hospital, mas, no fim das contas, parece que é muito trabalho a troco de nada, então apenas volta para casa no banco de trás do Uber, a cabeça encostada na janela, olhando inerte para fotos no Instagram de chalés em Martha's Vineyard.

– Ei – diz o motorista, olhando para ela pelo retrovisor –, você não é a...

– Não – diz Fiona. – Não sou.

Já em casa, ela vai para a cama, coloca *Casadas e armadas* no laptop e adormece tão rapidamente como se tivesse levado uma pancada. Quando acorda, o protetor de tela está ligado, e ela percebe pela luz que atravessa as persianas que já é meio de tarde. Sua cabeça pulsa, uma dor persistente no fundo; a máscara hidratante para pés que fez com Claudia e Estelle está começando a fazer efeito: seus pés estão enrugados e esquisitos, com pedacinhos de pele descamando dos dedões. Quando olha para o celular, não há nenhuma mensagem de Sam – não que ela esperasse uma. No entanto, tem onze ligações perdidas de Georgie.

– Tenho más notícias – anuncia Georgie quando Fiona liga de volta, parecendo sombriamente empolgada por ser o arauto da desgraça. – Larry quebrou os dois tornozelos.

– Quê? – Fiona senta imediatamente na cama. – Como assim?

– Ele pisou em falso no meio-fio.

Fiona sacode a cabeça, mesmo que Georgie não possa vê-la.

– Isso não pode ser... real.

– É real.

– Eu... Tá – diz Fiona, esfregando uma mão no rosto.

Larry faz o papel de Torvald, o marido de Fiona no palco. Sem Torvald, não há peça.

– Bom, o DeShaun pode fazer, não é? É pra isso que temos suplentes.

– Aí está o outro problema – diz Georgie. Fiona não consegue decretar se há certa alegria na voz dela ou não. – Aparentemente, DeShaun conseguiu um papel de três episódios em *Noites de Malibu*.

Por um minuto, Fiona não consegue respirar.

– Isso também não é real.

Ela manda mensagem para o grupo cancelando o ensaio desta

noite, contando com um plano que não sabe como vai tirar do papel. Então coloca os cobertores por cima da cabeça e volta a dormir.

Ela fica na cama por muito tempo. É vergonhoso; faz anos que não chora, e não tem a intenção de começar agora, mas sente o peso familiar no peito e na garganta e no nariz, como nuvens se amontoando antes de uma tempestade. Ela sabia no que estava se metendo. Ela *sabia*, e ainda assim permitiu que ele...
Ela *se* permitiu...
Argh, é a pessoa mais idiota do planeta.
— Você está aí? — pergunta Claudia mais tarde, parada no batente. — Esse tempo todo achei que você tinha saído.
Fiona sacode a cabeça.
— Desculpa. Vou levantar em um segundo e fazer o jantar.
— São tipo dez e meia da noite — diz gentilmente Claudia, que está usando um macacão branco de mangas compridas que a faz parecer um Caça-Fantasmas fashionista, os óculos escuros no formato de coração de Fiona empoleirados na cabeça como uma tiara. — Tá tudo bem com você?
Fiona suspira.
— Não.
— Quer conversar?
— Não.
— É sobre a sua peça?
— Um pouco.
— É só isso?
— Não.
— Tá bom.
Claudia a observa por outro instante e então cruza o quarto e se deita na cama ao lado de Fiona, colocando as cobertas por cima

das duas e se aconchegando tão perto que Fiona sente o cheiro de torrada com pasta de amendoim que a irmã deve ter comido antes de vir para o quarto.

— Meus pés estão descascando — avisa Fiona.

— Os meus também — assegura Claudia, esfregando os pés repugnantes e descamados na perna de Fiona.

— Que coisa nojenta! — diz Fiona, não evitando uma risada.

— Você que é nojenta — diz Claudia, e se aconchega mais.

É meio da madrugada quando ela finalmente tem fome. Sai da cama o mais silenciosamente possível — Claudia está dormindo ao seu lado, um braço jogado em cima do rosto — e vai até a cozinha, onde Brando cochila ao lado da porta. O cão abre um olho quando a ouve, como se soubesse que a casa precisava de reforço e quisesse fazê-la saber que está disponível em caso de emergência. Fiona abre a geladeira, praticamente vazia exceto pelo resto de homus e de bolo, porque Fiona é a única pessoa na casa que faz mercado, e ela não foi hoje. Fecha a porta, lágrimas de frustração se acumulando na garganta.

— Não consegue dormir?

Fiona se sobressalta, virando-se. Sob o batente está o pai, com um par de pantufas esgarçadas e o moletom da Caltech que tem desde a faculdade, a barba de dias sombreando o rosto.

— Sinto muito pelo Sam — diz ele.

Fiona pisca. Ela não sabia que ele estava familiarizado com os movimentos da casa a ponto de perceber que havia algo errado, muito menos de intuir precisamente o que estava errado — o que deve transparecer no rosto dela, pois o pai lhe devolve o olhar.

— Eu estou deprimido — lembra ele, cutucando-a gentilmente com o ombro para afastá-la e abrindo a geladeira. — Não em coma.

Ele gesticula para que Fiona sente à mesa e então tira uma dúzia de ovos da geladeira.

— O que você está fazendo? — pergunta ela, já sentando na cadeira de madeira bamba.

— O que parece que estou fazendo? — Ele tira uma frigideira do armário e liga o fogo. — Vou fazer um mexidão especial.

Ele fala como se fosse óbvio — e é, ela pensa, mas também pensa que o pai não pisa na cozinha faz três meses, muito menos para preparar algo. Fiona o observa trabalhando. Quando era pequena, eles costumavam fazer mexidão especial todos os sábados de manhã, a mãe batendo os ovos no balcão e o pai cortando pão. Foi só quando ficou mais velha que Fiona percebeu que a produção não passava de um jeito de transferir qualquer coisa que estivesse envelhecendo na geladeira para o prato e depois para o estômago dela sem muitas reclamações.

Nesta noite, é o último pedaço de cheddar além de um espinafre-roxo que Claudia pegou na feira orgânica e prontamente esqueceu que havia comprado. Tem presunto na gaveta de frios e alguns tomates. Sal e pimenta. O pai completa a preparação com molho de iogurte que sobrou do finado frango e em seguida coloca o prato na frente de Fiona, com um guardanapo e um garfo.

— Coma — instrui.

É a primeira vez em cinco anos que ele manda Fiona fazer alguma coisa, então ela obedece, limpando o prato enquanto ele encara a porta dos fundos e o quintal.

— Eu arruinei a minha vida — ela fala quando termina de comer.

O pai sacode a cabeça. A mãe costumava dizer que o pai parecia Mandy Patinkin em *A princesa prometida*, e ele parecia mesmo, mas agora parece mais o Mandy Patinkin das últimas temporadas de *Homeland*.

— Você tem vinte e oito anos — diz ele. — Você não arruinou nada.

Isso a irrita; Fiona se sente inflamar.

— Desculpa — diz ela, imediatamente furiosa com a tentativa do pai de reconfortá-la, e consigo mesma, por ter aberto a boca. — Como exatamente você saberia disso?

O pai parece confuso, e ela não o culpa. Não se lembra da última vez que foi respondona.

– Fiona...

– Estou falando sério – interrompe ela, sem conseguir se impedir. A sensação de dizer isso depois de tanto tempo é boa e terrível. – Em que ponto nos últimos dez anos você se importou minimamente pra saber se a minha vida está arruinada ou não? Vamos esquecer a minha vida. Que tal a vida da Claudia?

O pai a encara por muito tempo na escuridão.

– Está bem – diz baixinho. – Eu mereço isso.

– Você merece mesmo! – concorda Fiona, e imediatamente se sente uma escrota. – Eu só... Eu sei que você está doente, pai. Eu entendo. Mas, tipo, se você tivesse diabetes ou sei lá e estivesse sempre reclamando que não consegue fazer nada por causa da diabetes mas ao mesmo tempo nunca toma a sua insulina... – Ela dá de ombros. – Uma hora a diabetes vai deixar de ser uma boa desculpa.

O pai assente, erguendo as mãos em um gesto de desistência.

– Você tem razão. Eu sei que tem razão.

– Eu não quero ter razão! – ela retruca. – Eu quero que você vá ao médico!

– Fiona... – Ele se senta pesadamente na cadeira oposta à dela. – Está bem.

Fiona fica paralisada. Estreita os olhos em busca de algum truque.

– Espera, é sério?

Ele assente, passando a mão pelo cabelo ralo.

– Sério. Eu sei que não estive presente para vocês, para vocês duas, por muito tempo. E sei o tanto que você faz aqui para compensar isso. – Ele suspira. – Você deveria ter a própria vida, meu amor. Você deveria poder seguir em frente.

Fiona abre a boca, e a fecha novamente.

– Sim – diz finalmente, a voz pouco mais alta que um sussurro.

Ela não consegue não se perguntar o que teria acontecido se tivesse perdido a paciência com ele anos antes. E pensa que, talvez, perder a paciência e o controle não seja sempre a pior coisa que pode fazer.

O pai se levanta, pega o prato e o coloca na lava-louça cuidadosamente.

– Vou ligar para o médico amanhã – promete. – Você deveria tentar descansar.

"Eu estou bem", Fiona pensa em dizer, então desiste e só assente.

Ela tenta descansar: volta para a cama e encara o teto por quase uma hora antes de finalmente desistir e sair com o celular para o quintal – passando pelos contatos durante as horas antes de o sol sair, o dedo pairando sobre o nome de Sam. Ela hesita, então fecha a agenda e digita "Erin Cruz" na barra de pesquisa do navegador.

O artigo sobre o treinador da escola particular é o quarto resultado. Fiona clica no link e lê a matéria do começo ao fim mais uma vez, o coração batendo loucamente no fundo da garganta. Ela se detém nos menores detalhes da história: o treinador oferecendo bebida para as meninas e criando playlists, dando carona para elas tarde da noite. "Nós achávamos que ninguém iria acreditar", Erin registrou uma delas dizendo, uma garota que agora estava no último ano do Ensino Médio, com idade para ter assistido a *Pássaros da Califórnia* na infância. "Foi só depois que finalmente começamos a falar umas com as outras que percebemos que era isso mesmo que ele queria que pensássemos."

Quando finalmente termina de ler, Fiona está chorando, as lágrimas escorrendo silenciosamente pelo nariz e pelas bochechas, acumulando-se nas rachaduras da teia de aranha que é a tela do seu celular. Pensa no álbum de Ryan Adams que Jamie costumava tocar para ela no trailer. Pensa no aroma defumado e acre do perfume dele. Pensa nele ligando para os pais dela para dizer que estava preocupado com o comportamento errático que ela estava apresentando. Que ela havia se tornado indigna de confiança.

Fiona esfrega a tela na calça de moletom, respira fundo e abre a agenda mais uma vez, pressionando a tela para fazer uma ligação antes que se convença do contrário. Não sabe que horas são em Paris e espera que caia na caixa postal, ou ser dispensada por uma assistente que vai prometer passar o recado sem a menor intenção de fazê-lo. Porém, um instante depois, uma voz familiar diz alô.

– Fiona? – pergunta Thandie, a voz baixa, cautelosa, e tão familiar que corta o coração. – Você está bem?

– Não muito – diz Fiona, apertando o celular com tanta força que chega a doer. – Você tem um minuto pra conversar?

CAPÍTULO DEZOITO — **Sam**

Ele não consegue o papel de bombeiro.

— Está tudo bem — reassegura Russ do outro lado da mesa no Soho House, o bronzeado perpétuo ainda mais profundo depois da viagem a Tulum. — Vai ser cancelado depois de dois episódios mesmo. A fórmula é batida.

— Eles falaram alguma coisa? — pergunta Sam, remexendo a salada.

O sol do começo da tarde brilha alegremente no terraço lotado, mas, em vez de preencher Sam com uma energia renovadora como sempre, hoje só o faz se sentir um impostor, alguém que não tem o direito de estar ali. Ele bem poderia estar usando uma placa no peito com os dizeres DESEMPREGADO. Poderia bem estar usando uma placa de propaganda de verdade — ao menos nesse caso estaria recebendo algum dinheiro.

— Só disseram que iam seguir uma nova direção — diz Russ, sacudindo a cabeça de uma forma que faz Sam suspeitar que na verdade não foi o que disseram. — Olha, não arruma as malas ainda, tá? Sempre aparece alguma coisa.

— Não vou — diz Sam, franzindo a testa, incerto. — Espera, quem foi que disse que eu estava fazendo as malas?

— É uma expressão, Sammy. — Russ lança um olhar estranho. — Vá com calma, está bem?

— Eu estou calmo — murmura Sam, o que, é claro, é mentira.

Ele está, isso sim, desempregado, uma subcelebridade com uma dívida de vinte e sete mil dólares no cartão de crédito e um carro elétrico ridículo que muito provavelmente vai ser apreendido. Ele não passa de um cara que não sabe como vai pagar o aluguel do mês seguinte. Por um segundo, pensa em pedir a Russ para bancar suas contas até conseguir um trabalho, mas isso faria dele um desesperado — faria dele alguém tóxico —, então coloca um sorriso no rosto e faz um sinal para a garçonete trazer outra vodca com tônica.

— Eu estou calmo — diz novamente.

Sam sai da dieta. Fuma um monte de maconha. Lê *Weetzie Bat*, que é um livro estranho pra caralho — um conto de fadas dos anos oitenta sobre uma versão de LA que ele está certo de que nunca existiu, com meninas brancas vestindo acessórios de cabeça de um jeito claramente não aceitável. Ainda assim, ele entende o motivo de Fiona ter gostado do livro quando criança. É sobre encontrar pessoas que amam você independentemente da merda que faça, seja beber demais, fugir de casa ou acidentalmente engravidar uma bruxa que faz feitiços usando bonecas Barbie. É sobre formar uma família onde nunca houve uma.

Sam solta um grunhido, larga o livro na mesa de centro e diz a si mesmo que não sente falta dela. Falta que o atinge nas situações mais estranhas: quando encontra um elástico de cabelo no banheiro, quando passa por algum documentário bizarro na Netflix sobre um assassinato e pensa que ela talvez vá curtir. Clica no nome dela na lista de contatos milhares de vezes — pressionando o botão verde até — e imediatamente encerra a ligação, antes que ela possa ser conectada. O que teria a dizer para ela? Nunca se sentiu tão merda em toda a vida.

Ele fodeu tudo, apenas isso. É claro que sim, é o que sempre faz. Era questão de tempo. Lembra da última vez que a viu antes do reencontro na gráfica, a festa do elenco na última temporada de *Pássaros*. A festa aconteceu em um badalado restaurante em West Hollywood, fechado há muito tempo, com iluminação industrial e tijolos expostos, as janelas grandes do galpão escancaradas para a brisa fria da noite. Sam tinha pegado um cigarro com um dos caras do som e, quando saiu ao beco para fumar, encontrou Fiona sentada em um balde de ponta-cabeça ao lado do lixo, usando um vestido com um milhão de lantejoulas roxas, lendo um livro. Os olhos dela se arregalaram ao vê-lo.

— O que você está fazendo aqui?

Sam piscou e se recuperou.

— Procurando por você, óbvio. — Ele mostrou o cigarro, se apoiando na parede ao lado dela. Sua coxa roçou na lateral do braço de Fiona.

— Óbvio.

Fiona usou o dedo indicador para marcar a página do livro: *Rei Lear* — Sam viu a capa —, que ele nunca tinha lido, mas parecia uma leitura deprimente.

— Desde quando você fuma? — perguntou ela, os olhos estreitando enquanto o via acender o cigarro.

— Desde quando você presta atenção? — Ele deu de ombros. — Faz um tempinho.

Um tempinho desde, tipo, agora, para falar a verdade — ele só tinha pedido um para ter o que fazer com as mãos. Estivera incomumente inquieto a noite toda, perdido nas conversas, lutando contra um sentimento estranho de vergonha por estar naquela festa, já que todo mundo sabia que ele não voltaria para a próxima temporada. Parecia arriscado abandonar um trabalho sem ter nada acertado para o futuro, muito embora Russ, seu novo agente, lhe garantisse que ele conseguiria facilmente papéis em filmes.

Fiona ficou em silêncio enquanto Sam tragava e então ergueu a mão para o cigarro. Sam a olhou surpreso, mas o entregou, as pontas dos dedos roçando nos dela, que tragou e o devolveu, a fumaça prateada ao redor do rosto na penumbra.

– Então – disse Sam, fazendo o que sempre fazia quando se sentia inseguro, isto é, lançando mão do charme –, vai sentir saudades de mim?

Fiona deu uma gargalhada.

– Não – disse de maneira decidida. – Na verdade, estou animada para ser a pessoa mais bonita no set, pra variar. – Ela apoiou a cabeça na parede de tijolos e olhou para ele, as clavículas e os cílios em destaque. – Você está feliz em ir embora?

Sam sacudiu a cabeça.

– *Feliz* não é exatamente a palavra – respondeu, embora dois minutos antes talvez tivesse dito que sim. De repente, estando ao lado dela no beco, começou a ter dúvidas. – Empolgado para fazer coisas novas. Só isso.

Fiona assentiu, a expressão preenchida por... Não havia outra palavra para descrever a não ser *anseio*.

– Eu amaria fazer coisas novas – confessou.

Aquilo o surpreendeu. Quando as câmeras estavam filmando, Fiona sempre agia com dedicação e profissionalismo, mesmo em suas fases mais bêbadas e extravagantes, o que, para Sam, só podia significar que ela gostava de desaparecer sob a máscara de Riley Bird todos os dias. No entanto, ele passou a ter dúvidas.

– E por que você não faz? – perguntou.

– Não posso – disse ela, dando de ombros, uma aceitação melancólica na voz. – Por causa do contrato.

– O que tem? Contratos acabam.

Fiona sorriu debilmente.

– Não rápido o bastante. – Ela ergueu a mão de novo, aguardando, ele a ajudou a levantar e então... não a soltou, os dedos entrelaçados ao lado do corpo como se houvessem feito aquilo um milhão de vezes antes, o que não era verdade. Nenhum dos dois olhou para baixo. – É melhor eu entrar.

Sam assentiu.

– Sim – concordou, se virando para ficar de frente para ela.

Ele já havia decidido que iria beijá-la. Era possível que houvesse decidido muito antes daquele momento, em algum lugar escondido do cérebro.

Fiona também sabia daquilo.

– Estou indo – disse ela, os lábios cheios se curvando.

Sam assentiu.

– É melhor.

– Estou tentando – prometeu ela, e foi naquele momento que Sam abaixou a cabeça.

Não foi particularmente devasso no quesito beijo, com lábios, língua e apenas o mais leve roçar dos dentes de Fiona no lábio inferior de Sam. Ainda assim, a força contida nele surpreendeu o rapaz, o corpo zumbindo selvagemente como se tivesse levado um choque. "Aí está você", pensou, a ideia surgindo inteiramente formada em sua cabeça, como se sempre tivesse estado lá, aguardando. Sam não sabia dizer por que não tinha feito isso antes.

Fiona se afastou, a expressão divertida.

– Por que você demorou tanto pra fazer isso, porra? – perguntou, mas, antes que Sam pudesse responder, a porta dos fundos do restaurante se escancarou e Jamie colocou a cabeça para fora.

– O que vocês dois cabeças-duras estão fazendo aqui? – perguntou, o olhar cauteloso passando de um para o outro. – Entrem já pra comer um pedaço de bolo.

Por um instante, os olhos de Fiona relampejaram com um ódio feroz e animalesco. Então Jamie ergueu uma sobrancelha, e ela suspirou e entrou. Sam estava prestes a segui-la, mas Jamie o agarrou pelo braço.

– Você – disse Jamie. – Espera um pouco.

– Eu? – perguntou Sam, rindo. – O que foi que eu fiz?

Fiona olhou por cima do ombro conforme a pesada porta de metal se fechava.

– É – disse Jamie, assim que ficaram sozinhos. – Você. O que vocês dois estavam fazendo aqui?

Sam hesitou, um pouco amedrontado pela intensidade da expressão de Jamie.

– Calma, pai – brincou. – Estávamos só conversando. Dando uma pausa nessa excelente festa para não ficarmos estimulados demais.

Jamie não sorriu.

– Não estou de brincadeira, Sam. Você acha que não percebi você paquerando a Fiona?

– Eu não estou *paquerando* ninguém – disse Sam, ofendido tanto pela acusação quanto pela cafonice da frase. – E, tipo, a minha vida pessoal...

Parou de falar, esperando que o "não é da sua conta" ficasse implícito, embora não tivesse convicção de que não fosse mesmo. Às vezes parecia que tudo era da conta de Jamie, ao menos no que se tratava da série.

– Não estou falando da sua vida pessoal, seu idiota. – Jamie revirou os olhos. – Estou falando do seu futuro. A Fiona é uma boa menina e uma atriz excelente, mas você sabe tão bem quanto eu que ela tem problemas pra caralho.

Sam não sabia como responder.

– Tipo – tentou por fim –, todo mundo tem problemas, né?

– Não igual a Fiona. Olha, eu sei que você está prestes a fazer coisas maiores e melhores, e isso é ótimo. Porra, eu *quero* isso pra você, e é por isso que a última coisa que desejo é que você estrague tudo por só pensar com a cabeça de baixo. Entende o que estou falando? – Jamie sacudiu a cabeça. – Nós estamos a um ou dois fiascos colossais da Fiona antes que a emissora decida nos cancelar de vez. Você foi esperto de sair agora. Não deixe a madona ali te sugar para o drama dela.

Sam pensou na forma como Fiona o olhara no segundo antes de a beijar. Pensou na textura do cabelo dela em suas mãos. Pensou em como foi estar perto dela naqueles últimos meses, como um nadador pouco experiente dando as primeiras braçadas em alto-mar; e, sim, por um instante naquela noite pareceu que ela iria contar a ele o que estava acontecendo, que iria deixá-lo entrar em uma parte de sua vida que ela mantinha escondida do resto do mundo, mas quem poderia dizer se era real ou não? Afinal de contas, Fiona era uma atriz excelente.

Além do que ele confiava em Jamie. Podia não ser seu pai de verdade, mas a verdade constrangedora é que, durante os últimos quatro anos, fora a coisa mais próxima que Sam jamais teve de um pai. E, se Jamie estava falando para ele fugir de Fiona, então era provável que tivesse uma boa razão para fazê-lo.

– Tá, claro, totalmente – disse Sam, abanando as mãos. – Entendi, você está certo. Nem é como se eu e ela fôssemos passar muito tempos juntos depois que eu for embora.

Jamie relaxou.

– Cara esperto – disse, sorrindo, dando um tapinha no ombro de Sam. – Vamos pegar uma cerveja.

Fiona estava perto do bar quando Sam voltou, um líquido claro e gelado no copo suado em sua mão. Jamie parara para falar com alguém do estúdio perto da porta, a expressão alegre e animada.

– O que ele queria? – perguntou Fiona, indicando Jamie com o queixo.

Sam sacudiu a cabeça.

– Nada – respondeu, a voz notavelmente mais fria do que antes, até mesmo para os próprios ouvidos. – Só coisas de carreira.

Sam ignorou a pontada no estômago ao perceber a desconfiança na expressão de Fiona e lembrou a si mesmo das muitas oportunidades que o aguardavam longe dali: os filmes milionários que iria estrelar, as mulheres famosas que conheceria. Jamie estava certo. Sam não tinha por que arcar com a imaturidade de ninguém da emissora.

– Acho melhor dar uma volta e falar com as pessoas – disse para Fiona, apertando o braço dela antes de se virar na direção da festa. – Te vejo por aí.

* * *

Erin prepara uma intervenção na noite seguinte, em um restaurante mexicano hipster que ela odeia mas que Sam gosta, com coquetéis de coentro apimentados e *carnitas* de tofu. Sam pede um tequila gimlet, tentando não pensar na primeira noite que passou com Fiona em seu apartamento. A bartender sorri ao colocar a taça à sua frente. Sam sabe objetivamente que ela é linda, com cabelos ruivos e um corpo cheio de curvas, mas... nada. Como se ela fosse um homem.

— Qual é a última com a hipster de óculos? — tenta, querendo falar sobre qualquer coisa que não o próprio problema ridículo. — Vocês ainda estão saindo?

— Todas as noites desta semana — confessa Erin, um pouco tímida. — No fim das contas, parece que eu sabia a quantidade certa de teoria feminista.

Sam abre um sorriso.

— Que ótimo — diz, e está sendo sincero.

Erin merece ter uma pessoa incrível. Sam a escuta contar sobre algum filme de arte que as duas viram e o passeio que fizeram no jardim botânico, fazendo perguntas e erguendo o drinque num brinde, mas a verdade é que, por mais que esteja feliz por ela, seu coração não está animado. Por fim, ele toma o resto da bebida em dois goles e pega a jaqueta.

— Eu vou indo — diz.

— Espera, já? — Erin arregala os olhos. — Qual é? — diz ela, segurando seu braço. — Não pode ser tão ruim assim.

Sam abre a boca e a fecha novamente, percebendo, com um horror inimaginável, o caroço que se forma em sua garganta.

— Cara — diz finalmente, engolindo com esforço. — Eu estou falido. Tipo, sério, sem grana até pra pagar essa bebida. Minha carreira está parada. O Russ não falou nada sobre novas audições. Não estou fazendo porra nenhuma pra ajudar minha família, e estraguei completamente a coisa mais próxima que já tive de um relacionamento de verdade com uma garota pela qual acho que estou... — Ele se interrompe abruptamente, fechando a boca mais uma vez.

As sobrancelhas de Erin se erguem levemente.
– Uma garota pela qual você está o quê, exatamente?
– Exatamente nada – diz Sam, olhando em volta do restaurante barulhento para evitar o olhar dela.
– Mentiroso – diz Erin, empertigada, e então gesticula para a bartender pedindo a conta.

De volta ao apartamento, Sam coloca alguns episódios de *Supermarket Sweep* para assistir e elabora uma lista das coisas que poderia fazer como ganha-pão além de atuar. Bartender, ele acha. Professor de educação física em uma escola particular na qual não seja exigido certificado de licenciatura nem que o indivíduo jamais tenha dado aula de educação física ou qualquer outra coisa. Está digitando no Google as palavras "como se tornar juiz da NBA" quando o celular toca na mesa de centro.
– É o Sam Fox? – pergunta uma voz de mulher quando ele atende.
Sam hesita, uma queimação de ansiedade percorrendo o estômago. Falou com a mãe há uns dias, diz a si mesmo. Se algo estivesse muito errado, Adam teria ligado. Ainda assim, por um segundo, Sam quase diz não.
– É, sim…?
– Aqui é a Estelle Halliday – diz a voz. – O que você vai fazer amanhã de manhã?
Sam pisca, surpreso, e então olha para o apartamento imundo.
– Eu… provavelmente nada – responde, sincero.
– Ótimo – diz Estelle, a dicção majestosa e cristalina. – Estava me perguntando se gostaria de fazer uma audição para uma peça.

CAPÍTULO DEZENOVE *Fiona*

Fiona passa a maior parte da manhã de sábado deitada de costas no palco do teatro, analisando o risco de incêndio das instalações de luz e tentando pensar na melhor maneira de dizer a todos que a peça vai ser cancelada. Pensou que era a coisa nobre e adulta a fazer, dar a notícia pessoalmente, mas, enquanto espera o grupo chegar, se sente uma escrota de marca maior por obrigar o elenco a se deslocar até o centro da cidade para uma reunião que poderia ser um e-mail. Ela se pergunta se é tarde demais para avisá-los que não precisam vir. Está tirando o celular do bolso no momento em que escuta a porta dos fundos do teatro se abrindo, e o som de alguém pigarreando.

Fiona senta tão rapidamente que fica tonta, piscando para o vazio e o escuro. Não consegue ver o rosto do homem por causa do brilho das luzes do palco, mas de imediato reconhece a silhueta larga e sólida do corpo, o contorno da mandíbula de estrela de cinema.

— Oi — fala ele, erguendo uma mão cautelosa como cumprimento. — Eu sou o Sam Fox. Vim fazer uma audição...

Fiona bufa para encobrir o som esperançoso e agudo da respiração, usando a mão para encobrir os olhos.

– Como assim?

– Um abismo se abriu entre nós – diz ele, a voz ecoando enquanto caminha pelo corredor central. – Percebo agora. Nora, não podemos transpô-lo? – Ele planta os pés pouco antes de chegar ao palco, os ombros para trás e o peito inflado, completamente caracterizado como o marido arrogante e magoado. – Não posso ser mais do que um estranho para você?

Fiona ri, mas a risada se transforma em algo diferente, a respiração se arranhando como vidro quebrado dentro do peito.

– Por que está recitando a minha peça para mim? – pergunta.

Sam abaixa o braço e assim volta a ser ele mesmo, o sorriso um pouco tímido.

– Eu decorei as falas – confessa ele baixinho. – Fiquei acordado a noite toda. Decorei a peça inteira. Estou pronto.

Fiona o encara por um momento, sem compreender.

– *Por quê?*

Sam dá de ombros.

– Porque talvez eu esteja me apaixonando por você, e porque ouvi que você precisava de um Torvald. – Ele sacode a cabeça. – A Estelle contou que o cara caiu do meio-fio ou algo do tipo... Não consigo entender como alguém quebra o tornozelo caindo do meio-fio.

– Não é real – concorda num sussurro. E, então, contra a própria vontade, nunca tão durona ou forte ou inquebrável como gostaria de ser: – Repete o outro pedaço.

– Não entendi. – Sam sorri lenta e provocativamente. – De qual pedaço você está falando?

– Não seja cuzão. – Ela ainda está sentada no palco, as pernas esticadas à frente. Não lava o cabelo faz três dias. – O pedaço que você disse que talvez... – Ela para de falar, gesticulando com a mão.

– Você entendeu.

— Não tem talvez. Não devia ter relativizado. Estava com medo de que você me mandasse tomar no cu, mas não devia ter relativizado. — Ele franze o nariz. — Isso é esquisito?

— Você ter resolvido relativizar?

— Eu ter certeza.

— É, um pouco.

Fiona fecha os olhos e então os abre novamente. Nenhum cara jamais falou isso para ela. Ninguém nunca nem chegou perto.

— Mas pode continuar.

— Bom — diz Sam, dando um passo para mais perto e então outro. — Eu estou. Tenho certeza. E vou entender se você não acreditar em mim, e não estou pedindo pra você dizer de volta. — Ele senta na beirada do palco, virando o corpo para encará-la. — Só acho que a gente devia, sabe, se deixar levar pela corrente do amor, como diz a Weetzie Bat.

— Cala a boca. — Fiona ri, uma risada alta e incrédula. — Você leu *Weetzie Bat*?

Sam assente, tirando do bolso o livro maltratado.

— Eu trouxe hoje para o caso de você dizer que nunca mais quer me ver de novo — confessa ele, a ponta dos dedos roçando nos dela quando entrega o livro. — Você pareceu falar bem sério sobre devolver rápido.

— Falei mesmo.

Instintivamente, ela folheia as páginas macias e gastas, e então o olha de soslaio.

— Ainda posso dizer que nunca mais quero te ver.

— É. — Sam sorri um pouco triste, mas então volta ao normal. — Só que você ainda precisa de um Torvald.

Fiona ergue as sobrancelhas.

— Você parece muito confiante que vou te dar esse papel.

Sam dá de ombros.

— Sabe, eu posso fazer meu monólogo se você quiser — oferece, e indica a porta com o dedão. — Estou com minhas fotos no carro, a gente pode fazer o processo...

— Não vai ser necessário.
— Eu te devo um pedido de desculpas.
— Também não vai ser necessário.

O rosto de Sam desmorona, os ombros largos afrouxando. Ele ergue a mão como se fosse tocá-la, depois parece mudar de ideia.

— Fi — diz, a voz rachando. — É necessário, sim.

Fiona se inclina para trás, apoiada na palma das mãos, e ergue o queixo, encarando as luzes, concentrando-se em manter o lábio inferior firme. Não queria permitir que ele a machucasse. Não queria ser o tipo de pessoa que pode ser machucada. Não queria ser o tipo de pessoa que sente alguma coisa e ponto-final, mas então Sam entrou na gráfica como se nem lhe passasse pela cabeça que ela poderia ficar contente em vê-lo, e agora, tantos momentos depois, cá estão eles.

— É — admite ela. — É necessário.

— Me desculpa — diz ele de imediato. — Não importa o motivo pra você não querer fazer a porra da série, óbvio. Você disse que não queria, e devia ter sido o suficiente. Mas eu estava desesperado... Não que isso seja uma desculpa, mas eu estava desesperado, então agi como um idiota, e fui furtivo, e agi como um ser humano de merda. Eu sinto muito. Me desculpa.

Fiona inclina a cabeça para o lado, considerando.

— Isso foi... um bom pedido de desculpas.

Sam dá um sorriso bobo.

— Obrigado — diz, o alívio perceptível na voz. — Eu ensaiei no carro.

Ela o examina por um longo e carregado momento — o rosto sincero, o jeito descomplicado como a encara com seus olhos verde-sereia — e sente algo se destrancar dentro de si. Fiona fecha os olhos, inspirando a poeira e o cheiro de suor do teatro. O cheiro de colônia e sabonete de Sam.

— Você quer saber o motivo real? — pergunta, abrindo os olhos.

De repente, Sam fica muito, muito imóvel.

— A-há. — Então, como que preocupado que ela mude de ideia se ele não for educado o bastante: — Quer dizer, sim. Sim, por favor.

Fiona solta uma risada, embora nada ali seja verdadeiramente engraçado. Ela já começa a se arrepender.

– Você não vai achar que me ama depois que eu te contar. Não vai nem gostar de mim.

– Duvido – diz Sam, que agora de fato estica a mão para tocá-la, a ponta dos dedos roçando a beirada da manga dela. – Quer ver?

Fiona afasta o braço por instinto, trazendo um joelho e colocando um pé sob si, tornando-se menor. Nunca imaginou contar isso a ele – nunca contou a ninguém, exceto Pam, e, na maior parte, Pam encaixou os pedaços do quebra-cabeça sozinha – e, agora que chegou até ali, sente que não sabe exatamente como fez isso. É bastante possível que Sam nem sequer acredite nela. É bastante possível que ninguém acredite.

Ela fica em silêncio por mais um instante, esfregando o dedão repetidamente na barra rasgada do jeans.

– Eu *comecei* mesmo tarde – finalmente diz. – Mas você não foi meu primeiro beijo.

Sam olha para ela, curioso.

– OK... – diz ele, balançando a cabeça como se ela o estivesse preparando para um tipo de charada. – Quem foi seu primeiro beijo?

– Jamie Hartley.

Pelo que parece uma eternidade, Sam apenas a encara, como se sua placa-mãe tivesse acabado de fritar, como se seu cérebro tivesse entrado em curto e precisasse tirar a si mesmo da tomada e esperar trinta minutos para religar.

– Espera... como assim? – diz ele finalmente.

Fiona hesita, sem querer repetir. Ela se força a dizer novamente.

– Meu primeiro beijo foi com o Jamie Hartley.

– O Jamie Hartley tem, tipo, cinquenta e tantos anos.

– É mesmo? – Fiona solta outra risada, seca e frágil. – Não brinca, Sam.

E... Ah. Ele finalmente entende. Fiona observa as peças se redistribuírem na cabeça de Sam, como nos jogos de mistério que

Claudia jogava quando criança – de repente ele enxerga o retrato secreto até então oculto no encontro no estacionamento da emissora, outro dia. Ou na reação dela ao ouvi-lo no telefone.

Nos acontecimentos que levaram ao término de sua carreira.

– Que foda – diz Sam, passando a mão desajeitadamente pela nuca, puxando um pouco os cabelos. – Eu... *Que foda*, Fiona.

– A-hã – concorda Fiona, os lábios torcidos. – Ela tenta soar durona e indiferente, mas a voz estremece perigosamente. – Pois é, e foi minha primeira vez também.

Sam não diz nada por um momento. Fiona mantém os olhos nos tênis, adiando ver a inevitável culpa ou incredulidade ou nojo na expressão de Sam, mas, quando finalmente cria coragem e olha na direção dele, a única coisa que vê em seu rosto é...

– Então, pra começar, você estava errada – murmura ele, encarando-a com firmeza. – Eu ainda te amo. E continuo não precisando relativizar. E eu sinto muito, muito mesmo pelo que aconteceu com você.

Fiona pisca. Achou que estava preparada para todas as possíveis reações da parte de Sam – achou que a essa altura já tivesse perdido a habilidade de se surpreender –, mas não havia considerado essa.

– Eu poderia ter dito não – fala, preocupada que Sam não esteja entendendo. – Eu sabia que era errado. Sabia que era zoado. Não estava tão distante da realidade a ponto de achar, quando ele me disse para não contar a ninguém, que fosse pra proteger nosso eterno e verdadeiro amor. Eu poderia ter dito não. E eu não disse. Não no começo.

– Você está de brincadeira? – Sam faz que não com a cabeça. – Você tinha, tipo, dezessete anos? Dezoito? Se uma coisa assim acontecesse com a sua irmã, você diria "Oras, mas você não disse não"?

– Claro que não – retruca Fiona, e pensar em Claudia é um balde de gelo que cai sobre sua cabeça. – É diferente.

– Como é diferente?

– Só é diferente, Sam! – Ela esfrega o rosto. É claro que ela sabe que não é diferente. Porém, existe um mundo inteiro de vergonha e inadequação entre saber intelectualmente algo e sentir isso no próprio corpo. – Enfim. Durou... um tempo. E eu não sabia como dizer que queria que ele parasse. Então, em vez disso, falei que queria sair da série.

Sam ergue as sobrancelhas.

– Aposto que ele estava fazendo de tudo pra você ficar sem contrato.

– Ele riu na minha cara – lembra Fiona, as bochechas molhadas por uma vergonha antiga. Ela não se permitia pensar nisso havia muito tempo. – Então eu falei para os meus pais que queria sair da série, mas já tinha meio que começado a agir como uma desvairada na época, e aí...

– Compreensivelmente.

– É, sim, mas eles já estavam cansados das minhas palhaçadas. Especialmente a minha mãe, embora ela já tivesse se mudado pra Seattle na época. Ela me falou que eu tinha assinado um contrato e feito uma escolha. Eu não precisava assinar um novo se não quisesse, mas precisava aguentar firme até o final.

Sam estremece.

– Então isso foi...

– Perto da sua última temporada, isso – diz Fiona.

Ela se lembra da noite da festa do elenco: Sam encontrando sua mão e a puxando para perto, o sorriso quente pressionado contra o dela. Por um instante, ele a fez se sentir uma pessoa normal. Por um instante, ela esqueceu de tudo.

– Eu perdi as estribeiras depois disso – diz Fiona, fazendo um esforço consciente para baixar os ombros; estava se contraindo sem querer, o corpo inteiro tenso. – Eu tinha começado a fazer essas loucuras... roubar lojas, gritar o tempo todo com todo mundo, bater meu carro... e não conseguia mais parar.

– Você estava tentando ser demitida – diz Sam, mas Fiona nega com a cabeça.

– Não era isso. Isso faz parecer que eu tinha um plano, como se fosse algo calculado, mas não foi. *Eu* não calculava nada. Eu só estava... me debatendo.

— E ninguém te ajudou?

— Ninguém sabia. Quer dizer, a Thandie suspeitava. Ela me perguntou diretamente uma vez, mas eu falei que ela era louca e que estava projetando, que era ela quem tinha uma paixonite pelo Jamie. Eu a afastei, afastei tanto que... sabe. Ela foi embora. — Fiona pigarreia. — Enfim. Uma hora eu *de fato* fui demitida, óbvio, mas àquela altura era como se eu tivesse criado uma outra personalidade e não conseguisse parar de ser essa pessoa. Não sabia nem se queria parar. — Ela dá de ombros, olha para o teatro vazio, pensa na sensação de segurança em interpretar um personagem. — Às vezes ainda quero ser ela, para ser bem sincera. Ela é durona.

— *Você* é durona — retruca Sam. — Você é feroz. E esse filho da puta merece...

— Não começa — interrompe Fiona, erguendo a mão.

Sam franze o cenho.

— Não começa o quê?

— Seja lá o que você vai dizer, só... — Ela sacode a cabeça. — Eu não te contei isso pra você me salvar, defender a minha honra nem nada do tipo.

— Você é a pessoa que conheço que menos precisa ser salva — diz Sam imediatamente. — E a sua honra está ótima. Já a do cuzão do Jamie Hartley... — Ele se interrompe. — Não consigo acreditar que esse desgraçado continua distribuindo sorrisos por aí.

O peito de Fiona se enche de culpa neste instante — há anos, ela suspeita que Jamie não faz apenas distribuir sorrisos por aí. Ela pensa nas garotas da escola em St. Anne's, quantas delas foram vítimas.

— Eu consigo — diz baixinho.

— É — Sam diz. Depois, fica quieto por muito tempo antes de falar: — Fico feliz que você me contou. E o que você decidir fazer ou não fazer é a coisa certa, óbvio, mas não muda o fato de que minha vontade é aparecer na casa dele e moê-lo na porrada.

Fiona sorri. Não consegue evitar.

— O que é isso, um "tudo bem à moda de Wisconsin"?

– Abraço de urso à moda do estado.

Fiona assente, séria.

– De qualquer forma – diz ela gravemente –, acho que tenho uma ideia melhor. Mas vou precisar do telefone da Erin.

– Ah é? – pergunta Sam, inclinando a cabeça para o lado. – Pra quê?

Fiona está abrindo a boca para dizer o motivo quando a porta dos fundos do teatro se abre e Georgie e Pamela entram apressadas.

– Estamos cancelados, certo? – fala Pamela, o rosto escondido sob um enorme chapéu preto. – A única coisa que a gente pode fazer é cancelar.

Porém Fiona sacode a cabeça e fica de pé, alta e orgulhosa, no centro do palco.

– Este é o Sam Fox – diz ela, alcançando a mão de Sam e puxando-o para ele também ficar em pé. – Ele vai ser o nosso novo ator principal.

CAPÍTULO VINTE   Sam

Uma semana mais tarde, Sam, na escuridão úmida do minúsculo bastidor do Teatro Angel City, sua sem parar em um terno que cheira a mofo.

— Não posso usar minhas próprias roupas? — implorou para Fiona de novo naquela manhã, mas ela só balançou a cabeça e disse que não era negociável.

— As pessoas já vão ter dificuldade de ignorar que você é você — apontou ela, gesticulando para o armário no quarto. — Se você estiver vestindo uma calça skinny da Hugo Boss ou outra merda cara que tem pendurada aí, não há nenhuma chance de as pessoas prestarem atenção em outra coisa.

Sam ergueu as sobrancelhas.

— A calça é da Tom Ford, na verdade — disse, tentando miseravelmente reprimir um sorriso. — E, desculpa, mas você acabou de dizer que sou tão bonito que deixo todo mundo distraído?

— Não — respondeu Fiona de imediato, e, como estava pelada

em cima dele enquanto falava, Sam preferiu não argumentar. – Sou eu dizendo pra você que sou a diretora e que você precisa fazer o que eu mando.

Sam assentiu, engolindo com força enquanto ela passava as unhas curtas em sua nuca.

– Sim, senhora – prometeu ele solenemente, e a virou para deitá-la de costas na cama.

Agora ele respira fundo e passa a língua nos dentes, enquanto o gerente de palco avisa que faltam dois minutos. Sam não faz uma peça desde a sua estreia como ator no papel do Homem de Lata, na produção de *O mágico de Oz* da oitava série. Sua impressão é de que não fica tão nervoso desde então também.

– Você vai vomitar? – pergunta Fiona. Ela está vestida da cabeça aos pés com roupas esportivas, como uma versão millennial de Nora, a mãe superprotetora do século XXI. – Preciso dizer, meio que parece que você vai vomitar.

– Talvez eu vomite. Mas só porque esse terno certamente foi mergulhado em formol em algum momento antes de ser meu.

Fiona sorri, deslizando uma mão para o bolso de trás da calça de Sam e apertando sua bunda.

– Acho que é só seu perfume, caubói.

– Muito engraçado.

Sam a empurra para o canto.

– Eles não acabaram de dizer dois minutos? – murmura ele, enquanto as pontas dos dedos se esgueiram sob o moletom dela. – Você não devia estar, sei lá, se concentrando ou fazendo o que atores de teatro costumam fazer?

Fiona assente.

– Em um segundo – promete ela, erguendo o rosto. – Não borra o meu batom.

Sam sorri contra a boca de Fiona. Ele gosta de vê-la assim; mais leve, talvez. Energizada pela situação. Alguns dias atrás, ela sentou com Erin para dar a primeira de uma série de entrevistas para uma longa matéria que sairia na *New York Magazine* sobre sua saída de Hollywood e o que tinha acontecido com Jamie.

– Provavelmente, eu não sou a única pessoa com quem ele fez isso – disse Fiona quando pediu a Sam para marcar uma conversa com Erin. – E, mesmo se for, ninguém garante que ele não vá fazer de novo. Se eu tornar um pouquinho mais difícil que ele saia impune, já vai valer a pena.

– Vai ser um pesadelo – avisou Erin imediatamente. – Ele vai tentar fazer da sua vida um inferno. E, não me entenda mal, mas...

– Eu não sou exatamente uma testemunha confiável? – Fiona nem sequer estremeceu ao falar: – O que quer que ele faça, já passei por coisa pior.

Sam acreditava nela.

– Eu não tenho medo – completou Fiona.

Erin assentiu.

– Está bem – disse, pegando o laptop da enorme bolsa. – Nesse caso, vamos pegar esse filho da puta.

Os antigos alto-falantes dos bastidores chiam, um surto de estática faz Sam estremecer.

– Um minuto – vem o anúncio truncado do gerente de palco. – Ótima peça, pessoal. A casa está lotada.

Fiona abre um sorriso. É a primeira vez na história do Teatro Angel City que os ingressos se esgotam. Claudia e Estelle estão na plateia. Erin está na primeira fila. Thandie chegou de Paris ontem, bem a tempo de ver o ensaio geral, surgindo nos fundos logo antes de começar. Sam observou Fiona pular do palco e correr pelo corredor para encontrá-la, as duas se abraçando e se segurando firme. Nenhuma delas disse nada por muito tempo.

Fiona procura algo no bolso do moletom, até pegar o que a princípio parece ser um pedaço de papel amassado e depositá-lo na mão de Sam.

– Fiz isso pra você – diz ela. – Achei que estava fazendo pra você, enfim. Acho que na verdade fiz pra mim.

Sam examina o presente na escuridão, percebendo após um momento que é um complexo pássaro de origami – a cauda grande e orgulhosa e delicada, o bico estreito pontudo como uma lâmina. Ele sacode a cabeça sem entender, mas, antes que possa perguntar o que significa, Fiona diz, a voz abafada contra seu ombro:
– Fala de novo.
O coração de Sam para no peito.
– Fiona... – começa, e ela se afasta para encará-lo, a expressão calma, firme e confiante.
– Sam. Se era verdade, fala de novo.
Sam não precisa perguntar do que ela está falando. Falou uma meia dúzia de vezes só na última semana, no carro, de manhã na cama, enterrado dentro dela; e vai continuar dizendo enquanto ela o deixar falar. Vai continuar dizendo até ela acreditar.
– Eu te amo – diz ele enquanto as luzes diminuem no teatro, a voz praticamente inaudível por causa dos aplausos da multidão. – Fiona, eu te amo tanto.
O sorriso de Fiona é como a aurora surgindo sobre os morros ao amanhecer. Ela inclina a cabeça e sussurra no ouvido de Sam. Aperta a mão dele, e, juntos, os dois pisam no palco e tomam seus lugares, lado a lado.

AGRADECIMENTOS

Tive a sorte de publicar um número razoável de livros em minha carreira, mas, de muitas formas, *Eu não esperava você* trouxe a mesma sensação de publicar o primeiro. Fico muito grata a todas as pessoas que ajudaram a fazer isso acontecer:

Minha brilhante editora, Mary Gaule, cujo olhar apurado (e conhecimento enciclopédico em tudo que diz respeito a Los Angeles) tornou este livro mil vezes melhor, e cujo entusiasmo infinito me fez ficar empolgada para abrir o arquivo do livro todos os dias. O time inteiro da Harper Perennial, mas especialmente Amy Baker, Megan Looney e Heather Drucker, por me darem as boas-vindas com tanto carinho.

Minha inigualável agente, Elizabeth Bewley – de verdade, eu simplesmente te adoro. Enfim trabalhar com você valeu todo, todo o tempo de espera. Vamos continuar fazendo isso para sempre, tá? Combinado. E todos na Sterling Lord Literistic – vocês são incríveis, e eu tenho muita sorte de fazer parte dessa equipe maravilhosa.

Robin Benway, Bri Cavallaro, Brandy Colbert, Lauren Gibaldi, Corey Ann Haydu, Emery Lord, Jennifer Matthieu, Julie Murphy,

Iva-Marie Palmer, Eric Smith, Elissa Sussman e Sara Zarr, por sua amizade, seu bom humor e sua perspicácia. Mal posso esperar para comer grandes quantidades de lanchinhos de novo nas conferências com todos vocês.

Lisa Burton, Jennie Palluzzi, Sierra Rooney, Marissa Sertich. Sempre, sempre, sempre.

Minha família, por seu amor, encorajamento e generosidade extrema em cuidar de crianças. Minha irmã, por ser a pessoa a quem eu tento impressionar em todos os livros que escrevo.

Tom, Annie, Charlie + Avon: vocês são minha história de amor favorita.

Esta obra foi composta em Adobe Garamond Pro
e impressa em papel Pólen Natural 70g/m²
pela Gráfica e Editora Rettec